일러두기
식물명은 〈국가표준식물목록〉에 등록된 이름을 우선으로 했습니다.
본문에 작은 글자로 표시한 것은 옮긴이의 설명입니다.

토바 마틴의
경이로운 사계절

오감을 깨우는 정원생활

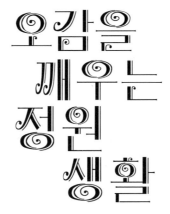

토바 마틴 글
킨드라 클리네프 사진
김희정 옮김

터치아트

차례

🌾 가을

✳ 겨울

시작하며

감각을 깨우자

이 책에 담은 이야기는 일 년 동안 감각이 안내하는 대로 따라다니며 온몸으로 자극을 받아들인 오감의 기록이다. 정원의 연대기이자 정원이 내게 어떻게 말을 걸어왔는지를 기록한 이야기이기도 하다. 잡초를 뽑고, 괭이질을 하고, 손마디가 아프지 않을 만큼씩 땅을 파면서 정원을 더듬고 매만진 두 손의 연대기라고도 할 수 있겠다. 그리고 몇 년에 걸쳐 정원을 바라보기는 했으나 마음을 쏟아 그 모든 아름다움을 눈에 들인 것은 처음인 사람의 애정 어린 고백이다. 의식적으로 감각을 동원해서 정원을 경험하기 전에는 그 아름다움에 눈뜰 수 없음을 나는 깨달았다. 우리가 귀를 기울이지 않으면 정원은 침묵할 것이다. 나는 일 년 내내 정원이 주는 충만함을 경험했다. 이것은 나만이 아니라 모두의 경험이 될 수 있다.

정원을 가꾼다는 것은 무슨 의미일까? 정원 일이 쓰나미처럼 밀려들면 우리는 그 기세에 눌려버리고, 너무 많은 일에 빠져 허우적거릴 뿐 아니라, 점점 일에 파묻혀서는 우리의 노력이 얼마나 가치 있는지 일깨워줄 근원적인 기억은 떠올리지도 못하는 상황에 놓이고 만다. 코앞에 닥친 일을 해치우느라 바빠서 정원과 우리가 매우 가깝고 친밀한 관계를 맺고 있다는 사실을, 우리가 정원을 충분히 쓰다듬어주지 못하고 있다는 사실을 잊어버리곤 한다.

(다음 쪽 사진) 정원지기라면 누구나 내뱉는 탄식이 있다.
손수레를 밀고 다니며 바삐 일하느라 과정을 즐기지 못했다는 사실.

내가 바로 그런 사람이었다. 초대하지도 않았는데 슬그머니 모습을 드러내는 별꽃과 호시탐탐 기회를 노리는 개기장 따위의 잡초를 찾느라 날카로운 눈초리를 하기 바쁜 사람이었다. 눈도 감고 귀도 닫아버렸다. 별생각 없이 현관문 옆에 장미를 심어놓고는 한 손에 모종판을 받쳐 든 채 배낭에서 열쇠를 꺼내다가 장미 가시에 찔리고는 아파했다. 겨울에는 실내에서 파피라케우스수선화를 키우면서 해가 지고 나면 향기가 코를 찌른다고 불평했었다. 어쩌다가 주변의 아름다움에 눈을 뜨는 순간들이 있기는 했으나 그저 무감각하게 사는 데 익숙해져서 말도 안 되는 실수를 많이도 저질렀다. 그야말로 부산하게 서두르기만 하는, 정신없는 정원지기의 전형이었다.

나는 7에이커약 8600평에 달하는 우리 집 마당을 '퍼더모어Furthermore'라고 부른다. '거기에 더해, 그뿐 아니라'라는 뜻을 가진 이 단어에 걸맞게 정원을 계속 늘려가고 있기 때문이다. 마음이 물리적 현실보다 훨씬 앞질러 달려가니, 나도 모르게 계속해서 새로운 계획을 세운 다음 정신없이 일에 매달리곤 했다.

미국 코네티컷주 북서부에 있는 우리 집은 처음 이사 왔을 때만 해도 집 주변에 심어진 붓꽃 몇 포기를 제외하면 거의 황무지나 다름없었다. 한때 농장의 일부였던 이 집에 살던 아흔다섯 살의 메이블 스미스 씨에게 마당이 정원의 모습을 갖췄던 적이 한 번이라도 있었는지 물어보았다. "정원이요? 물론이죠! 바로 여기 감자를 심었었죠." 그랬구나. 나는 이 땅이 과거의 영화를 다시 누리도록 해주겠노라 결심했다.

나는 1996년에 이사를 왔다. 우선 1790년에 구두 수선 작업실로 지어진 오두막을 집으로 개조하고, 그 앞에 펼쳐진 땅을 관상용 정원으로 차근차근 가꾸기 시작했다. 집 뒤에는 허브 정원을 꾸몄으며, 베리류를 대거 심고 널찍한 채소밭도 만들었다. 그리고 집 앞 잔디밭을 '잔디 대용 정원'으로 전환했다. 나무를 수십 그루 심었고, 1에이커약 1200평의 뉴잉글랜드 목초지를 돌보면서 미역취만 자라던 땅에 등골나물, 피크난테뭄, 갖가지 아스터 등 다양한 토착 식물을 서서히 도입했다. 자넨종種 염소 두 마리를 키우면서 그들을 위한 헛간도 지었다. 녀석들은 방목장에서 차분히 (아주 가끔이지만) 풀을 뜯으면서도 언제라도 뛰쳐나가 배달된 소포나 편지를 물어뜯을 기회를 노리며 단 1초라도 내가 문을 꼼꼼히 닫지 않는 순간이 오기를 기다린다. 집과 원래 있던 오두막을 개조해서 이어 붙인 실내에서는 우리 고양이 아인슈타인(새끼일 때 동물보호소에서 데려온 녀석으로 장난기 심한 메인쿤 혈통이 섞여 있다)이 이 창문 저 창문 사이를 오가며 바깥을 감시한다. 추운 계절이 오면 200개가 넘는 화분을 실내로 가지고 들어왔다가 날이 풀리면 포치porch 와 파티오patio 등 집을 둘러싼 곳곳의 테라스로 내놓는다.

퍼더모어는 내가 궁극의 계시를 받은 무대다. 이곳에서는 받아들일 마음만 있으면 더할 나위 없이 풍부하게 오감을 자극받을 수 있다. 이 책에 담은 이야기는 바로 그렇게 오감을 깨우고 배워온 여정이다.

책의 씨앗은 독자들에게서 왔다. 나는 강연 중에 청중에게 눈을 감고 감각을 깨워보라고 주문할 때가 많다. 이 단순한 제안이 우리를 믿기 힘든 곳까지 데리고 간다. 나와 청중들은 어린 시절로 돌아가 창문으로 날아 들어오는 재스민 향기와 막 깎은 잔디의 유혹적인 냄새에 관해 이야기한다. 그러고 나면 우리는 서로에 대해 조금 더 알게 된다. 그리고 종종거리기만 할 때는 놓쳤던 기회들을 발견한다. 정원지기들 사이에는 흙을 파며 생기는 동지애 같은 것이 있고, 함께 눈을 감고 떠난 여정은 우리 모두의 정원 사랑에 다시금 불을 붙인다. 오감을 깨우는 경험을 통해 나는 퍼더모어를 예전보다 더 사랑하게 되었다. 이 책이 독자들에게도 정원과 더 깊이 관계 맺도록 하는 불씨가 되었으면 좋겠다.

강연을 하면서 나는 우리가 느끼는 것들이 모두의 보편적인 경험임을 알게 되었다. 우리는 비슷한 느낌을 좋아하고, 특정 색을 선호한다. 그 외에도 공통점이 많다. 예를 들어 정원에서 일하다가 다치고 싶은 사람이 어디 있겠는가? 그런데 연장과 도구를 사기 전에 꼼꼼히 분석하는 사람은 얼마나 될까? 많은 사람이 그냥 보기 좋은 물건을 들이곤 한다. 그리고 눈앞의 상황에만 집중하는 경향이 있다는 것도 공통점이다. 오감을 동원할 생각을 잊을 때가 종종 있고, 그 결과 정원에서 느낀 것들이 희미하게 옅어지곤 한다. 연장 바구니를 들고 나가 곧장 해야 할 일에 몰두하느라 옆을 돌아보지 않는 정원지기가 많다. 오감을 자극하는 꿈의 정원을 만들기 위해 온 힘을 다해 자르고 파고 꺾어내지만, 정작 그렇게 얻은 결실을 즐기기를 잊어버린다. 오감을 열고 정원의 아름다움 그 자체에 몰두하는 일을 하지 않는 것이다.

정원에서는 여러 차원의 모험을 할 수 있다. 정원에는 엄청난 잠재력이 있다. 잠시 여유를 갖고 지금 선 자리에서 한 바퀴 빙 돌면서 자극을 받아들이기만 해도 정원은 훨씬 더 유익한 곳이 될 것이다. 정원지기만 누릴 수 있는 특혜를 놓치지 말고 누렸으면 좋겠다. 반들반들 윤이 나는 모란 꽃잎, 잎에 닿아 반짝이는 햇빛, 벨벳처럼 부드러운 램스이어, 꽃가루를 옮기느라 바쁘게 날아다니는 곤충들이 윙윙거리는 소리, 새들을 위해 심어놓은 베리 나무에 날아든 녀석들의 날갯짓. 이 모든 것이 정원지기를 위한 특혜다. 입으로 잘못 흘러든 땀방울의 짭조름한 맛을 느끼고, 잡초를 캐내느라 바쁘게 땅에 부딪히는 호미 소리를 들으며 점자를 읽듯 정원의 사물을 쓰다듬고 내 마당의 흙을 쥐어보는 것. 우리는 이 모든 과정을 음미할 수 있다. 이런 자극에 감각을 열지 않는다면 받아야 할 정당한 보상을 누리지 못하는 것이나 마찬가지다.

이제 깨어날 시간이다. 오랜 세월 쌓여온 모든 것을 향해 귀를 열고, 눈을 뜨고, 냄새 맡고, 맛을 보고, 손을 뻗을 시간이다. 마당으로 나서자. 정원의 사계절을 탐험하고 그 아름다움을 놓치지 말자. 자극에 감응하는 감각을 깨우자.

봄

모든 걸 품에 폭 안고 싶다. 매서운 겨울을 살아내고 추위에 항거하듯 용감하게 잎을 내민 모든 가지를 안아주고 싶은 봄이다. 봄은 귀환을 환영하는 계절이다. 몇 달을 견디며 기다려온 달콤한 감로주. 그러나 이맘때는 우리가 터널 끝에만 시선을 두고 옆은 돌아보지도 않은 채 질주하는 시기이기도 하다. 봄은 이어달리기의 계절인데 우리는 마치 단거리달리기 선수처럼 앞만 보고 내달린다.

봄은 섬세하고 부드러운 생명력으로 넘쳐나서
금방이라도 터질 듯한 흥분으로 오감을 깨운다.

뛰쳐나가 손에 흙을 묻히고 싶은 성급한 마음에 우리는 더러 봄을 음미할 생각을 잊곤 한다. 싹이 나오기 전에 퇴비를 한 겹 덮어달라고 조르는 여러해살이 식물들의 아우성이 시끄럽지만, 그 일을 하기 전에 조팝나무 주변에 쌓인 젖은 낙엽부터 긁어모아야 한다. 게다가 잔디밭에 어지럽게 흩어진 잔가지들은 도대체 어디서 온 것일까?

창가 화단의 상록수 푸른 가지들은 눈을 뚫고 용감하게 고개를 내밀었을 때만 해도 참신하고 멋져 보였는데 이제는 어딘가 축 처진 느낌이다. 사슴들이 넘어오지 못하게 둘러쳐 둔 담장 덕분에 미국측백나무가 살아남았을지는 몰라도 이제는 눈엣가시다. 작약 싹이 나오기 전에 지지대를 세워줘야 하고, 흙 시료를 보내서 검사해야 한다. 퇴비도 들여와야 하고……. 얼마든지 더 나열할 수 있으나 여기까지 읽는 것만으로도 벌써 진땀이 날 것이다.

봄에는 보고 듣고 만져봐야 할 것이 너무도 많다. 직접 기른 작물은 입에 넣는 순간 사르르 녹을 정도로 맛이 좋다. 경쟁하듯 핀 봄꽃들은 정원지기만의 긍지를 느끼게 해준다. 일손을 잠시 멈추고 기쁨을 충분히 음미하자. 금방이라도 터질 모란 꽃망울들은 며칠 가지 않을 것이다. 봄 소나기라도 내리면(그럴 확률이 높다) 꽃잎에 맺힌 빗물이 무거워 금세 고개를 떨구고 말 테니까. 오늘 정원에서 본 색채의 조합은 내일이면 온데간데없을 수도 있다. 언제 바람이 세게 불어 튤립 꽃잎들을 흩어버릴지, 절정에 이른 매발톱꽃을 날려버릴지 알 수 없지 않은가. 매발톱꽃 이야기가 나왔으니 말인데, 꽃이 처음 몽우리를 터뜨릴 때 찾아오는 벌새의 날갯짓 소리에 귀를 기울여본 적 있는가? 붉은깃찌르레기의 첫 노랫소리에는? 정원에서 일하면서 호미와 쟁기가 흙에 닿으며 만드는 리듬과 멜로디에

어깨가 덩실거린 경험은?

정원의 모든 것이 경적을 울려대고 있는 봄날, 부디 귀를 기울이시길. 땀 흘린 노동의 대가가 눈 앞에 펼쳐지는 광경을 충분히 음미하시길. 일단 눈뜨고 나면 전혀 알지 못했던 수많은 것에 관해 배우지 않을 수가 없다. 보기 싫게 썩어가는 나무둥치가 알고 보면 누군가의 보금자리일 수도 있고, 얽히고설킨 덤불 안에 새들의 둥지가 있을 수도 있다. 어디선가 날아와 싹을 틔운 어린나무가 우연히도 가장 아름다운 색채의 향연을 펼쳐 보일지도 모른다. 이 모두를 즐기려면 벤치가 필요할지도 모르겠다. 그리고 어쩌면 그 벤치에 앉아야 할지도 모른다. 그냥 슬쩍 제안해본다.

봄

17

시각

희망의 빛, 연두

봄이 문 앞에 도착하면 우리는 한달음에 달려 나가 첫 잔에 봄을 전부 들이켜버리고 말지만, 그때까지의 기다림은 영원처럼 길기만 하다. 봄은 슬로푸드처럼 우리 감각을 살찌운다. 마술사가 모자에서 토끼를 꺼내듯 아무것도 없는 데서 만들어지는 듯한 계절이 있다면 바로 봄이다.

나는 봄의 기운이 도착하기 한참 전부터 봄을 꿈꾼다. 잔디의 초록빛이 어제보다 조금 더 진해지지 않았나? 일주일 전까지만 해도 가망 없는 밤색 막대기에 불과해 보였던 블루베리 가지 끝에 불현듯 어른거리는 저 조그만 자취는 생명의 기운인가? 봄은 현실보다 꿈속에 머무르는 기간이 길어서 더욱 더디게 오는 듯하다. 무언가를 원하고 원해서 현실이 되게 할 수 있다면, 봄을 기다리는 우리 마음만으로도 입춘 바로 다음 날 휘황찬란한 봄이 펼쳐질 것이다. 하지만 봄은 느릿느릿 달콤하게, 유혹적으로 다가오는 편이 어쩌면 더 나을지도 모른다.

봄은 은밀하게 숨은 미묘한 암시들을 눈으로 찾아내는 보물찾기와 함께 시작된다. 짓밟힌 채 축 처진 아마색 깔개처럼 보이던 잔디는 수줍게 녹색 이파리를 내보인다. 목련 꽃망울이 부풀어 올라 언제라도 필 것 같은 태세여서 서리 예보를 듣는 마음이 조마조마하다. 흙을 뚫고 용감하게 치솟은 크리스타타붓꽃이 꽃망울을 자랑하고, 굶주렸던 벌들은 하나둘 피어나는 크로커스 꽃밭에서 흥청대며 파티를 연다. 시냇가를 따라 줄지어 선 버드나무들은 부드러운 솜털로 치장하고서 자태를 뽐낸다.

날씨가 변덕 부릴 것을 예상하지 못하고 봄이 왔다고 그저 좋아 성급하게 얼굴을 내미는 작은 식물들은 나에게 망망대해에서 만난 구명 뗏목과도 같다. 이맘때쯤 풀모나리아를 볼 수 없다면 마음이 얼마나 싱숭생숭할까. 나는 풀모나리아를 보며 희망을 느낀다.

나무들이 마침내 신록의 베일을 쓸 즈음이면 보물찾기가 최고조에 이른다. 튤립나무에 맺힌 게 정말 잎눈일까? 개나리 꽃망울은 제대로 부풀어 오르고 있을까? 아그배나무는 목초지 너머 숲을 물들이는 임무를 차질 없이 수행하고 있을까? 명자꽃 주변으로 샤르트뢰즈chartreuse, 브랜디와 약초를 섞어 만든 향기로운 술로 연녹색이다 후광이 보이는 것은 나만의 착각일까? 온 마음을 다해 행운을 빌어본다.

조마조마한 희망을 품고 4월 대부분을 보내노라면 어느 순간 그 모든 기도가 현실이 되는 날이 온다. 집 근처 작은 잡목 수풀이라도 베어내지 말고 보존해야 한다는 주장에 가장 힘을 실어주는 산증인은 아마도 봄일 것이다. 신록이 발판을 굳힌 다음 온 천하에 희망의 메시지를 보낼 힘을 키우는 곳이 바로 그런 수풀이기 때문이다. 한데 엉켜 자라는 다양한 나무들을 들여다보면 틀림없이 초봄의 연약한 초록빛을 볼 수 있을 것이다. 의심 많은 사람일지라도 놓칠 일 없다.

자작나무의 신록은 장식용 술처럼 매달린 벽돌색 수꽃대들과 어울려 더 상큼해 보인다. 설탕단풍은 꽃차례들로 한껏 단장했다. 차를 몰고 나가면 봄비를 닦는 와이퍼 사이로 인상파 화가들이 점묘법으로 그려놓은 듯한 풍경을 마주하게 된다. 분홍색과 짙은 주황색, 싱그러운 샤르트뢰즈가 점점이 모여 널따란 양탄자를 짜낸다. 어디를 봐도 희망의 약속이 넘치고, 모든 것이 도발적인 에너지로 몸을 떤다. 봄은 믿을 수 없이 관능적인 계절이다.

향괴불나무가 일찌감치 잎사귀 한두 개를 슬쩍 틔워보기도 하지만 시기가 너무 일러 서리 피해를 보기 일쑤다. 하지만 결국 새로운 잎들이 부활하듯 그 자리를 채울 것이다. 그 뒤를 바로 이어 해당화가 가시투성이 줄기에 주름 잡힌 이파리 몇 개를 달고 등장한다. 이 녀석들도 한두 차례 서리 공격을 받을 테지만 거뜬히 이겨낼 것이 틀림없다.

관목 중에서 가장 먼저 색깔 옷을 입는 것은 양국수나무이고 그 뒤를 단풍나무가 잇는다. 부지런한 양국수나무는 이제 막 도착한 철새들이 배

를 채울 수 있게 해주는 고마운 식물이기도 하다. 물에 젖은 시가cigar 처럼 보이는 가지 끝에서 모란 잎다발이 왕관처럼 돋아나는 광경은 언제 보아도 믿기지 않는다. 모란만큼이나 시적인 것과는 거리가 먼 모습을 한 미국붉나무도 뒤를 이어 황갈색 첫 이파리를 내보낸다. 외롭고 황량하기 그지없던 때가 불과 몇 주 전인데 길어진 해가 입맞춤을 하면 생명 있는 모든 것들이 행동을 개시한다. 사람들이 봄의 열병을 앓는 것도 당연하다.

봄에는 모든 생물이 숨은 동기를 가지고 행동한다. 미국붉나무가 가지 끝에서만 새잎을 틔우고 옹이투성이인 나머지 부분은 헐벗은 채 남겨두

짙은 녹색 숲도 알고 보면 부드러운 첫 잎의 여리디여린 연둣빛에서 시작된다.

는 것도 다 자연의 계획이다. 이파리 없는 가지들은 핀치들이 날아와 둥지를 짓기에 안성맞춤이다. 라일락은 서둘러 무대에 등장하자마자 번개같이 꽃망울을 터뜨려 자태를 뽐낸다. 결핍의 계절을 지나온 눈을 단숨에 호강시킬 수 있는 것만으로도 이 관목들을 키울 가치는 충분하다.

집에서 조금 떨어진 곳에서도 분주하게 일이 벌어지고 있다. 숲속의 배신자들이 정체를 드러내는 가운데, 다른 나무들이 푸르러지기 전에 매자나무가 맨 먼저 악랄한 모습을 드러낸다. 어찌 보면 짜증 나는 이 침입자를 없애기 가장 좋을 때도 바로 지금이다. 성가시기로 치자면 그에 버금가는 찔레도 마찬가지다. 봄맞이 대청소를 하느라 바빠지기 전에 침입자들을 무찌르자.

뒤를 이어 백당나무가 겨우내 죽지 않고 살아남았다는 기별을 보낸다. 미국작살나무는 살아 있다는 기적을 보이기까지 너무 오래 우리를 조바심치게 한다. 해마다 내가 가장 손꼽아 기다리는 것은 조팝나무다. 조팝나무는 정원에서 제일 중요한 나무도, 제일 먼저 오는 나무도 아니지만 다채롭고 활력 있는 신록으로 색채에 목마른 정원지기에게 진정으로 봄이 왔음을 확인해주곤 한다. 매발톱꽃과 뱀무 '벨 뱅크Bell Bank' 품종을 섞어 심거나 '플레임스 오브 파시옹Flames of Passion' 뱀무를 매발톱꽃 발치 주변에 심어주면 심장이 멎을 듯한 아름다움으로 보상받을 것이다. 팬지를 수레 가득 실어다 심을 수도 있겠지만 그건 샤르트뢰즈의 첫 기운을 느낀 다음에 실컷 심어도 늦지 않다.

연둣빛 기운이 조금 내비치는가 싶다가 문득 고개를 들면 아무런 제약도 없이 퍼져 나가는 초록의 물결을 보게 될 것이다. 원래부터 봄은 시선을 사로잡기 위해 오는 계절이다. 시간이 지나면서 녹색은 정원이라는 그림을 담는 액자 역할을 할 것이다. 울타리 나무와 아치에 걸린 식물의 신록이 바야흐로 진취성까지 갖춘 녹색으로 변하면 정원을 그 안에 품어 기억에 아로새겨질 그림을 완성할 것이다. 이 모두는 창백하리만치 연한, 희미한 연둣빛으로 시작한다. 그 사실을 머리와 가슴에 새겨두자.

봄의 전령, 노랑

봄은 소심한 사람에게는 맞지 않는 계절이다. 어디를 보나 그렇다. 끊임 없이 터지고 솟구치며 살아 있음을 확인하는 기운이 온 세상에 울려 퍼진 다. 모든 것이 과하고, 그 과함은 의도적이다. 성장의 계절을 맞이하려면 막힘 없이 시작해야 한다. 봄이 오면 온 천지에 노랑이 두드러지는 것도 무리가 아니다.

봄에 만나는 노랑, 정신이 바짝 들게 하는 그 샛노란 빛을 일 년 중 다 른 시기에 만나도 이렇게 반길 수 있을지 가끔 궁금하다. 알뿌리 한 개만 묻어도 금세 홍수를 이루는 노랑너도바람꽃의 톡 쏘는 듯한 노랑, 슬며 시 나타나 여기저기 황금 단추를 뿌려놓은 것처럼 정원을 장식하는 동의 나물의 노란 꽃을 떠올려보자. 게다가 산수유의 나스르르한 노랑 꽃은 또 얼마나 기다려지는지.

산수유와 비슷하지만 더 멋진 나무껍질을 자랑하는 층층나무의 진척 상황을 아침마다 살피는 일도 바쁘다. 저녁에는 손전등을 들고 나가서 가 지가 휘어지게 매달린 통통한 꽃망울 중에서 단 몇 개라도 안쪽에 숨겨둔 샛노란 빛을 드러내지 않았을까 살핀다. 그러다가 꽃이 피기 시작하면 마 치 종소리가 울려 퍼지는 느낌이 든다. 황금빛 파도가 밀려들기 시작했음 을 공식적으로 알리는 종소리. 그런 다음 얼마 가지 않아 개나리가 요란 하게 뒤를 잇는다.

여름으로 접어들면 제멋대로 헝클어져 자라는 가지를 쳐내고 싶은 마 음이 굴뚝같아지고, 누구라도 못 보고 지나칠 수 없게끔 '나 여기 있소' 소 리치는 개나리의 존재감이 바로 통학버스가 개나리색인 이유일 것이라 확신한다. 우리는 노랑이 야단스럽다고 질책하면서도 봄기운이 느껴질 때면 개나리꽃이 피기를 손꼽아 기다린다. 개나리꽃은 봄의 돌진을 알리 는 수선화 무리와 쇼맨십 대회 1등 자리를 놓고 다툰다. 해마다 복숭아색,

크림색, 하얀색 수선화 새 품종이 쏟아져나오곤 하지만 신품종의 다른 색
깔 수선화를 모두 합쳐도 전통적인 노랑 수선화 판매량에 못 미칠 것이
다. 내기해도 좋다.

인정하자. 우리는 모두 노랑에 굶주려 있었다. 밤사이에 노랑 수선화가
피었는지 보려고 아침마다 고개를 빼고 살피고, 시골길을 덜컹거리며 가
는 동안에도 아이들은 자동차 창문에 코를 박고 수선화 수를 센다. 부활

노랑 레이스 같은 산수유꽃은 우리 마당에서 가장 먼저 봄을 알리는 전령이다.

절 무렵에 꽃을 볼 수 있기를 바라며 알뿌리를 심는다. 길에서 봐도 환하고 명랑한 분위기가 느껴질 만한 품종을 고른다. 봄의 색채에는 봄만의 특별함이 있다.

그런데 정원 가꾸는 사람들 사이에서는 노랑을 외면하는 소리가 곧잘 들려온다. 다른 계절로 접어들면 노랑에 대한 악담을 늘어놓기도 한다. 어떤 사람들은 자기 마당에는 노랑을 들이지 않는다고 큰소리치기도 한다. 이 자리를 빌려 나는 절대로 이 특이한 '님비NIMBY, 내 마당에는 안 돼' 족의 일원이 아님을 확실히 밝혀두고 싶다. 노란색은 팬지를 비롯한 수많은 꽃의 목 부분에 자리해 곤충에게 꽃가루가 있는 곳을 안내하는 역할을 한다. 꽃을 살펴보면 어디엔가는 노란색이 있는 경우가 아주 많아서 비슷한 경향이 있음을 확인할 수 있다.

우리 마당에는 금계국, 서양톱풀, 길뚝개꽃 등이 연달아 꽃을 피우면서 일 년 내내 노란색 악센트가 되어주는데, 한여름에는 노랑 톤에 약간 변형을 줘서 버터색이나 금발색 아니면 주홍색 쪽으로 가는 경향이 있다. 그러면 함께 어우러진 이웃 나무들과도 더 조화롭고, 색안경을 끼지 않고 볼 수 있어서 좋다.

내가 봄의 색채를 이렇게 열린 마음으로 받아들이는 것은 그저 밖으로 나가 자연과 다시 포옹하고 싶은 열망 때문이다. 봄이 자리 잡고 난 후에는 같은 달맞이꽃이라도 달걀노른자처럼 노골적인 노란색보다는 분홍색 품종을 선택한다. 얌전한 톤보다 카나리아처럼 밝은 노랑에 끌리는 것은 오직 봄이라서 그렇다. 봄은 팡파르와 함께 도착해야 제격이고, 노란색만큼 그 소식을 알리기에 훌륭한 전령은 없다.

며칠 전, 마치 3단계 화재 경보처럼 보이는 튤립과 수선화 화단을 본 적이 있다. 그 조합이 한여름에도 그렇게 반가웠을 것 같지는 않다. 하지만 지금은 봄이다. 얼마든지 환영한다. 맹렬하고 불꽃 같고 노골적인 색채를 온몸으로 받아들이자.

요란한 색의 향연, 조팝나무

고백할 게 있다. 우리 집 정원은 봄이 되면 상당히 선정적인 느낌이 든다. 형편없다고 생각하는 사람도 있을 것이다. 다음 세 가지에 해당하는 독자라면 얼른 페이지를 넘겨 다른 주제를 살피시길. 첫째, 셔츠 단추를 맨 위까지 단정히 채우고 다니는 점잖은 사람. 둘째, 정원에 초록 말고 다른 색은 들이지 않는 사람. 셋째, 다양한 색을 갖춘 정원에 대해서는 콧방귀를 뀌는 경향이 있는 사람. 나는 7에이커의 우리 정원에서 농축된 봄을 보고 싶다. 누가 나에게 공처럼 동그랗게 다듬은 녹색 회양목과 가지치기한 조팝나무 중 하나를 고르라고 하면 생각할 것도 없이 바로 조팝나무를 선택할 것이다. 싸구려 취향이라 해도 하는 수 없다. 봄에는 무조건 생기가 도는 정원을 보고 싶을 뿐이다.

우리 정원에는 둥그렇게 자란 조팝나무와 매발톱꽃, 뱀무 들이 잔뜩 어우러지고 그 아래를 봄에 꽃을 피우는 알뿌리들이 메우고 있다. 거기에 나무 몇 그루와 작약을 조금 섞어서 질감에 변화를 줘 지루함을 피한 것이 바로 봄의 우리 집 마당이다. 사실 우리 정원의 봄은 내가 조팝나무를 거의 민머리로 만들 것처럼 반복해서 짧게 자르기 시작하는 가을에 시작된다. 봄이 되면 정원이 풍성해지면서도 헝클어진 느낌은 들지 않는데, 적어도 조팝나무를 비롯한 몇몇 관목들을 잘 다듬어서 정돈되고 뚜렷한 선을 유지하려는 내 용감한 시도 덕택이라 하고 싶다. 잡초를 뽑거나 다른 일로 바쁘지 않을 때면 대부분 전지가위로 조팝나무를 다듬는다고 봐도 되겠다. 그렇게 하면 열매는커녕 꽃이 필 틈도 없어서 씨를 흩뿌릴 위험도 없다. 조팝나무는 가만히 두면 씨를 너무 많이 만들어낸다고 들었다. 자손 증식은 우리 집 조팝나무들의 운명이 아니다.

조팝나무의 매력은 색깔이다. 비록 나는 꽃이 피게 두지 않지만, 조팝나무는 꽃뿐 아니라 이파리의 색도 무척 예쁘다. 우리 마당에서는 '골드

마운드Gold Mound', '골드 플레임Gold Flame', '매직 카펫Magic Carpet' 등 여러 품종의 일본조팝나무를 서로 다른 높이로 키워서 내가 좋아하는 입체감을 연출한다. 다른 사람들이 회양목을 공 모양으로 다듬는 데 들이는 노력을 나는 조팝나무에 쏟는다. '골드 플레임'과 '매직 카펫'의 주황빛 새순은 매발톱꽃, 뱀무와 찰떡궁합이다. 동그란 모양으로 자라는 '매직 카펫' 사이사이와 주변에 매발톱꽃 '오리가미 레드 앤드 화이트Origami Red

고맙게도 조팝나무들이 둥그런 형태로 자라줘서 정원에 짜임새가 생겼다.

and White'를 심으면 에덴동산이 따로 없다. 올해는 좁은잎해란초도 보탰더니 금어초 모양의 자홍색, 노란색 꽃을 한철 내내 보여준다. '매직 카펫'은 들떠서 요란을 부리는 시기가 지나가고 나면 황금빛이 감도는 녹색으로 차분하게 정착한 다음, 한 걸음 물러나 보초처럼 정원을 지키면서 화단의 모양을 잡아준다. 자기주장이 누구 못지않게 강한 여름과 가을이 무대를 차지하려면 조팝나무가 배경 역할을 해주어야 하는데, 어쩌면 이리도 제격일까.

떠들썩한 봄을 모두가 좋아하지는 않을 것이다. 파스텔 색조를 선호하는 사람들에게 조팝나무는 좋은 선택이 아닐 수도 있다. 우리 집 마당은 길에서도 상당히 잘 보이는데, 회양목을 다듬다가 우리 집 앞을 차로 지나가면서 쯧쯧거려도 할 수 없다. 나는 그저 내 갈 길을 가련다. 나는 조심스러움과는 이별한 지 오래고, 요즘에는 다른 사람이 어떻게 생각하는지에 별 관심이 없다. 편집자들이 내 원고를 잘라내도 상관없고, 레스토랑에서야 정원 일을 할 때 입는 작업복 차림으로는 입장할 수 없다는 주의를 들을지 몰라도 내 정원은 나의 왕국이다. 다른 사람들도 자기 정원에서 그렇게 하면 된다. 내가 가꾼 정원을 핀치들이 좋아하는 것이 더 중요하다. 맞다, 우리 정원의 빽빽한 조팝나무 가지 사이 나지막한 곳에서 핀치 둥지를 여러 개 발견했다. 정원의 주인공은 우리가 아니다.

밝은 파랑을 입은 봄

남색은 정원에서 흔히 보기 어려운 색이다. 사람 손길이 침범하지 않은 자연 세계에는 코발트색 꽃이 거의 없다. 보통은 보라색이나 자줏빛 꽃이 핀다. 하지만 봄은 예외다. 하늘색, 쪽빛, 공작색, 바다색이 모두 모습을 드러낸다.

갈색으로 시들었던 풀이 녹색으로 변하기 시작할 무렵 파란색들도 슬슬 등장하기 시작한다. 우리 동네에서는 실라 시베리카*Scilla siberica* '스프링 뷰티Spring Beauty'가 제일 먼저 부지런히 꽃을 피운다. 몇 년 전, 장대한 이상을 품은 누군가가 마을에서 통행량이 가장 많은 사거리 근처에서 실라를 키우는 실험을 감행했다. 지금 그 집에 사는 사람도 실라를 잘 가꿔서 이제는 조그만 웅덩이가 아니라 작은 바다가 되었다.

실라는 키가 한 뼘도 되지 않기에 알뿌리 한두 개 심어서는 눈에 띄지도 않는다. 심지어 수십 개를 심어도 그다지 사람을 놀라게 할 수 없다. 하지만 이제는 퍼지고 퍼져서 수십만 포기에 달하는 실라들이 시선을 강탈한다. 우리 이웃 중 한 명은 남편에게 실라 꽃씨가 여물어 퍼지기 전까지 잔디를 깎지 말라고 부탁했다는 소문도 있다. 그래 봐야 몇 주만 잔디 깎기 본능을 억제하면 되고, 그 사이 잔디가 그렇게 무성해지지는 않는다. 걸음을 멈추고 경탄할 만한 광경을 만드는 데 들이는 노력치고는 정말로 별것 아니다.

나는 또 다른 톤의 파랑으로 무대를 꾸민다. 우리 마당에서는 가끔 무스카리와 히아신스가 함께 피어나기도 한다. 나는 여우 꼬리처럼 통통한 개량종 히아신스보다 꽃이 덜 촘촘하고 줄기가 여러 개 올라오는 히아신스 '페스티벌Festival'을 더 좋아한다. 파란색 꽃이 아름답기 그지없는 데다 야생종의 분위기마저 풍긴다. 이 녀석들과 붉은 기가 도는 청색에서 거의 터키색까지 감도는 무스카리 아르메니아쿰*Muscari armeniacum* '발레리 피니스Valerie Finnis'를 섞어 심으면 말 그대로 '랩소디 인 블루'를 연출할 수 있다. 그리고 그 주변으로 키오노독사 포르베시*Chionodoxa forbesii*의 연파랑 꽃들이 만개한다.

제발 그런 일이 없기를 바라지만, 꽃샘추위가 몰아닥쳐 때늦은 눈이 내린다 하더라도 키오노독사들은 기가 꺾이지도, 줄기가 꺾이지도 않는다. 도박에 소질이 없는 사람이라도 키오노독사에 투자하면 봄에 좋은 성과를 거둘 수 있을 것이다. 키오노독사 꽃들을 즐기다 보면 어느새 카마시

아가 피어난다. 파랑보다는 보라에 가깝지만 한데 모여 핀 모습을 멀리서
보면 파랗게 보인다.

    알뿌리들만 봄의 주인공 노릇을 하는 건 아니다. 우리 마당의 풀모나리
아들은 늘 때 이르게 피어난다. 기다란 점박이 이파리가 땅에 딱 붙어 자
라는 풀모나리아는 꽃이 피지 않을 때도 눈에 잘 띄는데, 봄이 오면 흙을
뚫고 솟아나자마자 꽃을 피운다. 분홍색 꽃을 피워내는 풀모나리아 '라즈

청아한 파란색 무스카리 옆에서는 다른 파란색 꽃들이
보라색처럼 보이기도 한다.

베리 스플래시Raspberry Splash'가 맨 먼저 등장하고, 그 뒤를 바짝 쫓아 푸르스름한 달빛을 연상시키는 '미시즈 문Mrs Moon'이 은은하게 만개한다. 다행히 '미시즈 문'은 때아니게 덮치는 서리나 살짝 내리는 눈 같은 것에 개의치 않는다. 4월의 정원에는 그런 강건한 보병들이 필요하고, 우리에게는 풀모나리아가 선사하는 밝은 색채가 필요하다.

초봄에는 다른 파랑들도 속속 데뷔한다. 레티쿨라타붓꽃은 봄기운이 느껴지자마자 가장 먼저 쑥 솟아서 자태를 자랑하는데, 그중에서도 '하모니Harmony' 품종의 색은 사람들이 '파랑새 파랑'이라고 부를 정도로 파랗다. 플록스 디바리카타Phlox divaricata 꽃은 머리 위로 연푸른 현수막을 흔들며 땅에 딱 붙어 전진해온다.

감청색 프리물라 불가리스Primula vulgaris 가 그늘진 곳을 찬란한 색으로 밝히는 광경은 거의 비현실적으로 느껴진다. 나는 흑호두나무 아래에 파란색 프리물라 덴티쿨라타P. denticulata를 무더기로 심는데, 드럼 스틱 모양을 한 이 야무진 녀석들은 흑호두나무가 흙으로 내보내는 독소쯤이야 아랑곳하지 않는다. 정확히 표현하자면 프리물라 덴티쿨라타는 보라색이지만 그 정도면 충분하다. 한곳에 많은 수의 프리물라를 심어놓으면 자자손손 기쁨을 맛볼 것이다.

늦봄으로 접어들 무렵에는 샐비어 실베스트리스Salvia × sylvestris '랩소디인 블루Rhapsody in Blue'가 샐비어 네모로사S. nemorosa 종보다 훨씬 더 선명하고 밝은색으로 치장한 첨탑 모양 꽃대를 올릴 것이다. '메이 나이트May Night'와 '뉴 디멘션 블루New Dimension Blue' 품종의 어두운색은 멀리서는 잘 보이지 않아서 생동감을 내기보다 어두운 구멍처럼 보이기 쉽다. 하지만 이 꽃들이 필 즈음이면 밝은 파랑을 입은 봄은 이미 행복한 기억으로 자리 잡은 뒤고, 정원에는 조금 더 안정감 있는 색들이 정착한다. 이 얼마나 멋진 순환인가?

후기

그리웠던 흙냄새

봄은 살짝 열린 창문 틈으로 살며시 들어온다. 오랫동안 간절히 기다려온 신선한 공기 내음을 맡으려 창문을 조금 열었을 때 몰래 발을 들인다. 실내와 바깥의 경계가 흐려지는 것이 어떤 느낌인지 거의 잊었고, 창밖의 공기와 한 몸이 된 기억은 영원의 시간 저편인 듯 생각될 지경이었다. 그런데 살짝 열린 창으로 따뜻한 흙냄새가 들어온다. 깊고 윤택하고 매혹적이다. 원초적이고 구수하다. 밖으로 얼른 뛰어나가 넙죽 엎드려 손에 한 움큼 쥐고 그 냄새를 한껏 들이마시고 싶다. 긴 결핍의 시간 동안 이 향기를 얼마나 그리워했는지 불현듯 깨닫는다.

흙냄새는 다른 틈을 타고도 우리 후각을 공략한다. 생각에 잠겨 길을 걷는 도중, 홀연히 불어온 산들바람이 볼을 어루만질 때 희미한 향기가 슬쩍 스치고 지나간다. 다음 순간 우리는 그것이 방금 녹은 흙의 향기, 오랜 친구의 향기임을 알아차린다.

봄이 무르익을 즈음이면 우리는 어느새 이 독특한 향기를 잊고 만다. 미생물들이 잠에서 깨어나고, 부엽토가 팔을 걷어붙이며 준비 운동을 하고, 새순들이 모두 발동을 거는 향기. 하지만 적어도 내 코는 그 향기에 너무 익숙해져서 더는 자극을 받지 않는다. 향수 전문가들 말로는 사람들이 가장 선호하는 향기가 갓 구운 빵 냄새라고 한다. 시트러스 감귤류 과일나 바닐라 등 보편적으로 인기 있는 향기들을 모두 제치고 말이다.

하지만 내가 개인적으로 조사한 바에 따르면 정원 가꾸는 사람들 사이에서는 따뜻해지기 시작하는 흙냄새가 단연 인기 1위다. 입맛을 돋우고 배를 꼬르륵거리게 하는 향기는 아니지만, 모나리자 미소를 짓게 하는 향기다. 온갖 환영의 의미가 담긴 이 향기를 맡으면 직접 키운 상추나 매발톱꽃처럼 앞으로 일어날 좋은 일들이 자연스럽게 연상된다.

시간이 더 지나 봄이 한창일 때는 너무도 많은 향기가 코를 자극한다. 우리 코에 우렁차고 뚜렷한 공세를 퍼붓는 향긋한 거름과 비료 향기가 한 예다. 그맘때 코는 배전반 전체에 불이 켜질 정도로 쇄도하는 자극을 모두 처리하느라 그야말로 눈코 뜰 새 없이 바빠져서 미묘한 흙냄새에 정신을 쏟을 여유가 없어진다.

코를 치켜들고 멀리서 흘러오는 흙냄새를 음미하는 것까지는 좋지만, 이제 막 녹기 시작한 흙과 성급하게 친밀해지려 해서는 안 된다. 손으로 흙을 만지고 싶은 충동을 참으라는 이야기다. 언젠가는 밖으로 나가 흙을 파헤칠 날이 오겠지만 아직은 기다려야 할 때다. 너무 일찍부터 흙을 성가시게 했다가는 아무짝에도 쓸모없는 진창을 만드는 사태로 이어질 수 있다. 나도 너무 일찍 씨앗이나 모종을 심으려고 했다가 욕심부린 대가를 톡톡히 치른 적이 있다.

요즘은 흙에 거의 손을 대지 않고 완두콩 한두 줄 슬쩍 꽂아 넣는 것으로 만족하고 날이 더 따뜻해지기를 기다린다. 대신 정원을 잘 살펴보는 데 시간을 들인다. 코를 앞세우고 돌아다니며 정원과 사귀어보자. 평소에는 잘 의식하지 못하는 감각을 동원해보는 것이다. 그리고 순수하게 감각으로만 정원을 즐겨보자. 봄 내음을 처음 맡는 순간의 황홀함은 노동을 전혀 하지 않고도 느낄 수 있다는 점에서 더 특별하다. 죄책감을 느낄 필요가 없다. 아직은.

작약 순이 돋아날 즈음에는 맨흙이 많이 드러나 있다.

코를 깨우는 봄 내음

봄은 코를 깨우는 자명종과도 같다. 물론 겨울도 코를 즐겁게 하는 여러 향기를 선사하기는 하지만 정원이 겨울잠에 빠져 있는 동안에는 예민한 후각이 장점보다 단점으로 작용할 때가 많다. 좀약 냄새, 퀴퀴한 장작 연기 냄새, 고양이 배설물 상자에서 나는 냄새 등은 땅이 녹기 전까지 추운 계절에 주로 코를 괴롭히는 자극들이다. 그러다가 때가 되면 좋은 일이 일어나기 시작한다. 봄에 서둘러 피는 꽃 가운데 하나가 제비꽃인 것은 정말 고마운 일이다.

내가 왜 제비꽃과 향기를 한데 묶어 이야기하는지 모르는 사람이 아는 사람보다 훨씬 많을 것이다. 향기제비꽃 '프레클스Freckles' 품종을 구매한 사람이 아니라면 코는 그다지 호강하지 못할 것이다. 아주 희귀한 '로지나Rosina' 품종이 아닌 이상 제비꽃으로 후각의 만족을 얻기는 어렵다. 하지만 항상 그랬던 것은 아니다. 한때 사람들은 제비꽃을 작은 다발로 만들어 코밑에 대고 사람이 많이 모인 장소에서 악취를 피하는 용도로 사용했었다. 긴장한 몸들이 저마다 내뿜는 수많은 체취가 견디기 어려울 때 유용했을 것이다. 극도로 피치가 높은, 조린 설탕 같은 달콤한 향기를 살짝씩 수줍게 풍기는 제비꽃은 타의 추종을 불허하는 매력이 있다. 이 세상 것이 아닌 듯한 느낌의 가벼운 제비꽃 향기는 맡지 못하는 사람이 많지만, 그 향기를 포착할 수 있는 사람들에게는 중독성을 발휘한다.

한때 숙녀 수업을 받는 어린 소녀들은 제비꽃 향기를 맡는 예절도 배웠었다. 얌전하게 살짝 향기를 맡아야지 제비꽃을 묶은 다발에 코를 들이대고 천박하게 흠뻑 들이마시면 안 됐는데, 이것은 코의 관점에서 봐도 말이 되는 행동이다. 깊은숨을 들이쉬면 높은 피치의 향기가 후각 신경구를

로제아제비꽃은 향기가 진해서 코가 피곤할 수도 있다.

우회해버릴 수도 있기 때문이다. 살짝살짝 공기를 들이마시는 것이 향기 분자가 후각 신경에 제대로 도착하도록 하는 데 도움이 된다. 천상의 향기인 듯 좋긴 하지만 피치가 높은 이 꽃향기를 조금 맡고 나면 20분 정도는 아예 못 맡게 되는 부작용이 나타나기도 한다.

향기제비꽃과 로제아제비꽃은 꽃송이가 매우 작다. 바로 이 점이 녀석들이 널리 퍼지는 데 실패한 원인이긴 하지만, 조제핀 황후를 사로잡는 데는 성공했다. 조제핀은 그윽한 향기가 나는 이 꽃들을 말메종Malmaison, 세인트 헬레나 섬에 있는 나폴레옹 보나파르트의 저택에서 길렀다. 조제핀의 숙적이자 나폴레옹의 두 번째 부인 이름을 딴 품종 '마리 루이즈Marie Louise'를 비롯해 '레이디 흄 캠벨Lady Hume Campbell', '더치스 데 파르메Duchess de Parme', '스완리 화이트Swanley White' 등은 19세기 후반에 널리 인기를 끈 제비꽃 품종들이다. 그러나 시간이 흐르면서 재배업자들은 꽃이 크고 통통하며 줄기가 길어서 손에 드는 꽃다발을 만들기에 적합한 품종을 선호하기 시작했고, 이에 따라 향기는 뒷전으로 밀리고 말았다. 요즘에는 향기 있는 제비꽃 찾기가 하늘의 별 따기가 됐다. 그래도 아주 이른 봄에 핀 제비꽃 무리를 발견하면 무릎을 꿇고 향기를 맡아보자. 잊지 못할 경험이 될 것이다. 홑꽃을 피우는 종은 추위에 매우 강하다. 눈에 잘 띄는 겹꽃들은 애석하게도 연약해서 온실에서 기르는 것이 좋다.

꽃무도 제비꽃처럼 향기를 조금 맡고 나면 일시적으로 냄새를 못 맡게 되는 수가 있는데, 향기가 정말 좋은 꽃무를 찾기는 쉽지 않다. 봄에 누릴 수 있는 또 하나의 달콤한 특권 중 하나인 스토크와 마찬가지로 꽃무도 눈 깜짝할 새에 한꺼번에 피었다가 돌아서면 바로 져버린다. 특히 날이 따뜻하면 삽시간에 일이 벌어진다. 꽃무는 작은 꽃송이들이 줄기에 모여 피는 덕분에 더 화려해 보인다. 서늘한 날씨가 이어지면 달콤하기 그지없는 정향 향기를 풍기며 무더기로 피어난 꽃무를 한두 주 즐기는 행운을 누릴 수도 있다. 하지만 물놀이를 하고 싶어지는 따뜻한 계절이 시작되면 더는 꽃이 피지 않는다. 시중에는 형광이 감도는 '오렌지 베더Orange Bedder' 품종만 보이는 듯한데, 찾을 수만 있다면 '보울스 모브Bowles's Mauve'가 훨씬 예쁘장하다. 짙은 빨강 바탕에 주황색 줄이 들어간 꽃을 피우는 품종인 '에이프리콧 트위스트Apricot Twist'를 구할 수만 있다면 나는 세상에서 가장 행복한 정원지기가 될 텐데.

향기가 짙으면서도 금방 사라져서 아련한 느낌을 주는 꽃을 찾는다면 목서초를 심어보자. 레제다 오도라타Reseda odorata라는 학명이 붙은 목서초의 꽃은 강한 향기에 유혹적인 바닐라 향이 살짝 가미되어 있어서 꿈결인 양 아름답다. 슬프게도 목서초 꽃은 서늘한 날씨를 좋아하고 기온이 오르면 시들기 때문에 며칠 사이에 서둘러 꽃을 피우고 씨를 맺는다. 솔직히 목서초가 내세울 것은 향기밖에 없다. 그다지 볼 게 많지는 않은 꽃이다. 꽃이 다이아몬드 반지처럼 생겼는데 정작 다이아몬드는 없다. 게다가 크기도 반지처럼 작다. 향기를 위해 심는 꽃이다.

제비꽃, 꽃무, 목서초가 봄 한때의 덧없는 사랑이라면 해변패랭이꽃은 오랫동안 옆을 지켜주는 충실한 친구다. 패랭이속Dianthus 꽃들은 '봄' 하면 떠오르는 식물이지만 여름까지도 미모를 자랑한다. 게다가 향기는 또 어떤가! 정향 냄새와 계피 향이 매우 그윽하다. 낮 동안에는 꽃에 코를 직접 대고 맡아야 향기를 느낄 수 있지만, 저녁에는 멀리서 굽는 시나몬 빵 냄새처럼 공기 중에 향기가 슬쩍 퍼지곤 한다. 입에 군침이 돈다. 색깔도 비할 데 없이 예쁘다.

패랭이꽃은 17세기 이후 꾸준히 품종이 개량돼서 띠를 두른 것, 줄무늬가 있는 것, 화려한 색이 얼룩지듯 어우러진 것 등 다양한 품종이 있다. 어떤 품종은 꽃잎이 프릴처럼 하늘거리고, 어떤 것은 겹꽃으로 피어난다. 모두 더없이 아름답다. 지금까지 언급한 다른 꽃들과 비교하면 패랭이꽃은 크기 면에서 우등생이어서 지름이 보통 2.5센티미터가 넘는다. 엄청나게 크지는 않지만 멀리서도 보이는 정도는 된다. 그러나 모든 패랭이꽃이 향기롭지는 않다. 일명 '체다핑크'라고 부르는 쿠션패랭이꽃 '타이니 루비스Tiny Rubies'와 '파이어위치Firewitch', '파이크스 핑크Pikes Pink' 품종은 향기가 나지 않는다. 마찬가지로 카네이션*Dianthus caryophyllus* 종류도 긴 줄기를 갖도록 품종을 개량한 것으로, 향기가 없다. 향기 유전자와 줄기를 길게 만드는 유전자는 서로 관련이 없다. 봄에 내린 지름신을 해소하려면 꽃이 핀 모종을 골라 향기를 맡아보고 결정하자.

제각각 다른 향기, 수선화

시나몬핑크 같은 꽃에서는 좋은 향기가 나는 게 당연하다고 여기지만, 봄은 우리가 예상치 못한 카드를 쥐고 있을 때가 많다. 수선화와 꽃향기를 연관 짓지 않는 사람들도 이제는 생각의 폭을 좀 넓혀야 할 때다. 때때로 트럼펫 모양 수선화에 코를 들이대고 향기를 맡아보자. 개양귀비 꽃밭을 거닐면 취한 느낌이 든다고 하는 사람이 많은데, 자생으로 퍼진 수선화들이 바다를 이루듯 핀 곳을 하루 중 특정 시간에 거닐고 나면 개양귀비 꽃밭에서만큼이나 나른해진다. 볕이 따스한 봄날 정오경에 수선화 무리를 헤치며 걸어보자. 황홀경에 빠져 졸도할 정도까지는 아니어도 눈꺼풀이 무거워짐을 느낄 것이다. 나는 자생 수선화밭을 보면 늘 시에스타낮잠가 생각난다.

수선화의 환한 색깔은 누구나 잘 안다. 가장 먼저 꽃망울을 터뜨리는 수선화들은 소방관의 제복처럼 눈에 확 들어오는 샛노란 색이다. 마치 보는 이에게 충격을 줄 속셈으로 누가 색을 칠해놓은 듯한 느낌이 들기까지 한다. 수선화의 노랑은 그냥 지나칠 수 없고, 바로 그 덕분에 우리는 겨울을 떨쳐버리고 앞으로 나아갈 힘을 얻는다. 그런데 향기는? 우편 주문 카

수선화는 온화한 곳에서도 잘 자라고, 뉴잉글랜드의 혹독한 겨울을 이겨낼 만큼 추위에 강한 품종도 많다. 그리고 짙은 향기를 풍긴다.

탈로그에도 수선화의 향기에 대해서는 별 언급이 없다. 하지만 나는 수면에 비친 자기 얼굴에 반해 물에 빠져 죽은 나르키소스Narcissos의 이름을 속명 수선화속, Narcissus으로 얻은 이 꽃의 진가를 제대로 알아볼 때가 되었다고 생각한다.

그저 단순히 수선화 향기가 좋다고 말하는 것은 초콜릿 맛을 달콤하다고만 표현하는 것과 매한가지다. 수선화 향기에는 그 이상으로 많은 것이 담겨 있다. 수선화꽃 하나하나는 나름의 뉘앙스를 띤 향기를 발산하고, 그렇게 모인 조화로운 향기의 배합은 시시각각 변한다.

우리 마당의 수선화는 아침에는 잠잠하지만, 정오쯤 되면 내게 말을 걸어오기 시작하고, 해 질 녘에는 따듯하고 고슬고슬한 도넛 향기를 뿜으며 왁자지껄해진다. 하지만 모든 수선화가 이런 패턴을 따르지는 않는다. 노랑 꽃잎들 중심에 주황색 컵이 있는 '핌퍼넬Pimpernel' 같은 품종은 정오쯤에 바닐라 커스터드 향을 강하게 발신해서 점심 먹기 직전의 시장한 배를 자극한다. 부드럽고 옅은 색의 노랑 꽃잎과 주황색 컵을 가진 '케드론Kedron'은 자외선 차단제 같은 향기가 난다. '치어풀니스Cheerfulness'는 꽃잎과 컵이 모두 크림색에 노랑 점무늬가 있는 품종인데 아이보리 비누 냄새를 풍긴다. 통학버스같이 샛노란 '마리에케Marieke'는 바닐라를 가미한 크리스마스 지팡이 사탕을 연상시키는 향기가 난다. 전체적으로 새하얀 '마운트 후드Mount Hood'는 장미 향 로션과 같은 향기가 나지만, 똑같이 꽃잎과 컵이 모두 하얀 '탈리아Thalia'에서는 땀에 전 양말 냄새가 난다. 몇 가지 예만 들어도 이렇다.

향기가 얼마나 짙은가는 수선화가 해가 잘 드는 곳에서 자라는지, 약간 그늘진 곳에서 자라는지에 따라 다르다. 알뿌리가 닻을 내린 흙의 영향도 받을 것이다. 심지어 기온도 꽃 하나하나가 얼마만큼의 향기를 뿜어낼지에 영향을 준다. 그 모든 요소가 합쳐져서 어떤 향이 얼마나 방출될지 결정되는 것이다. 우리가 음식에 영향을 받듯 수선화도 받아들이는 모든 것에서 영향을 받는다. 그러니 하루에도 여러 번 다른 시각에 다양한 수선화를 찾아보고, 호기심을 품고 들여다보자. 가까이 다가가서 한 송이, 한 송이에 관심을 쏟아보자.

한 가지 경고하자면, 수선화는 식용이 아니다. 아몬드 비스킷 같은 먹음직한 냄새가 아무리 강해도 입에 넣어서는 안 된다. 독성이 있기 때문이다. 사슴들이 수선화를 먹어 치우지 않고 그냥 두는 이유가 바로 이것이다. 그리고 부활절 축제에 참여했다가 집에 가는 길에 수선화밭을 지나면 근처 제과점에 들르고 싶은 욕구가 생길 위험이 있다. 유월절에 금욕을 실천하겠다는 선언 역시 수선화 때문에 말짱 도루묵이 될 수 있다.

자생 수선화밭에는 수선화 왕국에서도 추위와 병충해에 특히 강하며 번식이 빠른 종들이 모여 있게 마련이다. 대개 '마운트 후드', '아이스 폴리스Ice Follies', '마리에케', '살로메Salome', '치어풀니스' 같은 생존 전문가들로, 탄탄한 꽃을 피우고 척박한 계절을 잘 이겨내게끔 품종이 개량된 것들이다. 게다가 향기도 진하다. 수만, 수십만 송이 수선화가 뿜어내는 향기를 맡으며 걷다 보면 정말이지 황홀감에 취해볼 수 있을 것이다. 봄이야말로 이런 경험을 하기에 최적의 시기가 아닌가?

🌷

도발적인 향기, 분꽃나무

할 말이 너무 많지만 이 한마디만 하겠다. 원예업계는 다른 감각은 무시하고 오로지 시각에만 초점을 맞추는 듯하다. 하지만 코도 눈 만큼은 대우를 받아야 한다. 봄의 모든 향기가 감지하기 어려울 정도로 미묘하기만 한 것은 아니다. 다른 계절이라면 꽃향기를 묘사할 때 '도발적'이라고 표현하는 게 비판 조로 들릴 것이다. 꽃의 특징을 묘사하는 데 성적으로 유혹하는 듯한 단어를 쓰는 것은 그리 적절하지 않아 보인다. 그러나 우리는 모두 초봄에 대해서는 굉장히 관대해진다. 봄기운이 꿈틀거리자마자

연분홍빛이 감도는 통통한 꽃차례를 터뜨리면서 분꽃나무가 존재감을
드러내면 우리는 행복에 겨워 코를 계속 킁킁거리곤 한다. 대담무쌍한 탈
의실 냄새가 약간 섞여 있지만, 바닐라, 베이비 파우더, 향신료 등의 좋은
향기를 음미하는 데는 아무 지장이 없다. 고드름이 아닌 뭔가를 코에 가
져다 대는 것 자체가 즐겁기 때문이다.

분꽃나무의 영어 이름은 '코리안 스파이스(Korean Spice, 한국 향신료)'다.
이 같은 이름을 얻은 데는 다 이유가 있다.

분꽃나무의 꽃향기는 또 하나의 구명 뗏목이다. 겨울꽃으로 분류되는 풍년화는 제쳐두고, 관목 가운데 봄에 가장 먼저 피는 분꽃나무꽃에 우리는 전심전력을 다해 매달린다. 분꽃나무꽃 향기처럼 반가운 것도 없다. 연분홍으로 시작해 점점 상아색으로 여물어서 아직 잎이 나지 않은 상태에서 꽃잎을 펼치는 이 꽃의 향기를 하나도 놓치지 않고 모두 들이마시고 싶다. 하지만 솔직히 말해서 이렇게 노골적인 향기를 다른 계절에도 이토록 반길 수 있을까? 향수 제조업자들이라면 분꽃나무꽃 향기를 동물성으로 분류할 것이다. 한마디로 표현하자면 도발적인 향기다.

미국 동부의 뉴잉글랜드 지방에서는 낡아서 쓰러져가는 농가 바로 옆, 건물 기초 부분에 거의 딱 붙어서 분꽃나무가 자라고 있는 경우가 많다. 20세기 초에 이 지역에 분꽃나무를 들여왔으니 사실 그리 오래되지 않은 신인인 셈이다. 살짝 얄궂은 향기를 지녔음에도 불구하고 배신하지 않는 초봄의 주인공으로 사랑받아왔다. 어쩌면 크로커스와 함께 엄청나게 일찍 피는 꽃이 희망의 상징으로 자리매김하면서 인기를 끌었는지도 모르겠다. 아니면 향기를 들이마실 때마다 저변에 스며 있는 살짝 야한 느낌의 페로몬이 눈을 껌벅이며 옆구리를 쿡쿡 찌르는 것만 같은 '쥬-네-세-큐어je-ne-sais-quoi, '형용할 수 없는 뭔가'라는 의미의 프랑스어'의 기운 때문일 수도 있겠다. 그 정도면 아무리 콧대 높고 냉철한 사람이라도 외면하지 못할 것이다. 심장박동이 빨라지고 리비도libido, 정신분석학에서 인간 행동의 밑바탕을 이루는 성적 욕망 온도가 높아지는 원인을 꽃에서 찾는다면 거의 언제나 분꽃나무가 범인이다.

주디분꽃나무도 분꽃나무의 뒤를 바로 쫓아 꽃망울을 터뜨린다. 분꽃나무와 비슷하면서도 꽃향기 저변에 깔린 살짝 고약한 요소가 없다. 그리고 불과 몇 주 사이에 산분꽃나무속Viburnum의 다른 종들도 꽃을 피워 향기를 발산할 것이다. 내가 아직 만나보지 못한 버크우드분꽃나무(들은 바로는 서향의 향기와 비슷하다고 한다)에서부터 바닐라, 베이비 파우더, 계피가 합쳐진 향기가 나는 좀우단아왜나무에 이르기까지 다양한 종의 산분꽃나무들이 봄 향기의 향연을 우리 코에 선사한다.

'여행자 나무'라고도 부르는 서양가막살나무의 꽃향기는 강하지는 않은 편이지만, 코를 너무 가까이 들이대면 땀에 전 체취 같은 냄새가 훅 찌르고 들어올 수도 있다. 반면에 같은 속의 털설구화와 털설구화의 자손인 백당나무는 둘 다 봄에 꽃을 피우는 보기 좋은 관목이지만 향기는 나지 않는다.

산분꽃나무속 꽃들은 봄 정원이라는 그림의 바탕을 구성하고 살을 붙이는 역할을 한다. 시간이 흐르면서 가막살나무들이 꽃을 피우기 시작하는데, 그중 하나인 '카디널 캔디Cardinal Candy'는 처음 훅 끼치는 톱노트top note가 노골적인 사향 냄새다. 나는 그 향기를 좋아한다. 참고로 내 취향을 좀 설명하자면, 나는 스컹크 냄새도 멀리 떨어져 있으면 그리 나쁘지 않다고 생각하는 사람이다.

'천리향'이라고도 부르는 서향을 우리 마당에서 키울 수만 있다면 봄에 가장 먼저 꽃을 피우기 위해 분꽃나무와 치열한 경쟁을 벌일 것이다. 서향은 산성흙을 좋아하는데, 흙의 산도 때문인지 아니면 배수 조건이 안 맞아서인지 모르겠지만, 녀석은 우리 마당을 좋아하지 않는다. 다행히도 나는 서향의 향기를 다른 곳에서나마 맡곤 한다. 다른 정원에서 자라는 버크우드서향 '캐롤 맥키Carol Mackie'를 수없이 접한 결과 이 꽃의 향기는 묵직하고 사향 냄새가 강해서 매우 독특하다는 것을 잘 알게 됐다. 서향의 향기는 그야말로 전설적이다. 꽃가루받이를 돕는 곤충들은 어떨지 몰라도 나는 서향이 피는 곳이라면 어디건 찾아갈 용의가 있다.

향괴불나무는 앞에서 이야기한 관목들만큼 보편적으로 기르지는 않지만, 향기도 그만인 데다 일찌감치 부지런 떠는 벌들에게 주는 혜택만으로도 더욱더 널리 퍼져야 할 식물이다. 향기의 피치가 높아서 초봄에 피는 다른 꽃들이 내보내는 낮은 피치의 향기와 조화를 이룬다. 작은 진주 같은 하얀 꽃들이 뭉쳐서 피는 이 꽃나무를 내가 직접 길러본 것은 아니다. 하지만 크로커스가 피는 계절에 뉴욕식물원에 갔다가 향괴불나무를 만난 적이 있는데 정말 기억에 남는 시간이었다. 정오쯤이었던 그때는 향기를 멀리까지 보내지 않고 주변에 잡아두는 듯했으나 어쩌면 다른 시간에는 그렇지 않을 수도 있다.

나는 늘 댕강나무를 기르고 싶었다. 그래서 정원 박람회에 잘생긴 댕강나무가 출품되었다는 소식을 듣고 코가 인도하는 대로 따라가서 이 작은 관목을 만났다. 분홍과 하양이 섞여 피어난 꽃에 코를 파묻고 향기를 음미하다가 가격이 평소 댕강나무에 붙어 있던 것보다 한 단계 낮다는 사실을 깨달았다. 말할 것도 없이 그날 그 댕강나무는 나와 함께 귀가했다.

봄에 피는 댕강나무꽃의 내음은 분꽃나무의 풍부한 향기와 비슷하지만, 분꽃나무 향기의 저변에 깔린 부정적인 냄새는 없으면서 월계화 향기가 살짝 가미되어 있어서 기절할 정도로 매력적이다. 내게 댕강나무를 판매한 사람은 가을에 아름다운 단풍도 볼 수 있을 것이라 약속했다.

고광나무라는 이름을 듣고 꽃향기를 연상하는 사람은 많이 없을 것이다. 고광나무속*Philadelphus*의 많은 교배종이 꽃을 더 예쁘게 만드는 과정에서 향기를 잃었다. 홑꽃이 피는, 개량되지 않은 고광나무를 혹시라도 만나면 5월 말에서 6월 사이에 피는 꽃에 코를 가까이 대보자. 달콤한 시트러스 향을 맡고 나면 '가짜 오렌지*Mock Orange*'라는 별명을 얻은 연유를 이해할 것이다. 요즘 시중에는 촘촘하게 자라는 개량종들이 많이 보이는데, 그런 품종보다 기르기는 더 어려울지 몰라도 개량되지 않은 고광나무를 잘 키우면 향기로 보상받을 것이다.

5월 저녁의 라일락

라일락은 굳이 찾아다니지 않아도 된다. 어둠 속에서도 유혹의 향기를 보내 우리에게 손을 내미는 것이 바로 라일락이다. 라일락 향기는 공기 중에 떠다니면서 특유의 사향 냄새를 널리 퍼트린다. 향수 같은 이 향기는 봄비가 내린 후에 특히 진하게 느껴지는데 아마도 촉촉한 공기 중에 끈적한 냄새 입자가 가득해서일 것이다.

라일락 향기는 타의 추종을 불허한다. 완전히 다른 경지의 경험이다. 아무것에도 견주거나 비교하거나 비유할 수 없다. 날씨에 따라, 시간에 따라 다르긴 해도 라일락 향기는 늘 거기 있다. 어떨 때는 아스라할 정도로 희미하게, 어떨 때는 아찔할 정도로 진하게.

5월의 저녁이면 나는 눈 감고도 산책을 할 수 있다. 집에 도착할 즈음에는 여기저기 뼈가 부러져 있을지도 모르지만, 눈을 감고 걸어도 내가 동네의 어느 지점에 있는지 정확히 알 수 있다. 내 왼쪽으로는 문 바로 앞에 라일락 나무가 줄지어 선 경로당이 있다. 우리 마당에서 키우는 '프레지던트 링컨President Lincoln' 라일락 향기가 길 건너에서부터 진동하는 것을 보니 집에 거의 도착한 것이 틀림없다. 5월이면 단골손님처럼 찾아오는 산들바람이 불어 향기가 살짝 옅어질 수도 있다. 하지만 넓게 퍼진 향기도 내 코를 피해 갈 수는 없으니, 나는 새하얀 꽃송이들을 자랑하는 옆집의 라일락 나무가 근처에 있다는 단서를 놓치지 않을 것이다.

우리 동네에서는 모두 자랑스럽게 길 쪽에 라일락 나무들을 심어놔서 밤 운전을 할 때 전조등을 켜지 않아도 길을 찾을 수 있을 정도다. 길 쪽에 라일락을 심는 것이 뉴잉글랜드의 전통인지 아닌지는 알 수 없지만, 우리 동네의 관습인 것은 확실하다. 나는 서재 창문 바로 옆에 라일락 나무를 심어서 열린 창으로 향기가 들어오게 했다. 저녁에도 가능한 한 오래 창문을 열어놓고 코를 호강시키기 위해 옷을 덧입곤 한다.

그런데 어둠이 깔린 뒤 향기가 더 진해지는 느낌이 드는 건 나 혼자만의 상상일까? 라일락 향기는 저녁에 훨씬 더 잘 퍼지는 게 확실하다. 낮에 향기를 맡으려면 꽃에 직접 코를 대야 할 수도 있지만 해가 지고 나면 상황이 달라진다. 꽃가루받이를 도와주는 곤충들이 라일락에 모여들기는 해도 야행성 곤충들을 모으기 위해 일부러 저녁에 더 진한 향기를 방출하는 것은 아니라고 알고 있다. 그보다는 대기의 조건에 따라 달라지는 것

저녁 공기를 타고 퍼진, 취할 정도로 진한 라일락 향기는 꿈결처럼 아름답다.

같다. 메인주의 바닷가에서 라일락을 여러 종류 키우는 친구가 있다. 언젠가 그 친구에게 한 어부가 안개 속에서도(어쩌면 특히 안개가 꼈을 때) 바다에서까지 라일락 향기를 맡을 수 있다고 말해줬다고 한다.

라일락 향기를 어떻게 묘사할 수 있을까? 진하고 유혹적이며 사람을 취하게 하는 라일락 향기는 정원지기의 마음을 흔들고 모두에게 사랑받는다. 심장을 두근거리게 하는 라일락 향기는 눈을 감으면 바로 떠올릴 수 있다. 향기가 나는가? 상상할 수 없을 정도로 괴팍한 사람이 아니고서야 라일락 향기를 좋아하지 않을 수 없다. 향기가 특히 더 진한 종도 있지만, 대부분이 베이비 파우더와 포도주를 섞은 것 같은 향을 풍긴다. 거기에 계피 향을 약간 가미한 것들도 있다. 향수 전문가들은 라일락 향기에 꿀 향기도 약간 섞여 있고, 재스민 향기도 깔려 있다고들 한다. 하지만 이런 것은 모두 모호한 연관성일 뿐이다.

그리고 라일락의 향기도 각양각색이다. 흰 라일락이 보통 가장 향기가 짙다. '프레지던트 링컨', '로체스터Rochester', '찰스 졸리Charles Joly', '플라워 시티Flower City' 등은 모두 매우 향기롭다. 하지만 두 가지 색으로 꽃을 피우는 '센세이션Sensation'은 향기 면에서 약간 부족하다는 느낌이 든다. 일부 라일락 팬들은 오래된 교배종들이 새로 개발된 품종들보다 향기가 더 좋다고들 한다. 인위적으로 꽃송이를 더 크게 만들면서 향기보다 크기를 선택한 것이 원인인지도 모르겠다.

가능한 한 오래 라일락 향기에 취해 지내고 싶으면 시링가 히아킨티플로라Syringa × hyacinthiflora '포카혼타스Pocahontas'처럼 일찍 꽃이 피는 품종을 심어보자. 5월에 만개하는 라일락 축제를 더 연장하고 싶으면 '일본 라일락 나무'라고도 부르는 개회나무를 추천한다. 개회나무는 키가 크게 자라고 한여름에 하얀색 원뿔형 꽃차례를 피워낸다. 라일락과 같은 수수꽃다리속Syringa이지만 향기는 이에 영 못 미치는 시링가 메이어리S. meyeri와 이종을 개량한 '팔리빈Palibin' 품종도 고려해볼 만하지만, 향기는 후하게 쳐줘도 희미한 정도에 그친다.

라일락에도 단점은 있다. 꽃이 핀 동안에는 향기도 좋고 아름답지만, 꽃이 진 다음에는 그다지 보기 좋은 나무가 아니다. 흐느적거리며 제멋대로 자라는 이 녀석들의 버릇을 잡기 위해 꽃을 잘라 어머니날5월 둘째 주 일요일 꽃다발을 만드는 것도 좋은 방법이다. 라일락은 가지치기가 필수다. 수령이 늘어감에 따라 마음을 더 단단히 먹고 목질화된 부분을 쳐내야 나무의 모양을 예쁘게 유지할 수 있다. 새로 나온 품종인 '프레리 퍼티트Prairie Petite'는 작고 둥그런 모양을 유지하면서 매우 아름답고 진한 향기를 자랑한다.

가루처럼 날리는 흰곰팡이도 라일락의 또 다른 단점이다. 다행히 흰곰팡이는 라일락 관목의 수명에 영향을 끼치지 않는다. 보기에 안 좋을 뿐이다. 곰팡이가 생기지 않게 예방하려면 공기가 잘 통하게 해주는 것이 가장 좋다. 몇 가지 단점이 있기는 해도 라일락은 사랑하지 않을 수 없는 나무다. 5월의 어느 저녁, 황혼이 깔린 후 향기를 코로 한가득 들이마시며 행복감을 느낄 때면 단점 같은 건 싹 잊히고 만다.

청각

청개구리와 새들의 합창

내가 정원의 소리에 귀 기울이기 시작한 것은 얼마 되지 않은 일이다. 기술의 발전으로 더 많은 소리를 들을 수 있게 된 덕분이다. 한두 해 전까지만 해도 나는 흰목참새가 높은 피치로 '안녕, 예쁜 아가씨' 하며 짝을 찾는 노래를 들어보지 못했다. 휘파람을 부는 듯한 흰목참새의 소리는 제한적인 내 청역에서 완전히 벗어나 있었기 때문이다. 그러다 흰목참새의 노랫소리를 처음 들은 뒤로 나는 밤낮으로 그 예쁜 소리를 흉내 냈다.

초봄이 되면, 아니 봄이 공식적으로 시작되기도 전부터 나는 저녁마다 산책에 나서곤 한다. 맞다, 라일락 향기에 이끌려 눈감고도 다닐 수 있다고 호언장담한 그 저녁 산책들 말이다. 집을 나서면 나는 부푼 가슴을 안고 습지 쪽으로 향한다. 청개구리 한두 마리가 소심하게 우는 소리가 들리면 그날 저녁 산책은 성공이다. 며칠 지나지 않아 밤 기온이 다시 뚝 떨어지면 그마저 침묵에 빠질 게 틀림없지만. 하지만 그렇게 한두 번 청개구리 울음소리를 듣는 것만으로도 내 가슴에는 이미 희망의 씨앗이 심어진 것이나 다름없다. 첫 청개구리 울음소리는 공식적인 봄의 시작을 알리는 신호탄이다. 마음을 사로잡는 청개구리의 첫 노래가 들리고부터는 무조건 전진뿐이다. 적어도 심리적으로는 그렇다.

처음에는 썰매의 종처럼 약간 딸랑거리는 소리에 불과하다. 청개구리 소리는 항상 이 세상 소리가 아닌 것처럼 울려 퍼져서 딱 꼬집어 여기, 혹은 지금 들리는 소리라고 단정 짓기가 어렵다. 저녁 공기가 쌀쌀할 때면 며칠 동안 전혀 안 들리기도 한다. 그러다가 이전보다 조금 더 열성적인 느낌으로 노래가 다시 시작되고, 이번에는 오로지 목청의 힘으로 봄을 불러들이고야 말겠다는 결연한 의지가 느껴진다. 청개구리의 노래 덕분에 마침내 봄은 오고야 만다.

청개구리 합창이 사랑을 부르는 울음과 합쳐지면 왁자지껄 소란스러워진다. 듣지 않을 수가 없다. 귀가 먹먹해질 지경이지만, 달리 생각하면 습지 가까운 곳에 살면서 누릴 수 있는 특권이다. 청개구리는 습지 생태계를 지금 이대로 축축하고 아름답게 보존해야 하는 대표적인 이유이기도 하다. 몇 년 동안 청개구리 소리가 들리지 않은 적이 있었다. 그 침묵의 봄이 이어지는 동안 시장에서 이웃들을 만나면 마치 이것이 세상의 종말을 알리는 신호이기라도 한 듯 걱정스러운 눈빛을 주고받곤 했다. 다행히 녀석들은 돌아왔고, 우리는 다시 희망을 품을 수 있게 됐다.

봄의 첫 새소리는 늘 우리를 설레게 한다.

봄기운이 점점 퍼져 나가면 결국 내 저녁 산책은 대규모 합창단이 불러 대는 세레나데 같은 음악으로 가득 찬다. 저녁에 들려오는 여러 가지 소리를 구별해보면 정말 재미있다. 어느덧 나는 삐걱거리는 바퀴 소리 같은 개똥지빠귀의 노래와 쇠박새의 구슬픈 소리 그리고 북부홍관조의 지저귐을 구분할 수 있게 되었다. 저녁 시간에 들리는 이 합창 소리 뒤에는 늘 딸랑딸랑 종소리 같은 청개구리 울음소리가 깔려 있다. 산책하는 사이에 새들이 일찍 잠자리에 들기 위해 퇴장하면서 새소리는 차츰 줄어든다. 그 중 가장 늦게까지 버티는 녀석들은 개똥지빠귀다. 그러다가 개똥지빠귀들도 잠자리에 들고 나면 마침내 청개구리만 남아 봄밤을 지킨다.

모두가 청개구리를 좋아하지는 않을 것이다. 특히 시골 풍경에 익숙지 않은 사람들은 청개구리 합창을 피곤하게 여긴다. 어쩌면 종소리 같은 청개구리 울음소리도 자주 들을수록 좋아지는 것 중 하나인지 모르겠다. 끝내 적응 못 하더라도 너무 염려할 필요는 없다. 봄이 무르익으면서 청개구리 소리는 점점 더 멀리서 울려 퍼지는 썰매 종소리처럼 아련해진다. 하지만 내게는 항상 활기 넘치는 매력적인 소리다. 밤이 깊어지면서 어디선가 모두 자기 짝을 찾았을 거라는 생각, 그게 아니면 적어도 짝을 찾기 위해 모두 애쓰고 있다는 기특한 마음이 들곤 한다.

하우스핀치 부부의 이중창

핀치들이 또 나섰다. 별일 아니라는 듯 무심코 바스락거리던 소리가 순식간에 본격적인 날갯짓과 열띤 논쟁이 뒤섞인 야단법석으로 번져버렸다. 아직은 하우스핀치 부군이 힘든 일을 거의 다 맡아 하는 것처럼 보인다. 떠날 때와는 늘 조금씩 달라져 있지만 하우스핀치 가족은 언제나 '홈 스위트 홈'으로 돌아오곤 한다.

하우스핀치 부부가 우리 집 현관에서 꿈에 그리던 집을 찾은 것은 몇 년 전의 일이다. 당시에 나는 사용하지 않는 문에 달린 쇠고리에 블루베리 가지로 만든 화관을 걸어두었다. 겨울에 우리 집 앞을 지나가는 사람들이 보고 좋아할 거라는 단순한 생각에서였다. 그런데 이듬해 초봄에 미처 봄 대청소를 하기도 전에 핀치 부부가 날아들어 이 화관을 자기들 집으로 삼아버렸다. 녀석들은 집에 정착하자마자 첫배 알을 낳아 품어 키웠고, 결과가 좋았는지 그 뒤로도 계속 알을 낳아 새끼들을 길렀다. 그렇게 해서 블루베리 가지 화환은 붙박이가 되었다. 하우스핀치 일가의 집은 절대 옮길 수 없지만, 아인슈타인과 나는 이보다 더 행복할 수가 없다.

행여 새를 키워보겠다고 생각하는 사람을 위해 미리 말해두고 싶은 게 하나 있다. 우리 아인슈타인은 절대 밖으로 나가지 않는 철저한 실내형 고양이라는 점이다. 매년 이른 봄, 핀치들이 돌아오면 아인슈타인이 책상 위에 올라가고 창문을 긁어대는 소란이 벌어지곤 하지만 모두 실내에서만 일어나는 일이다. 아인슈타인은 핀치 사냥의 꿈을 접고 새들을 더 쉽게 볼 수 있는 자리를 확보하는 데 만족한다. 핀치들도 이 모든 소동이 그저 둥지를 더 잘 보기 위한 노력임을 아는 듯 아인슈타인을 거들떠보지도 않고 제 할 일을 해나간다.

아인슈타인과 하우스핀치 가족이 번갈아 소란을 떠는 동안 다른 세상도 바쁘다. '적우흑조'라고도 하는 붉은깃찌르레기는 부들개지들을 자기 것이라고 사방에 알리고자 위풍당당하게 찌르르찌르르 지저귄다. 초봄에 산책하면서 언덕을 터벅터벅 걸어 올라 습지까지 가려면 상당히 힘이 들지만, 이 노랫소리를 들으면 피로가 싹 가신다.

처음에는 일찍 날아와서 자기 영역을 확보한 찌르레기가 승리감에 가득 찬 노래를 부르는 것으로 시작한다. 그러다 이내 좋은 둥지 자리나 마

블루베리 가지로 만든 이 화환은 하우스핀치 부부를 위해
이곳에 걸린 것이나 다름없다.

음에 드는 암컷 혹은 그 둘 다를 차지하기 위해 싸우는 녀석들의 다툼으로 아수라장이 되고 만다. 바람이 거세게 불어닥치는 3월 초에는 바람 소리와 새소리가 앙상블을 이룬다. 바람이 풀밭을 휩쓸고 지나가는 동안 찌르레기들은 목숨을 건 스턴트를 펼치고, 틈만 나면 '나 여기 있소' 하는 노래를 불러댄다.

날마다 새로 도착하는 새들이 이 교향곡에 목소리를 보태고, 얼마 가지 않아 온 세상은 깃털 친구들이 채우는 즐거운 생명력으로 넘쳐난다. 봄소식이 처음 들린 후 한두 주가 지나기도 전에 상상할 수 있는 모든 찍찍, 또르릉, 찌르르르 소리가 합쳐진 오케스트라의 연주를 듣게 된다. 긴 겨울이 지나고 봄에 들려오는 이 세레나데는 특히 달콤하다. 정원을 가꾸는 사람들은 목련이나 층층나무 가지 위에서 지친 날개를 쉬는 새들을 바라보며 긍지를 느끼곤 한다.

하우스핀치 이야기로 돌아가자. 하우스핀치 가족의 대화는 이어지는 노래라기보다는 짧고 굵은 재잘거림처럼 들린다. 엄청나게 수다스럽고, 특히 처음 도착했을 때는 대화가 끊이지 않는데, 듣기에 퍽 좋은 음률은 아니다. 그러다가 집 꾸미기 공사에 돌입하면 모든 에너지를 거기에 쏟는다. 수컷은 건축자재를 물어 나르고 암컷은 집을 짓는 역할을 맡는다.

공사가 끝나면 알들을 따뜻하고 아늑하게 지키느라 조용해진다. 보름 정도 이어지는 이 기간에 행여 가까이 다가가기라도 하면 날카롭게 쩨려보는 경계의 눈빛과 함께 녀석들의 미움을 받는다. 새끼가 부화한 직후에 영역을 침범하면 훨씬 더 공격적인 방어를 감수해야 한다. 하지만 결국 아기의 탄생 소식이 널리 알려지고, 아빠는 근처 나무들 사이를 왔다 갔다 하면서 가족을 보살피고, 아내에게 '수고했어, 잘했어, 사랑해'라고 말하는 듯 세레나데를 부른다.

새끼들 몸에 깃털이 나고 첫 비행을 시도할 즈음 내가 혹시라도 거리 두기를 깜빡하면 부부가 둘 다 엄청 당황한다. 그런 상황이 한동안 이어지다가 첫배로 태어난 새끼들이 독립하고 두 번째 알들을 낳을 시기가 된다. 하우스핀치들은 빈 둥지 증후군을 잘 견디지 못하는 것 같다.

우리 집 문에서 태어난 그 많은 하우스핀치들이 잘 지내고 있을지 나는 늘 궁금하다. 동네 처녀랑 결혼했을까? 어디에 둥지를 틀었을까? 아마 나는 절대 알지 못할 것이다. 다만 동네 누군가가 문에 걸어둔 크리스마스 화관을 치우지 않고 오래 놔뒀기를 마음속으로 빌곤 한다. 어쩌면 그런 화관이 새로 만난 젊은 커플에게 좋은 터전이 되어줄 수도 있으니까.

리듬을 살리는 타악기 파트

정원에는 늘 음악이 있다. 물이 만들어내는 멜로디와 정원 분수가 내는 아름다운 소리는 다들 들어봤을 것이다. 거기에 더해 나는 새와 곤충들의 노랫소리에 관해 모두가 지쳐 쓰러질 때까지 떠들어댈 수 있다. 그리고 각종 도구를 사용할 때 들리는 소리 역시 정원에서 경험하는 청각 자극 중 하나다. 예초기, 전기톱, 잔디 깎는 기계에서 나는 소리를 말하는 것이 아니다. 손에 쥐고 쓰는 재래식 연장들이 툭툭거리고 삐걱거리는 소리는 정원지기의 경험에 한층 깊이를 더한다. 일할 때 나는 소리는 아름다운 음악이다. 더불어 그 리듬 덕분에 더 효율적이고 덜 힘들게 일할 수 있다. 괭이질할 때 나는 탁, 탁 소리로 리듬을 만들면 동작이 더 부드러워지고, 육체적 피로와 긴장이 줄어들어 힘을 아낄 수 있다.

전지가위로 생울타리를 다듬을 때도 마찬가지다. 나는 울타리를 다듬는 데 전동 공구를 동원하지 않고 여전히 전지가위로 또각또각 잘라낸다. 잘라야 할 부분을 맞추기가 더 쉽고 실수할 확률도 줄어든다. 적어도 아직은 그렇게 합리화한다. 이 일도 괭이질할 때처럼 리듬을 만들어내면 훨씬 쉬워진다. 만들고자 하는 윤곽으로 전지가위를 놀리면서 원호를 그리듯 왔다 갔다 하면, 어느 사이엔가 전지가위가 내 손을 인도하는 느낌이

들 때가 있다. 최소한 그렇게 하면 훨씬 덜 지루하니 밑져야 본전이다.

분갈이를 하면서도 리듬을 만들어낼 수 있다. 봄이면 모두가 꽃과 채소 모종을 땅에 완전히 심기 전에 배아용 판에서 작은 화분으로 옮기느라 분주하다. 나는 모종 뿌리 하나하나를 흙으로 충분히 감싸주는 데 유별날 만큼 신경을 쓰는데, 작업대에 대고 화분을 탕탕 가볍게 내리쳐주면 흙을 쉽게 고를 수 있다. 한번은 2학년 아이들 앞에서 시범을 보이면서 이렇게 탕탕 소리가 나는 것이 분갈이 교향곡이라고 말해줬다. 탕탕탕, 그다음 화분에 흙을 담고 모종을 심은 다음 다시 탕탕탕. 분갈이할 묘목이 수백 개라도 이렇게 리듬을 만들면서 하면 일하는 속도가 더 빨라진다. 분갈이 리듬을 귀로 익히라고 설명하니 아이들도 훨씬 잘 이해하는 듯했다.

큰 낫은 잘못하면 다치기 쉬운 연장이라 나는 풀을 벨 때 큰 낫을 쓰지 않는다. 그렇지만 조상 때부터 사용해온 이 도구가 내는 소리를 좋아하는 사람들을 많이 알고 있다. 큰 낫 이야기를 하다 보니 생각났는데, 연장을 숫돌에 더 자주 갈아야겠다. 숫돌에 날을 가는 리드미컬한 소리를 듣는 것만으로도 그럴 가치가 충분하다. 혹은 마당 한쪽이나 가장자리에 새로 산 꽃나무 묘목들을 둘러 심을 때 비트를 만들어보는 건 어떤가. 완전히 새로운 차원의 경험이 될 것이다.

무엇이든 반복적인 동작을 하거나 연장을 사용할 때는 언제나 음악을 만들어낼 수 있음을 기억하자. 하지만 손수레 바퀴에서 삐걱거리는 소리가 난다면 빨리 고치는 게 답이다.

괭이질할 때 리듬을 타지 못하면 일이 두 배로 힘들어질 수 있다.

쪽각

손 놓고 기다리기

완두콩 심기만 아니었어도 초봄에 흙을 만지는 일은 하지 않았을 것이다. 콩 심기는 항상 손을 혹사하게 되는 고통스러운 작업이다. 물에 불려 통통해진 씨를 심을 수 있을 정도만이라도 땅이 녹기를 이제나저제나 기다렸는데, 막상 그 일을 하게 되면 어쩔 수 없이 아픔이 따른다.

미리 불려놓은 씨를 흙에 심을 때만 장갑 없이 맨손으로 작업하긴 하지만, 씨를 준비하는 과정에서 늘 장갑이 옴팡 젖어버리곤 한다. 겨우 영하를 벗어난 추운 날씨에 젖은 장갑을 끼고 일하면 손이 얼어서 뻣뻣해졌다가 녹아서 간지러웠다가 하는 증상이 몇 번이나 반복된다. 게다가 완두콩을 흙에 심는 섬세한 작업을 하려면 이제 막 눈이 녹은 땅에 무릎을 꿇고 몸을 숙여야 한다.

하지만 그 순간의 짜릿한 전율, 흙과 가까이에서 유대감을 형성하는 첫 기회를 즐기지 않을 정원지기가 있을까? 이 시기의 거의 모든 정원 일은 두꺼운 털장갑을 끼고 해도 되지만, 흙에 씨앗을 심는 섬세한 작업은 장갑 낀 손이 부릴 수 있는 재주의 범위를 넘어선다.

털장갑을 방수 장갑으로 대체해도 괜찮을 만큼 날이 풀리자마자 나는 봄맞이 첫 의식으로 장갑을 바꾼다. 내가 제일 좋아하는 봄 장갑은 라텍스를 입힌 면장갑으로, 보온 기능이 있으면서도 손놀림이 둔해지지 않는다는 장점이 있다. 콩을 심다가 때아니게 미리 고개를 내민 잡초들을 제거하려면 손놀림이 중요하기 때문이다. 잡초를 미리 정리해두면 거름을 줄 때도 편하다. 이런 일을 할 때면 진정한 의미로 가장 기본적이고 순수한 정원 일을 하는 느낌에 마음이 들뜬다. 물론 땅은 딱딱하기 그지없지만 일단 땅과 만나서 악수는 한 셈이다.

완두콩 심기만 제외하고, 흙이 녹아 진창이 되어 있는 동안에는 흙을

그대로 둬서 땅이 부드러워지고 다루기 쉬워질 때까지 기다리는 것이 좋다. 땅이 완전히 녹지 않았을 때 자꾸 건드리면 흙이 뭉쳐서 덩어리진다. 양상추나 시금치처럼 작은 씨앗들은 너무 빨리 싹을 틔우면 땅이 녹는 과정에서 들어 올려져 뿌리가 노출되거나 흙 틈으로 빠져서 깊이 파묻혀버릴 위험이 있다. 옮겨심기도 해봤자 소용없다. 반쯤 얼어 있는 흙으로는 새로 심은 모종의 뿌리를 제대로 감싸줄 수 없기 때문이다. 동원할 수 있는 도구가 맨손과 삽뿐이라면 한 걸음 뒤로 물러나 봄이 무르익기를 기다리는 것이 최선이다.

사실 이 시기에 한 걸음 물러나서 기다리려면 정말이지 있는 힘을 다해서 참아야 한다. 이 넘치는 의욕을 어떤 사람들은 '초조한 에너지'라 부른다. 때를 기다려야 하지만 몸은 행동을 개시하고 싶어서 근질거리는 상태를 말한다. 햇빛이 이제 막 흙에 입맞춤했으니 우리도 어서 흙을 만나고 싶다. 게다가 집 안에서 바라보는 마당은 마치 나에게 손짓을 하는 듯하다. 눈이 사라지는 순간, 영하를 가까스로 벗어난 기온이 며칠간 달콤하게 유지되면 흙에 손을 대고 싶은 욕망을 참기가 힘들어진다. 완두콩은 바로 이럴 때를 위해 존재하는 것이다.

맨손으로 한 알 한 알

완두콩을 한 알, 한 알 땅에 꽂아주고 나면 가속이 붙기 시작한다. 봄의 기운이 여기저기서 파릇파릇 돋아나는 것이다. 3월 초부터는 씨앗을 심는 데 온 정신을 쏟아 몰두한다. 퍼더모어에서는 리크대파와 비슷한 채소 씨를

날씨는 춥고 흙은 더 차다.
하지만 우리는 새봄의 첫 완두콩을 맨손으로 심을 것이다.

실내에서 엄숙하게 심는 것으로 씨앗 심기 시즌이 시작된다. 공식 출발선은 양배추, 매발톱꽃 등등 각종 씨앗 봉투들이 어지럽게 널린 작업대다. 이후 몇 주 동안 금잔화처럼 단순한 씨부터 델피니움처럼 키우기 어려운 씨까지 다양한 씨앗들을 애정 어린 손길로 모종판에 심는다.

씨를 심는 순간순간을 음미해보자. 씨앗 봉투에 적힌 '싹을 잘 틔우는 요령'을 주의 깊게 읽고, 베를란디에라 리라타 *Berlandiera lyrata* 처럼 생소한 품종이라면 인터넷을 샅샅이 뒤지기도 해야 한다. 이 모든 과정은 의무감으로 하는 귀찮은 일이 아니라 마음을 다해 축복하는 행위다. 마당의 흙을 문제없이 다룰 수 있게 되기 한참 전부터 우리는 화분 흙에 풍덩 빠져서 씨 하나를 심을 때마다 봄을 한 발짝씩 앞당긴다.

씨앗 심기는 어디서 어떻게 하든 촉각이 최대한 동원되는 기분 좋은 작업이다. 흙을 일굴 수 있게 되자마자 축제의 장은 바깥으로 옮겨져서 땅에 줄을 맞춰 씨를 심는 일이 시작되는데, 실내에서 하든 바깥에서 하든 세심하게 주의를 기울여야 한다. 나는 장갑을 끼고 정원 일을 하는 것이 좋다고 늘 외치는 사람이지만, 이 작업만큼은 예외적으로 장갑이 방해가 된다. 믿기지 않는다면 매발톱꽃 씨앗을 장갑 낀 손으로 심어보시라. 맨손으로 심더라도 조심스럽게 다루어야 하는 씨들이다. (특히 씨 하나에 25센트가 넘으니 더욱 신경이 쓰인다.) 소중한 씨앗 하나도 허투루 낭비할 수 없다.

전통적으로 제일 먼저 땅에 직접 뿌리는 것은 개양귀비 꽃씨다. 모래알보다 더 작은 개양귀비 씨앗은 차갑고 축축한 환경을 좋아하고 빛이 있어야 싹을 틔운다. 다시 말하면 땅속에 묻히지 않고 흙 위에 노출돼 있어야 한다는 뜻이다. 널리 사랑받는 어린이책 삽화가이자 전설적인 정원사인 타샤 튜더는 매년 마지막 눈이 내리면 부츠를 신고 나가서 눈 덮인 화단의 가장자리가 어디쯤인지 어림짐작한 다음 개양귀비꽃 바다가 일렁

씨앗을 고루 분배하려면 맨손으로 심어야 한다.

이기를 원하는 곳에 씨를 뿌리라고 했고, 나는 그 가르침을 잘 따르고 있다. 이것은 신뢰에 기반한 행동이고, 어찌 보면 정원 가꾸기의 모든 것이라 할 수 있다. 눈이 녹으면서 개양귀비 꽃씨는 자기가 좋아하는 차갑고 습한 조건을 즐길 수 있고, 눈에 젖어 촉촉해진 흙 표면에 닿는다. 모든 것이 주문을 건 듯 착착 돌아간다. 다만 맨손으로 해야 한다는 게 정말이지 괴롭기 그지없다.

씨를 뿌리거나 심는 작업은 내가 장갑을 끼지 않고 하는 거의 유일한 정원 일이다. 분꽃 씨처럼 비교적 큰 씨앗들을 심을 때도 마찬가지다. 그 작은 녀석들을 다루려면 좀 더 정교한 손길이 필요하다. 모종판에 심을 때는 균일한 간격을 두는 것이 매우 중요하다. 물론 몇 주 지나면 작은 화분에 각각 옮겨 심게 되겠지만.

당근 등을 정원에 바로 심을 때는 나중에 솎아낼 계획이라 해도 서로 딱 붙어서 뭉치지 않도록 주의해야 한다. 너무 촘촘하게 심는 건 씨앗 낭비다. 원하는 곳에 원하는 수량의 씨를 심으려면 장갑을 벗어야 한다. 그리고 서로 다른 품종의 개양귀비 씨를 뿌릴 때는 사이사이에 손을 씻어야 한다. '로런스 그레이프Lauren's Grape'와 '레이디버드Ladybird' 품종이 섞여서 자라는 것을 방지하려면 말이다.

초봄에 씨앗을 심는 작업은 불편하기 짝이 없고 손가락도 아프나 날씨가 따뜻해지면서 점점 나아진다. 좋은 일이다. 흙과 친밀하게 접촉할 기회가 무척 많기 때문이다. 실내에서 심어 기른 모종들은 함께 자란 모종판을 떠나 화분용 유기농 영양토로 채운 각자의 화분으로 이사한다. 얽혀 자란 모종들을 분리하려면 섬세한 손재주가 필요하다. 특히 싹을 틔운 모종을 남김없이 살리려면 조심 또 조심해야 한다. 하나하나 심고 영양분이 가득한 흙으로 감싸준 다음 축복해준다. 이런 일은 맨손으로 해야 한다. 모두 유대감을 형성하는 과정이고, 정말 기분이 좋아지는 작업이다.

사랑에는 고통이 따른다

이런 말을 하게 될 줄은 한 번도 상상하지 못했지만, 찌르레기라는 새가 세상에 있는 것이 고맙다. 찌르레기 한 마리가 우리 청소팀에 합류했기 때문이다. 녀석은 내가 갈퀴질을 할 때 놓친 헤릭토트리콘 셈페르비렌스 *Helictotrichon sempervirens* '사파이어Sapphire'의 누런 이파리 몇 개를 물고 어디 있는지 모를 둥지를 향해 날아갔다. 그 모습을 본 후 찌르레기에 관한 내 생각이 완전히 바뀌었다. 녀석은 굉장히 효율적으로 일을 잘하는 데다 매일 아침 일찍 정확한 시각에 출근한다. 마침 나도 정원 일을 도와줄 일손이 필요했다.

봄맞이 대청소는 늘 마음은 급하지만 힘든 일이고, 나는 허리 아픈 문어가 된 기분이 들곤 한다. 관목들을 정리하고 키 큰 나무들의 가지를 쳐주고 나면 허리를 굽히고 해야 하는 일이 남는다. 겨우내 아무리 태양경배자세(요가할 때 이렇다 할 만한 신에 대한 언급도 없이 반복적으로 무릎을 꿇는 자세)를 반복해도 봄맞이 미용체조 동작들에 대한 준비로는 부족하다. 허리를 굽히는 자세를 한 번이라도 덜 할 수 있게 해주는 새라면 무한한 감사의 뜻을 표하지 않을 수 없다.

허리만 나를 괴롭히는 게 아니다. 일 년 내내 운동을 하면서 무릎이 삐걱거리지 않게 유지하려고 나도 무진 애를 쓴다. 하지만 걸음마를 배운 지 꽤 오래된 만큼 계속해서 기는 연습을 할 일은 별로 없다. 봄을 제외하고는 말이다. 잡초는 봄에 특히 기회주의자의 면모를 강하게 드러낸다. 가을까지는 분명 말끔하기 짝이 없었는데, 눈이 녹고 나면 고집스러운 뿌리를 깊게 내린 사악한 녀석들이 절대 환영할 수 없는 자리에서 고개를 쳐들고 있으니 어찌 즉각적이고도 과감한 제거 작업을 하지 않을 수 있겠는가! (민들레들아, 바로 너희 이야기란다.)

오래전, 마당에 옥스아이데이지를 심은 적이 있다. 아주 예뻤고, 씨앗 봉투에 적힌 설명처럼 신경 써서 관리하지 않아도 되었다. 그러나 씨를 너무 많이 심은 탓에 개체 수가 폭발했다. 한들한들 나부끼기는커녕 키펫처럼 빽빽한 모습이 됐는데, 허리를 굽혔다 폈다 하면서 솎아낼 수준이 아니라 아예 땅에 엎드려 기어 다니며 뽑아야 할 정도였다.

이럴 때는 절대 서서 허리를 굽힌 자세로 솎아낼 생각을 해서는 안 된다. 그렇게 해서는 뿌리 전체를 뽑아낼 정도로 단단히 잡을 수가 없다. 게다가 솎아내야 할 데이지는 우리가 날마다 싸워야 할 정원의 수많은 적 중 극히 일부에 불과하다. 패트리샤 클린딘스트는 소수민족 전통 방식으로 채소를 가꾸는 사람들을 다룬 베스트셀러 《땅은 내 이름을 안다 *The Earth Knows My Name* 》를 썼지만, 나는 '잡초들은 내 이름을 안다'고 말하고 싶다. 녀석들은 우리 집 주소까지도 안다.

갈퀴질은 또 어떤가. 그 많은 낙엽은 모두 어디서 온 것일까? 가을에 낙엽을 치우면서 다시는 그 일을 되풀이하지 않으려고 그토록 고되게 일했는데도 낙엽은 슬그머니 다시 나타나곤 한다. 봄이 되면 정원에는 끊임없이 일이 생기며, 절대 마무리되지 않는 집안일과 비슷한 양상을 띤다. 그렇다고 손잡이가 긴 갈퀴를 사용할 수도 없다. 작년에 떨어진 낙엽들이 관목 줄기들 사이에 단단히 숨어버렸기 때문이다. 손잡이가 짧은 손갈퀴가 필요한 시점이다. 무릎 꿇을 준비를 하시길.

정원 일을 하면서 생기는 근골격계 손상을 어떻게 해결해야 할지 나는 전혀 모른다. 봄은 우리 몸에서 움직일 수 있는 부분은 죄다 망쳐버리고 말 것이다. 그나마 한 가지 도움이 되는 방법이 있기는 하다. 매일 저녁, 일과를 마친 후 뜨끈한 물에 몸을 담그는 것이다. 밤 그늘이 깔린 후 정원의 아우성을 뒤로하고 빠져나오자마자 우리 몸을 돌보자. 뜨끈한 물을 욕조에 채우고 목까지 푹 담그자. 하루의 피로를 뜨거운 물로 녹여내자. 이

청소를 너무 서두르지 말자. 우리 눈에는 치워야 할 가지들이
누군가의 둥지에 소중한 건축자재로 쓰일 수도 있다.

방법은 진드기를 제거하는 데도 좋다. 혹시 그렇지 않더라도 근육을 푸는 데는 그만이다.

물론 또 다른 해결책은 도움을 구하는 것이다. 바로 이 지점이 새들이 등장할 타이밍이다. 하우스핀치와 참새도 좋은 도우미들이다. 눈엣가시처럼 굴러다니던 지푸라기와 작은 가지들을 금세 싹 치워갈 것이다. 새들에게 잡초 뽑기를 가르칠 수만 있다면 소원이 없겠다.

여린 봄 순을 위한 지지대

뉴잉글랜드 지방의 날씨는 믿을 수 없기로 악명 높다. 봄은 그중에서도 가장 변덕스럽다. 기후변화를 탓할 수도 있겠지만, 초봄에는 기온이 25도가 넘었다가도 며칠 후에는 영하로 곤두박질치기도 한다. 이렇게 큰 폭으로 기온이 변하는 일이 자주 벌어진다. 그러다 보니 식물들이 판단 착오로 너무 일찍 싹이나 잎을 틔웠다가 두껍게 내린 서리에 된통 당하는 사태를 피할 수 없다. 그래도 큰 재난을 어느 정도 막을 방법들은 있다.

봄이 오면 식물들도 이리저리 모색을 시작한다. 덩굴 식물들은 연약한 새순을 틔워 정원지기가 세워놓은 지지대를 따라 올라가는 여정을 시작한다. 클레마티스, 향괴불나무, 장미 등 변덕쟁이 날씨를 잘 믿어버리는 순진한 덩굴들은 날씨가 따뜻해지자마자, 혹은 따뜻해지는 기미가 보이자마자 연약한 속살을 드러내며 자라기 시작한다. 특히 클레마티스는 잠깐만 기온이 올라도 약하디약한 줄기를 뻗어 올린다.

너무 일찍 자라기 시작한 이 섬세한 순들이 지지대를 잘못 만나면 비극이 일어날 수 있다. 반짝거리는 철제 지지대는 어린 봄 순에게 너무 차갑

클레마티스의 연약한 새싹이 녹슨 지지대를 타고 봄의 여정을 시작하고 있다.

게 느껴질 수 있다. 향괴불나무의 줄기는 튼튼해서 손상을 잘 입지 않지만, 봄에 새로 순을 틔운 이파리들은 초봄의 서리를 만나면 냉해를 입어서 말라버린다. 너무 일찍 서두르는 녀석들을 우리가 어찌할 수는 없다. 그러나 날씨가 약속을 어길 때 식물들이 당하는 고충은 어느 정도 줄여줄 수 있다.

몇 년 전, 나는 클레마티스가 타고 오를 수 있도록 오벨리스크형 지지대를 사서 정원에 설치한 적이 있다. 원뿔 모양을 한 그 지지대는 잘생기고 튼튼한 철제 구조물로, 재주넘기를 하는 덩굴의 무게를 잘 견뎌줄 것 같았다. 그런데 문제는 무게가 아니었다. 4월 초 갑자기 날씨가 따뜻해지자 클레마티스의 부드러운 순이 지지대로 손을 뻗었다. 그러다가 기온이 급작스럽게 곤두박질쳤다. 클레마티스 덩굴들은 전기충격이라도 당한 듯 모두 죽고 말았다. 극도로 더운 날씨에도 재앙이 벌어질 수 있다. 표면을 제대로 가공하지 않은 금속이 오랫동안 뜨거운 햇볕에 노출되면 엄청난 온도로 달궈지기 때문이다. 매우 뜨겁거나 매우 차가운 물건에 덩굴이 닿으면 문제가 생기기 마련이다.

아주 슬픈 일이었으나 그 사건을 통해 나는 좀 더 현명한 정원지기가 되었다. 이제는 아연 도금이나 분말 피복 처리가 된 지지대를 구매한다. 금속에 녹이 슬면 오히려 도움이 되기도 한다. 하지만 금속보다 더 좋은 것은 나무 지지대. 물론 수명이 짧은 게 단점이기는 하다. 기후변화 시대에 지지대를 사용해서 정원을 디자인하려면 이런 문제까지 염두에 둬야 한다. 반려 식물이 세상에 나와서 처음 만나는 물건에 상처받기를 원하는 사람은 아무도 없을 테니까.

출입문의 기술

정원을 꾸미고 기능을 향상하는 액세서리는 지지대 말고도 많다. 출입문과 정원은 떼려야 뗄 수 없는 관계다. 정원의 내용물을 훔치는 데 혈안이 된 사악한 무리를 막기 위해서는 울타리나 담장이 필요하고, 그런 게 있으면 출입구도 있어야 한다.

임시로 만들어서 달아놓은 출입문을 보면 나는 그 정원을 가꾸는 사람의 참을성에 감탄하게 된다. 드나들 때마다 번번이 불편하고 삐걱거리는 문을 여닫는 인내심은 어디서 나는 것일까? 정원을 돌보려면 끊임없이 드나들어야 한다. 말을 잘 듣지 않는 정원 출입문은 여닫기가 힘든 집의 문과 다르지 않다. 문의 가장 중요한 기능은 쉽게 드나들 수 있게 하는 것이다.

나는 우리 집 근처뿐 아니라 멀리 있는 정원들도 자주 방문하다 보니 수없이 많은 정원 출입구를 보았다. 하늘 아래 존재하는 거의 모든 출입문 손잡이를 직접 만져봤고, 나보다 손재주가 좋은 사람들이 손잡이를 다루는 방식도 많이 지켜봤다. 그러는 동안 이 주제에 관해서 전문가까지는 못 되어도 출입문 손잡이에 대해서만큼은 확고한 의견을 정립했다.

무엇보다도 정원 출입문 전용으로 만들어진 손잡이를 쓰는 것이 중요하다. 목욕탕 문손잡이가 개성 있고 멋져 보일 수도 있지만, 실외에서 당하는 풍상을 견뎌내기에는 역부족이다.

효율적이고 간단한 모양의 손잡이가 최고다. 줄을 잡아당겨 여는 손잡이를 달아서 자기학대를 할 필요도 없다. 담장 기둥을 따라 매어둔 줄을 잡아당겨서 문을 열도록 설계된 시스템은 정말이지 귀찮기 짝이 없다. 새벽이나 황혼 녘에, 특히 어둠 속에서 줄을 찾으려다가는 인내심의 한계를 시험하게 되기 일쑤다. 두 손에 짐을 든 채 줄을 잡아당겨 문을 열려고 하다 보면 미칠 지경이 된다.

　고리로 거는 방식은 그보다는 낫지만, 혹시라도 물뿌리개를 한 손에 들고 있다거나 모종판을 들고 있다면 출입문을 쉽게 열기가 만만찮을 것이다. 눈보라가 치면 고리가 얼어붙는 단점도 있다. 문 안쪽에 설치된 걸쇠와 연결된 바깥쪽 장치를 엄지로 눌러서 여는 문고리도 비슷한 단점이 있다. 땅이 얼어서 지면이 부풀어 올라오는 현상을 비롯해 지표면에 예상 밖의 변화가 생기면 걸쇠가 좁다란 홈으로 들어가지 않을 확률이 높다.

염소들이 밖으로 나와 장난치는 일을 막으려면
녀석들이 아무리 애를 써도 열 수 없는 손잡이를 설치해야 한다.

오래전에 설치된 철문들에는 용수철 걸쇠를 쓰는 경우가 많다. 기다란 걸쇠가 홈에 들어가서 문을 고정하는 원리로, 문을 열기 위해서는 걸쇠를 잡아당겨 홈에서 빼야 한다. 최고로 불편한 장치라고 할 수는 없지만, 용수철이 뻑뻑해지기 쉬운 데다 보통 두 손으로 당겨야 겨우 빠진다.

나는 부드럽게 움직이는 손잡이와 걸쇠 집에 걸쇠를 쉽게 고정할 수 있는 오르내리꽂이쇠 형의 잠금장치를 좋아한다. 튼튼한 정원용 출입문에는 장갑 낀 손으로도 쉽게 열 수 있는 걸쇠가 달려 있다. 잘 설치하면 그냥 탁 닫기만 해도 자동으로 잠긴다. 정원에 들어갈 때는 잘 닫히려니 생각만 하고 말 때가 많지만, 정원에서 나올 때는 제대로 닫혔는지 꼭 확인한다. 단언컨대 매일 아침 내 정원을 노리는 들토끼들이 혹시라도 문이 열려 있지 않나 하고 출입문을 밀어보는 게 분명하다.

우리 염소들은 시간 날 때마다 탈출 전략을 구상하느라 바쁘다. 탈출한 염소는 어떤 형태의 정원이라도 삽시간에 완벽하게 망쳐버리는 파괴의 화신들이다. 녀석들이 먹지도 못하는 잎까지 나무에서 뜯어내는 것도 봤다. 영리하고 장난기 넘치는 건 좋지만 어떤 종류의 손잡이도 모두 열고야 마는 재주가 있는 건 좋아할 수 없다.

고리로 거는 걸쇠는 염소들에게는 식은 죽 먹기여서 하루 만에 탈출에 성공할 것이다. (녀석들은 실제로 죽을 먹듯 걸쇠를 핥아댄다.) 따라서 축사에는 빗장과 걸쇠가 달린 슬라이드 볼트 손잡이를 추천한다. 우리 축사에서 쓰는 튼튼한 슬라이드 볼트를 열기 위해서는 두 단계 동작이 필요한데, 홈에서 들어 올려 밀어야 문을 열 수 있다. 그리고 바깥쪽에 설치해뒀기 때문에 염소들이 목을 빼내서 빗장을 여는 것이 불가능하다. (그래도 녀석들은 도전을 멈추지 않는다.)

지금껏 정원 출입문 손잡이에 별로 주의를 기울인 적이 없는 정원지기라면 생각을 바꾸기 바란다. 출입문은 정원과 처음 만나는 관문이다. 그런 요소가 부정적인 문제를 일으키도록 두는 건 결코 좋지 않다.

만지면 탈 나는 잡초들

나는 거의 기어 다니다시피 하면서 봄을 보낸다. 정원지기들은 다들 손으로 더듬거리며 지키고 싶은 것과 없애야 할 것을 가려낸다. 정원 가꾸기를 큰 그림으로 볼 때 봄에 정원을 제압하지 못하면 식물들이 자라는 기간 내내, 나아가 그 이후까지도 계속되는 아수라장을 감당해야 할 수도 있다. 봄은 촉각의 경험으로 가득한, 매우 독특한 막간의 계절이다.

철 이르게 고개를 내민 잡초를 조심스럽게 뽑는 것으로 시작은 하지만 정원지기들은 어느새 '견상자세'에서 벗어나지 못한다. 5월이 무르익을 즈음이면 선 자세로는 잡초와의 전쟁을 감당할 수 없는 지경이 된다. 엎드린 자세가 훨씬 유리하다.

나는 이렇게 설설 기는 자세에 그치지 않고, 각종 무기로 중무장하고서 전장에 나선다. 특히 한국산 호미가 무척 유용하다. 현재 미국 시중에 나와 있는 제품은 강철을 벼려서 만든 것으로, 90도 각도로 구부러진 날의 끝이 날카롭게 다듬어져 있다. 나는 손잡이가 짧은 호미를 사용해 정말로 끈질긴 잡초를 제외한 거의 모든 잡초를 제거한다. 쐐기풀이나 찔레 같은 녀석들과 맨손으로 악수하고 싶은 사람은 아무도 없을 것이다.

기회주의적인 식물 중에는 가시가 난 것이 많다. 종류를 막론하고 산딸기를 손으로 쥐고 뽑는 일은 그다지 유쾌하지 않다. 오래전부터 나는 산딸기속 *Rubus* 식물은 아무리 잘생겼어도 가시가 너무 거세면 우리 정원에 발붙이지 못하게 한다는 원칙을 세웠다. 예를 들어 루부스 콕부르니아누스 *Rubus cockburnianus* 는 엄청나게 잘생겼지만 센 이빨에 물리면 큰일 나는 녀석이다. 에너지 넘치고 가시가 많은 녀석들은 우리 마당 진입로 안으로는 들어오지 못한다. 내가 기르는 식물로부터 상처 입고 피 흘리고 싶지는 않으니까.

가시 많은 식물들도 그냥 당하고만 있지는 않아서 결국엔 아픈 결과를 낳곤 한다. 몇 년 전에 '해리슨스 옐로Harison's Yellow'라는 장미를 선물 받은 적이 있는데 철사처럼 질긴 줄기에 면도날같이 날카로운 가시가 있는 식물이었다. 아마도 영원히 잊지 못할 최악의 선물로 기억에 남을 것이다. 이 품종을 '개척자 장미'라고 부르는 데는 그만한 이유가 있다.

죄 없는 손발을 해칠 만한 식물을 처음부터 구매하지 않는 것이 어려운 일은 아니다. 그러나 이미 침범해 들어온 앙칼진 잡초를 영토에서 추방하는 것은 몹시 이루기 어려운 업적이다. 물음표나 쉼표 모양을 한 애벌레, 사티루스네발나비, 호랑나비 애벌레 등등은 나도 백 퍼센트 환영하지만, 우리 마당 한가운데서 서양쐐기풀이 자라는 것은 허용할 수 없다. 호랑나비 애벌레가 아무리 쐐기풀을 좋아한다 해도 안 된다. 배고픈 애벌레는 쐐기풀이 자라도 문제 삼을 일 없는 정원 가장자리나 들판에서 식사하면 된다.

나 역시 야생에서 자라는 맛있는 먹거리, 특히 비타민과 영양이 풍부한 채소를 채집해서 먹는 것이 좋다고 굳게 믿고 실천하는 사람이고, 쐐기풀 잎에 좋은 성분이 많다는 것도 잘 안다. 그렇지만 맨살에 닿으면 히스타민, 아세틸콜린, 포름산 등의 독성 물질을 주입하는 식물까지 직접 수확하는 것은 내 한계 밖이다. 쐐기풀에 쏘이는 것을 피하주사에 비유하는 자료도 본 적 있다. 많은 사람이 그렇듯 나도 쐐기풀에 닿으면 따끔거리면서 두드러기가 난다. 몇 분 지나면 좀 가라앉기는 하지만 한 시간 정도는 족히 낭비하게 된다.

우리 시어머니 조이 로지 마틴 여사는 이런 알레르기 반응은 쐐기풀 잎에 '스쳤을' 때만 나타난다고 말씀하신다. 녀석을 세게 확 잡으면 아무 문제도 없다는 것이다. 시어머니의 주장은 작가 아론 힐의 "쐐기풀은 살살 쓰다듬으면 쏘이고 아프지만, 기개를 가지고 늠름하게 휘어잡으면 비단처럼 부드럽다"라는 설명에 근거한 것이긴 하다.

쐐기풀이 제아무리 영양가가 많아도 내게는 만나면 늘 다치는 것으로 끝나는, 가까이하기엔 너무 먼 당신일 뿐이다. 나는 초봄에 쐐기풀 이파

리가 나기 전, 점점 퍼져 나가는 뿌리를 호미로 발본색원하는 데 총력을 기울이고 그 후로는 거리를 지킨다.

덩굴옻나무는 더 무서운 녀석이다. 토종 식물이라 해도 봐줄 수 없고, 열매가 새들의 먹이가 된다는 사실에도 관심 없다. 덩굴옻나무 가까이만 가도 내 피부가 화산처럼 부어오르니 우리 마당에는 발붙이게 할 수 없다. 넝굴옻나무와의 전쟁에는 삽, 모종삽, 호미를 비롯한 온갖 무기를 동원해야 한다. 손으로 뽑으려고 시도해서는 절대 안 된다. 장갑을 껴도 마찬가지다. 직접적인 접촉을 피하고, 전투를 치른 다음에는 즉시 강력한 비누로 박박 문질러 잘 씻고 옷을 갈아입어야 한다. 그렇게 한 뒤에도 하루 이틀은 마음을 졸이다가 어딘가가 조금만 간지럽기 시작해도 욕이 절로 튀어나온다.

봄은 이런 다양한 문제들을 감시하고 대처하기에 가장 좋은 계절이다. 덩굴옻나무의 경우 밝은 갈색 이파리가 나오기 전부터 벌써 문제가 된다. 뿌리가 이파리나 덩굴줄기보다 더 심한 알레르기를 일으킬 수 있기 때문이다. 게다가 어린나무들도 놀라운 속도로 넝쿨을 내보낸다. 직접 접촉하지 않고 손잡이가 긴 연장으로 떠낸 다음 신문지로 싸고, 다시 봉투에 담아 쓰레기통으로 가져가는 것이 좋다. 잘못하면 작은 식물 하나 때문에 아름다운 봄날 하루를 완전히 망쳐버릴 수도 있다. 녀석들에게 기회를 주지 말자.

쐐기풀이 영양이 풍부한 식재료일지는 모르지만 쏘이면 고약하다.

살살 녹는 아스파라거스

날이 따뜻해지기 시작하면 나의 즐거운 정찰 임무가 시작된다. 아스파라거스가 흙을 밀고 코를 내미는지 살피는 것이다. 나는 봄의 첫 아스파라거스에 파르메산 치즈를 곁들이고 기분에 따라 약간의 오일을 뿌려 먹고 싶은 욕망과 철 이르게 고개를 내민 아스파라거스가 변덕쟁이 봄 날씨에 언제라도 희생될 수 있다는 위기감 사이에서 늘 마음을 졸인다. 꽃샘추위가 몰아닥쳐서 내 꿈의 점심을 앗아갈지 모른다는 공포에서 벗어나질 못한다. 내가 그리는 이상적인 봄은 추위가 끝난 후 꾸준히 앞으로 나아가 아스파라거스로 이어지고, 추운 날과 따뜻한 날이 요요처럼 반복되지 않는 계절이다. 그러나 현실에서 그런 일은 거의 일어나지 않는다.

언젠가 아스파라거스가 하나도 나오지 않은 해가 있었다. 아스파라거스를 심어놓은 부분을 둘러보고 또 둘러봤지만 날마다 실망만 거듭됐다. 결국, 우리 아스파라거스를 망친 질병이 무엇인지 알아보기 위해 인터넷 검색을 했고, 관부썩음병의 무섭고도 냉엄한 진실들을 알게 됐다. 이름만큼이나 끔찍한 병이었다. 다행히도 관부썩음병을 일으키는 푸사륨 Fusarium 균에 저항력이 있는 품종이 있었다. 단골 농장에서 '저지 나이트 Jersey Knight' 아스파라거스를 주문한 후, 우리는 모두 행복하게 오래오래 살고 있(기를 바란)다.

아스파라거스는 즉각적인 만족을 주는 작물이 아니다. 고랑을 파고 뿌리를 조심스럽게 앉힌 다음 좋은 흙으로 덮어주고 몇 년을 기다려야 맛있는 점심을 먹을 수 있다. 아스파라거스를 기다리는 동안 초봄의 식욕을 어루만져줄 작물로는 근대가 있지만 솔직히 아스파라거스와는 비교조차 할 수 없다. 그리고 근대가 아무리 빨리 나온다고 해도 아스파라거스처럼 이른 봄에 수확하는 것도 불가능하다.

아스파라거스는 천천히 자란다. 첫해에는 아무 방해도 하지 않고, 수확도 하지 않고 그대로 둬야 한다. 녀석이 힘을 모으는 중이기 때문이다. 다음 해에는 한 일주일 정도는 수확할 수 있지만 줄기가 비루하기 짝이 없다. 3년째에는 2주 정도 아스파라거스를 즐길 수 있다. 그쯤부터 모양도 맛도 아스파라거스다운 면모를 갖추기 시작한다. 그다음 해부터는 쭉 황홀한 미각의 향연을 즐길 수 있다.

한 달 반 정도 아스파라거스 폭식을 즐기고 난 뒤에는 땅에 남은 아스파라거스가 아무리 먹음직스러워도 그대로 둬야 한다. 그래야 아스파라거스 순이 자라 양치식물 모양 이파리를 키워내고, 거기서 만들어진 양분이 줄기를 따라 뿌리로 내려가 다음 해를 기약할 수 있다. 어차피 이쯤 되면 아스파라거스에 대한 갈증이 채워져서 살짝 물릴 수도 있다.

아스파라거스 재배에 실패한 해에 나는 그 자리를 비우는 대신 꽃을 심었다. 솔직히 말하면 아스파라거스가 실패한 원인을 너무 늦게 깨달아서 다시 심을 시기를 놓쳤었다. 하지만 그때 심은 꽃들의 조합을 점점 좋아하게 돼서 이제는 아스파라거스 잎과 함께 코스모스, 한련화, 백일홍, 분꽃, 꽃담배 등 그해에 내 마음을 사로잡은 한해살이 꽃들이 어우러지게 연출한다. 보기에도 좋고 잡초들이 비집고 들어올 틈도 메워주니 일거양득이다. 단, 달리아 같은 알뿌리 꽃은 두더지나 굴파기여우tunneling varmints 등이 좋아하므로 피하는 것이 좋다. 채소를 기르는 곳에 굳이 문제의 원인을 제공할 필요는 없지 않은가. 아무리 담장을 세우고 철조망을 땅에 묻어서 방어막을 친다 해도 설치류의 공격을 완전히 막을 수는 없다.

아직은 '저지 나이트' 아스파라거스가 질병에 강하다는 명성에 맞게 실망을 주지 않고 제 역할을 다하고 있다. 그리고 나는 입에서 사르르 녹는 봄의 아스파라거스 맛을 당연시하지 않게 됐다. 직접 기른 신선한 아스파

집에서 키운 아스파라거스는 연하고 달콤하며 감칠맛까지 난다. 그 맛을 보고 나면 마트에서 산 아스파라거스가 아무 맛도 없는 질긴 골판지처럼 느껴진다.

라거스를 먹어보지 않은 사람이라면 마트에서 파는 아스파라거스와는 비교할 수 없다는 내 말을 그냥 믿어야 할 것이다. 나는 아스파라거스를 음미하는 생활을 오래오래 행복하게 할 예정이다.

상추 없인 못 살아

어떤 사람들은 마티니를 홀짝이고 멋진 스포츠카를 타는 꿈을 꾼다. 정원지기들의 꿈은 다르다. 우리는 즙이 가득하고 맛이 풍부한 첫 상추를 베어 무는 순간을 꿈꾼다. 그 장면을 상상하면서 침을 꿀꺽 삼키고, 씨앗 카탈로그를 뒤적이면서 다양한 품종을 설명하는 유혹적인 글귀들을 하나하나 음미한다. '버터크런치Buttercrunch'와 '블랙 시디드 심슨Black Seeded Simpson' 품종의 상대적인 장점을 저울질해보고, 봄에 첫 새싹이 돋을 날을 고대한다.

상추의 장점은 만족을 얻기까지 오래 걸리지 않는다는 데 있다. 우리마당에서 저절로 자라는 상추 싹들은 예상치 않은 곳에서 제멋대로 나서다른 작물을 심기 위해 흙을 고를 즈음이면 상당히 성장해 자리를 잡고 있을 때가 많다. 나는 이 자원군들을 조심스럽게 떠서 다른 상추 싹들 옆에 심어준다. 그러는 동안 내내 침이 고인다는 사실은 말할 것도 없다.

물론 마트에만 가면 상추는 쉽게 구할 수 있다. 하지만 기른 상추와 산 상추는 절대 같은 상추가 아니다. 방금 수확한 싱싱하고 즙이 가득한 상추는 입에서 살살 녹는다. 마당에서 부엌까지 가는 사이에 이파리를 오물거리지 않을 수 없을 정도다.

집에서 길러 일찍 수확한 상추는 버터처럼 고소하고 입에서 살살 녹는다.
마트에서 산 상추와는 절대 비교할 수 없는 맛이다.

상추에 대한 취향은 다양하기 그지없고, 선택지도 매우 넓다. 나는 '탱고Tango'나 '코스트라인Coastline'처럼 주름이 많이 진 상추보다는 목 넘김이 긴질거리지 않는 부드러운 품종들을 선호하는 편이다. 그런 면에서 음식을 예술적으로 담아내는 요리사들하고는 의견이 좀 다르다. 요즘 셰프들은 접시에 음식을 담은 후 프릴이 많은 상추로 장식하는 경우가 많기 때문이다. 듣자 하니 희귀종 고급 상추가 파슬리를 대체하는 추세라고 한다. 사람들이 파슬리 장식은 옆으로 치워놓고 안 먹지만 장식용 상추는 먹는다고 하니 좋은 소식이라고 할 수도 있겠다.

나는 상추를 계속해서 수확하기 위해 상당히 면밀하게 계획을 세운다. 봄에는 용감하게 자생한 상추들을 잘 보존해서 다른 상추들을 심어둔 곳으로 옮겨 심는다. 상추 씨앗은 구하기도 쉽고, 상당히 이른 시기부터 땅에 바로 심을 수 있다. 대부분 쌀쌀한 봄부터 초여름까지 마당에서 잘 견딘다. 양을 염두에 둔다면 가장 먼저 심을 상추 품종으로 '버터크런치'를 강력히 추천한다. 현재 나는 버터헤드상추쓴맛이 적고 단맛이 나며 부드럽고 연한 유럽 상추의 일종으로 잎사귀를 좀 더 잘 오므린 형태로 자라는 '옵티마Optima' 품종을 길러보고 있다. 색깔을 조금 더 다양하게 하고 싶을 때는 '레드 세일즈Red Sails' 품종도 섞는다. 하지만 채소의 외모에는 그다지 신경을 쓰지 않는다. 자라기 무섭게 먹기 바쁘기 때문이다.

내 눈에는 모든 채소가 아름답다. 잎마름병이 토마토들을 덮치지 않는 한 채소밭은 늘 아름다울 것이다. 굳이 서로 다른 상추들을 번갈아 심어 장기판 같은 모양을 만드는 등의 노력은 안 해도 된다. 점심으로 먹을 상추를 수확하고 나면 신경 써서 만들어놓은 질서가 한순간에 무너지고 마니까. 땅에서 자라는 채소가 샐러드 접시에 도달할 때까지의 과정을 번거롭게 하는 시도는 무엇도 실용적이지 않다. 그러는 대신 상추를 규칙적으로 수확하는 데 신경을 쓰자. 충분히 자라면 얼른 따서 먹자. 채소밭의 외관을 유지하느라 수확을 주저하는 어리석은 짓일랑 하지 말자.

나는 퍼더모어에서 기른 채소를 얼른 먹고 싶어서 상추 모종을 미리 사다가 심는다. 그러면 씨앗 심기부터 시작한 상추들이 자라서 수확할 때가 되기 전에 모종으로 재배한 녀석들을 먼저 먹을 수 있다. 상추 모종은 쌀쌀한 봄 기온에 적응시켜 강인하게 만드는 과정을 서서히 진행해야 한다. 일단 적응이 끝나고 바깥에 노출된 상추는 놀라울 정도로 냉해를 잘 견뎌낸다. 기온이 영하 8도까지 내려가도 영구적인 해를 입지 않고 견뎌낸 적도 있다. 서리가 내린 추운 아침에는 상추 이파리들이 축 처지고 기가 죽은 것처럼 보이긴 하지만 몇 시간만 지나면 다시 팔팔해진다. 서리가 두껍게 내려서 아무래도 불안하다면 이파리가 햇빛에 노출되기 전에 물뿌리개에 분무 꼭지를 끼워 물을 뿌리면서 얼음 결정을 씻어내자. 물론 그냥 두고 행운을 빌어도 된다. 어떻게 하든 직접 상추를 키우는 사람들은 누구보다 먼저 샐러드에 상추를 넣어 먹을 수 있을 것이다.

새들을 위한 식탁

우리 집 마당에 사는 '코퍼티나Coppertina' 품종 양국수나무에게 운명의 날이 다가오고 있었다. 그 나무가 흰가룻병powdery mildew 균에 주기적으로 감염되기 시작할 때부터 늘 째려보는 중이었다. 화병에 꽂을 꽃들을 기르는 동료 정원지기들은 과감한 가지치기를 권했다. 자기들이 키우는 양국수나무는 늘 가지를 쳐주기 때문에 한 번도 흰가룻병에 걸리지 않았다는 것이다. 수긍이 가는 설명이었다. 공기가 잘 통해야 곰팡이를 예방할 수 있다는 것은 잘 알려진 사실이다. 하지만 계속된 가지치기로 아주 성기고 성긴 '코퍼티나'가 되었는데도 곰팡이는 해마다 돌아왔다. 녀석은 얼룩덜룩한 자국을 얻었을 뿐 아니라 이상한 모양으로 자라는 습성까지 생겼다. 설상가상으로 이 못생긴 나무가 내 서재 책상에서 바로 내다보이는 데 자리 잡고 있었다. 신속히 처형해야 할 날이 눈앞에 다가온 듯했다.

그러던 어느 날 참새들이 찾아왔다. 4월 중순의 어느 아침이었다. 양국수나무에 잎이 나오기 전이었는데 서재 창문 밖이 왁자지껄했다. 작은 양국수나무 관목에 참새가 여섯 마리나 모여 앉아 흰가룻병 균으로 덮인 가지를 쪼면서 즐겁게 지저귀고 있었다. 1미터도 채 되지 않는 작은 관목이 참새로 초만원이었다. 너무 붐벼서 참새들이 한꺼번에 앉지도 못하고 바로 옆에 있는 미국붉나무에 앉아 대기하다가 차례로 양국수나무로 왔다.

흰가룻병에 걸리기 쉬운 양국수나무 '다츠 골드(Dart's Gold)'는
외모가 빼어나지는 않으나 새들에게 풍성한 식탁이 되어준다.

10분도 넘게(새들에게 10분이면 거의 영원에 가깝다) 나무를 쪼다가 날아가고 나자 이번에는 하우스핀치 가족이 식사하러 와서 양국수나무 식당 테이블에 앉았다. 새들이 날아가고 짬이 날 때마다 얼룩다람쥐가 찾아왔다. 다람쥐 무게를 견디기에는 가지가 너무 가는데도 녀석은 결의에 찬 태도로 균형을 잡아가며 식사를 했다. 그런 소동이 한동안 계속됐다. 새 이파리가 제대로 나기 전까지 여러 동물이 주기적으로 찾아와 양국수나무 뷔페를 즐겼다. 어쩌면 거기 붙은 벌레들을 먹는 것인지도 모른다. 뭐가 됐든 맛있는 음식이 있었음이 틀림없다.

말할 것도 없이 '코퍼티나'는 그대로 있다. 고백하자면 나는 또 다른 품종의 양국수나무를 두 그루나 사들였다. 가까운 묘목 센터에 '코퍼티나'가 없어서 '앰버 주빌리Amber Jubilee'를 선택했다. 새로 들인 이 나무들도 흰가룻병에 걸렸으면 좋겠다.

내가 왜 '미각'에 대해 이야기하면서 양국수나무를 언급하는지 의아해하는 독자들도 있을 것이다. 우리는 양국수나무를 먹지 않으니까. 하지만 우리 이야기만 하자고 이 책을 쓴 것이 아니다. 모든 감각을 섬세하게 열고 정원을 둘러보기 시작하면서 나는 정원이 지닌 잠재력을 깨닫기 시작했다. 어딘가를 식물로 채우기 시작하면 다른 생물들이 모여들기 시작한다. 그리고 모두 함께 그 공간을 생명으로 가득 채운다. 우리가 눈엣가시처럼 여기는 곳에서도 온갖 생물들이 먹을거리를 찾는다. 귀를 열고 그곳에 있다 보면 큰 그림이 보이기 시작한다. 그야말로 커다란 그림이.

가끔은 비위 약한 우리의 감각을 더 큰 무언가를 위해 희생해야 할 때도 있다. 하지만 나는 이제 흰가룻병에 걸린 나무들이 추해 보이지 않는다. 오히려 배고픈 누군가의 뷔페식당으로 보인다. 그리고 그들이 음식을 즐기는 동안 가까이서 지켜볼 수 있어 행운이라 생각한다.

여름

여름에는 토요일마다 자전거 경주팀이 번개처럼 우리 정원 앞을 지나친다. 그 사람들 중에서 정원으로 고개를 돌리는 이는 아무도 없을 게 확실하다. 근육을 자랑하고 속도를 내서 결승선에 도달하는 데 정신을 집중하느라 바쁠 테니까. 물론 그들은 정원 기행이 아니라 자전거 경주를 하는 중이므로 이는 타당하다. 정원 가꾸는 일도 가끔은, 특히 한여름에는 경주하는 것처럼 절박하게 느껴질 때가 있다. 그러나 정원 일을 그렇게 느끼는 것은 타당하지 않다. 정원은 경주에서 이기지 않아도 다양한 상을 받을 수 있는 곳이니까.

여름 정원은 원기 왕성한 생명력으로 가득하지만
봄보다는 색채가 한 단계 부드러워진다.

여름은 미친 듯 질주하는 계절이다. 사계절 중 특히 여름에 우리는 그 고동치는 강한 물결에 쉽게 휩쓸려버리곤 한다. 곤충들이 떼 지어 날아다니고, 꽃들이 앞다퉈 피고, 향기가 사방으로 퍼지고, 연장들이 출동을 기다리는 여름에는 어떤 절박함이 있다. 그리고 우리는 그 한가운데 서 있다. 사방에서 자극이 밀어닥칠 때 잠깐 숨을 돌리면서 그것들을 차근차근 살피고 주의를 기울이며 감상하는가, 아니면 그때그때 반응, 반응, 반응하느라 바쁜가? 만일 후자라면 너무도 아깝고 아쉬운 일이다.

여름은 우리에게 주고 싶어 하는 것이 정말 많은 계절이다. 줄줄 흐르는 땀이 자외선 차단제와 곤충 퇴치제와 섞여 입으로 흘러든다. 새벽에 떠올라 볼에 따사롭게 입을 맞추던 태양이 정오 무렵에는 모든 것을 태울 기세로 타오른다. 찬란한 색과 결투를 벌이는 잠자리들, 통통한 토마토, 즙이 가득한 열매, 잔디 깎는 기계의 윙윙대는 소음이 주변을 가득 채운다. 여름에는 배역들이 모두 무대에 등장한다. 잠깐 숨을 돌리고, 아니 잠깐보다는 더 시간을 내서 여름의 풍경에 뛰어들어 주변을 둘러보자. 오감으로 쏟아져 들어오는 자극들을 하나하나 분리해서 환영하고 음미해보자. 마음과 몸을 모두 여기에 집중해서 이전에 뿌렸던 씨앗의 성과를 거두어들이자.

여름은 밀도가 매우 높은 계절이라 이 책에 등장시킬 주인공들을 고르기가 쉽지 않았다. 지금 놀라운 모습을 뽐내는 식물들을 전부 다루는 것은 불가능한 일이다. 목초지에서 등골나물을 인터뷰하고 길가에 서서 에키나시아와 대화를 나누면서 새들이 목욕하는 물확 옆에 자라는 승마 향기를 맡는 한편으로 잡초를 뽑고, 손수레를 밀고, 시든 꽃을 따주고, 수확한 채소를 아작아작 맛보는 이 모든 일을 몇 페이지 안에서 해내야 한다니. 어쩔 수 없이 나는 하이라이트에 초점을 맞추기로 했다. 여름이 내게 찾아오는 그대로의 연대기를 쓰는 것이다.

하지만 여름은 해마다 서로 다른 메들리를 가지고 찾아온다. 나는 그저 충만함을 향한 길잡이 역할을 하고, 거기 도달한 독자들이 기나긴 여름날 각자의 정원을 둘러보며 자신의 길을 찾기를 바란다. 수백만 가지 방향이 있겠지만 평생 모색하면 될 일이다.

이렇게 생각해보자. 우리는 너무도 많은 것을 내주고 공유할 수 있는 공간을 구상해서 현실로 만들었다. 정원은 다른 생물들이 맘껏 배를 채우는 장소가 되었고, 여름이면 우리 망막에 영원한 기억을 아로새길 강렬한 풍경을 피워낸다. 눈을 크게 뜨고 '둘러보기만' 할 마음의 준비를 마쳤다면 말이다. 여름에는 정원 가꾸기라는 열정이 정점을 찍는다. 여름에 들려오는 모든 이야기는 정원이 우리에게 건네는 말이다. 거기 담긴 메시지들을 놓치지 말고 음미하자. 목표를 가지고 이 모든 것을 만들어내고, 함께 이루어낸 우리야말로 그 누구보다도 지금까지의 성과를 한껏 즐길 자격이 있다.

무리한 주문이기는 하다. 너무 바빠서 뛰어다니는 동시에 가만히 서서 귀를 기울이기란 엄청나게 어려운 일이니까. 그러나 우리는 할 수 있다. 모든 식물이 우리에게 의지하고 하늘과 자연이 최선을 다하고 있으니, 만물을 향해 기립 박수를 보내자. 잡초를 뽑고 가지를 쳐주는 일이 전부가 아니다. 지금까지 해온 노동의 배당금을 즐기는 것도 여름 정원을 돌보는 사람이 응당 해야 할 일이다. 온몸으로 기쁨을 누리자!

시각

🌸
나비를 위하여

어릴 적, 어른들은 허리를 굽히고 내게 묻곤 했다. "아가, 너는 커서 뭐가 되고 싶니?" 나는 진심으로 정직하게 대답했다. "나비가 되고 싶어요."

나비가 되고 싶지 않은 사람도 있을까? 찰나 같은 삶이지만 사는 동안은 아름다운 옷을 입고 무도회를 즐기지 않는가. 마당에 팔랑거리며 날아다니는 나비들은 꽃가루를 옮기는 심각한 일에는 아주 조금만 시간을 할애하고, 그저 이리저리 쏘다니며 이성이랑 새롱거리고 먹을 것에 기웃거리는 데나 신경을 쓰는 듯이 보인다. 성실하게 일하는 것은 배추흰나비뿐이다. 하지만 녀석들이 그렇게 부지런 떨지 말았으면 하는 게 내 솔직한 심정이다. 배추흰나비 애벌레들은 브로콜리를 삽시간에 전멸시켜버리니까. 그래도 마당에 날아다니는 나비들은 정말 기분 좋은 볼거리다.

우리 동네에는 주로 표범나비, 캐나다호랑나비, 검은호랑나비와 더불어 어디에나 있는 배추흰나비가 많이 보인다. 최대로 다양한 색의 나비를 불러 모으고, 그것들을 모두 행복하게 할 수 있는 '사료 식물'을 한 가지 심는다면 나는 부들레야를 선택할 것이다. 꽃이 피는 기간이 길어서 수많은 나비를 만족시키는 식물로, 여름부터 시작된 꽃은 제왕나비가 멕시코로 이동하고 나서도 한참 후까지 계속 핀다.

나는 제왕나비 번데기에서 나비가 나오는 것을 목격한 적이 있다. 검정, 노랑, 하얀 줄이 쳐진 애벌레가 나비로 변하는 변태 과정은 2주나 걸렸는데, 그중 번데기에서 나비가 나오는 데는 채 10분도 걸리지 않았다. 총알 정도 크기의 작은 번데기를 찢고 나온 나비는 순식간에 날개를 펴고 몸에 공기가 주입되듯 커졌다. 날개를 펄럭이며 비행할 준비를 하는 데 한두 시간이 다시 흘렀고, 그 뒤에 바로 부들레야 탐험에 나섰다. 마술쇼와 브로드웨이 뮤지컬도 제왕나비의 탄생만큼 극적이지는 않을 것이다.

우리 이웃 토디 비니베그나는 늘 풍성하게 채소를 길러내는 아름다운 텃밭을 가지고 있다. 작년에 토디는 나비 기르기를 목표로 삼고 책으로 열심히 공부한 다음, 우리 지역에서 나비를 끌어들이는 데 좋다는 식물은 모두 구해 심었다. 부들레야는 어느 품종이든 나비들에게 인기 만점이지만, 토디네 정원을 찾아온 나비들은 부들레야 다비디 *Buddleja davidii* '화이트 프로퓨전 White Profusion' 품종과 버들마편초, 리아트리스 리굴리스틸리스 *Liatris ligulistylis*, 멕시코해바라기 등을 좋아했다.

토디는 8월까지도 제왕나비를 두 마리밖에 보지 못하다가 갑자기 아스클레피아스에 제왕나비 애벌레가 말 그대로 득시글거리고 있는 것을 알아차렸다. 그날 아침 나를 부르기 전에 이미 열다섯 마리를 목격했고, 다음 날이 저물 무렵에는 스물여덟 마리까지 셌다. 그 많은 애벌레가 닥치는 대로 먹어대는 통에 아스클레피아스는 순식간에 떼죽음을 당했지만 토디는 개의치 않았다. 심지어 그는 애벌레들을 실내로 들여와서 작은 집을 마련해주었다. 천적에게 잡아먹히는 사태는 애벌레들이 피해야 할 가장 큰 위험이기 때문이다. 토디는 녀석들이 실컷 먹고, 허물을 몇 번 벗고, 번데기 단계를 거쳐 나비가 될 때까지 돌보다가 놓아주었다. 우리는 그 나비들이 멕시코까지 무사히 가고, 그곳의 서식지 역시 무사해서 잘 지내다가, 내년 여름에 다시 돌아와 우리 꽃들의 꽃가루를 옮겨주고 우리 눈을 즐겁게 해주기를 기도했다.

토디가 한 일은 우리가 세상을 좀 더 나은 곳으로 만들기 위해 할 수 있는 작은 노력이자, 매우 쉽고도 재미있는 과정이다. 나비들이 좋아하는 식물을 기르는 것도 전혀 어렵지 않다. 우리를 기분 좋게 하는 생기발랄한 색의 꽃을 피우는 식물들은 나비들의 훌륭한 먹잇감이 되어줄 것이다. 예를 들어 아스클레피아스 투베로사 *Asclepias tuberosa*는 밝은 주황색의 별 모양 꽃을 풍성하게 계속 피워낸다. 아스클레피아스 종류는 모두 제왕나비

캐나다호랑나비가 우리 목초지의 등골나물 위에 앉아 있다.

애벌레들이 매우 좋아하는 음식이다. 꽃도 정말 예쁘다. 멕시코해바라기도 형광 노란색 원반을 밝은 주황색으로 둘러싼 아름다운 꽃을 피워내는데, 그보다 더 현란하고 화려한 꽃을 찾기가 어려울 정도다. 물론 더 점잖은 꽃들도 충분히 역할을 해내는 것들이 많다. 긴 줄기 끝에 짙은 보라색 꽃이 피는 리아트리스가 좋은 예다.

애벌레들이 먹고 자랄 식물로는 루*Ruta graveolens*를 추천하고 싶다. 우리 집 텃밭에 사슴들이 들어오는 것을 막기 위해 주변에 루를 심었는데 검은호랑나비 애벌레들이 이파리를 만족스럽게 먹는 광경을 보는 보너스도 받았다. 검은호랑나비 애벌레들은 파슬리와 딜, 회향 등도 좋아한다. (녀석들이 내가 심어놓은 당근을 완전히 먹어 치웠을 때는 살짝 당황했음을 고백한다.) 금어초와 해란초는 모든 애벌레가 좋아한다.

나는 해마다 우리 정원에서 흰히코리독나방 애벌레 한두 마리와 마주치곤 한다. 제왕나비 애벌레의 모습을 파자마 차림에 비유한다면 이 녀석들은 사치스러운 하얀 털코트에 까만 장신구를 단 모습이라고 할 수 있겠다. 녀석을 쓰다듬고 싶더라도 꾹 참자. 상당히 유혹적이지만 독이 든 털이 빠져서 사람 피부에 박히면 발진을 일으킨다. 일반적으로 애벌레는 너무 가까이 다가가거나 만지지 않는 게 좋다. 애벌레를 위해서나 우리 자신을 위해서나 그게 현명한 일이다. 팔랑거리며 꽃가루를 옮기는 나비가 되는 과정에 잠시 애벌레의 모양을 한 녀석들이 자기 갈 길을 가도록 그냥 두자.

레이첼 카슨은 봄의 침묵에 관해 글을 썼다. 우리도 여름 정원의 필수 업무 종사자들이 자취를 감출지도 모를 위험을 걱정할 필요가 있다. 나비들이 사라지면 볼거리가 없어서 눈물이 날 정도로 섭섭한 것은 물론이고, 환경 면에서도 대단한 비극이다. 토디는 정원을 가꾸는 우리 한 사람, 한 사람이 변화를 불러올 수 있음을 증명했다. 우리가 나비를 살릴 수 있다. 그다지 어려운 일도 아니다. 전 세계가 우리 아마추어 정원사들에게 희망을 걸고 있다.

햇빛을 이기는 현란한 색채

타는 듯한 더위가 이어진다. 태양은 떠오르자마자 뜨거운 볕으로 마당 전체를 달궈서 불이라도 붙은 양 타오르게 한다. 눈부신 여름 햇빛 아래서는 희미한 색은 눈에 띄지도 않는다. 여름은 한 치의 망설임도 없이 야하디야한 옷을 차려입고 우리 눈에 충격을 줘서 주의를 끄는 전략을 쓴다. 한여름에 꽃을 피우는 선수들이 운신할 여지는 그리 많지 않다. 기습 공격과도 같은 무더위를 피해 대다수 식물이 일시적으로 휴식 태세에 들어가기 때문이다. 수은주가 하늘을 찌를 듯 높아지고 흙이 뜨끈해지면서 물이 귀해지는 이 시기에 굳이 무리하려는 식물은 별로 없다. 여러해살이 식물 중 많은 수가 기회를 노리며 대기 상태로 들어간다.

한여름에 꽃이 너무너무 보고 싶다면 화려한 색의 루드베키아, 해바라기, 하늘바라기, 레몬밤, 왕원추리, 헬레니움, 큰금계국 등이 좋다. 이 중 감지하기 어려운 미묘한 매력을 지녔다는 평판을 듣는 꽃은 하나도 없다. 모두 생생하고 화려한 것이 특징이어서 햇살처럼 환한 색을 자랑한다. 한해살이 화초 중에서는 금잔화와 백일홍의 현란한 매력을 따를 자가 없다. 꽃배초향이나 아스틸베를 섞어 심어 색조를 조금 차분하게 만드는 시도를 해볼 수도 있지만, 꾸준함과 적극성을 갖춘 화려한 색 군단이 결국은 이기게 되어 있으니 그냥 순리를 따르는 편이 나을 수도 있다.

소위 고상한 취향을 가진 정원지기들은 "샛노란 꽃이라고? 내 정원에는 허락할 수 없지, 암!" 하고 큰소리칠지도 모르겠다. 전통적으로 고루한 사람들은 어쩌다가 부드럽고 흐릿한 노랑 정도까지는 정원 울타리 안으로 들였어도 선명하고 야한 색은 절대 허용하지 않았다. 하지만 시간이 흐르면서 이런 태도가 변하기 시작했다. 근래에는 한여름에 정원이 선명한 색깔을 띠는 것을 널리 받아들이는 분위기인데, 아마도 봄과 초여름의 절정을 조금 더 연장하고자 하는 노력의 일환이 아닐까 싶다. 요즘은 정

원은 푸르러야 한다는 식으로 한 가지 성격만을 부여하기보다 긴 시간에
걸쳐 물결처럼 다양한 색이 밀려왔다가 다음 물결에 대체되도록 계획하
는 추세다.

거기에 더해 정원지기라면 기억해야 할 아주 중요한 요건이 있다. 꽃가
루받이를 도와주는 곤충들을 끌어들이고 그들에게 도움이 되는 식물을
가꾸어야 한다는 것. 수분을 돕는 생물들 편에서 보면 활발하고 생산적인
정원이 좋은 정원이다. 이런 계획을 수행하는 데 선명한 색깔이 도움이

겹꽃 달리아가 화려하다는 것은 아무도 부인할 수 없는 사실이지만,
나비들을 위해 다채로운 색깔의 홑꽃도 몇 포기 길러보자.

된다면 정원지기들은 조금 힘들더라도 노력을 아끼지 않을 것이다.

한여름에 피는 소박하고 순수한 데이지의 꽃 모양을 좋아하지 않는 사람은 없겠지만 나는 입이 딱 벌어지는 달리아로 업그레이드할 때도 있다. 데이지 모양을 한 달리아 홑꽃은 꽃대 끝에 많은 꽃이 뭉쳐 붙어 있으며, 꽃가루를 옮기는 곤충들이 좋아한다. 하지만 정말 내 심장을 뛰게 하는 것은 겹꽃 달리아다. 나는 홑꽃, 겹꽃 모두 기른다. 깃털 모양 꽃잎들이 빽빽하게 모여 화려한 색깔의 공처럼 피어나는 겹꽃 달리아를 보고 가슴이 두근거리지 않는 사람이 있을까? 다만 줄기 끝에 대접만 한 꽃 한 송이를 피우는 종류는 버팀목을 세워주지 않으면 꺾여버리는 게 흠이라면 흠이다. 수고를 덜고 싶다면 한 포기에 작은 꽃들이 여러 송이 피는 품종을 정원에 들이는 것도 좋다.

연꽃 모양 달리아는 풍만하고 육감적인 매력이 있다. 공 모양, 방울 모양의 달리아도 이에 못지않은 매력을 뽐낸다. 게다가 수채물감이 무색할 정도로 다양한 느낌의 색을 구할 수 있어서, 검은색(검정에 아주 가까운 짙은 암적색이 있기는 하다)과 남색(다양한 색조의 보라와 자주는 있지만)을 제외하면 세상에 존재하는 모든 색의 달리아가 있다고 해도 과언이 아니다. 암적색 달리아는 여름꽃들의 튀는 색조를 눌러 차분한 분위기를 연출하는 데 좋고, 복숭아색 달리아는 자기주장이 강한 여러 색깔이 조화를 이루게끔 중간 매개자 노릇을 톡톡히 한다.

여름 정원이 마음껏 소리치게 허락하자. 동시에 고래고래 고함치기 좋아하는 그 성향을 잘 끌어안아 정원 안에서 조화를 이뤄내자. 어쩌면 정원지기에게 능숙함이란 조화를 이뤄내는 능력, 자연의 합창에 우리의 목소리를 조화롭게 더하는 기술인지도 모르겠다. 우리의 재능을 총동원해서 무대를 만들고 그 위에서 모든 것이 밝게 빛나도록 하는 솜씨 말이다.

미필적 고의

'행복한 실수'라는 표현은 정원에만 적용할 수 있는 말인지도 모르겠다. 다른 어디에서 실수를 환영하겠는가. 강아지 훈련을 게을리하면 모르는 사람에게 뛰어드는 실수를 평생 반복할 것이다. 수입 지출 장부를 제대로 관리해두지 않으면 세금 신고를 할 때 지옥을 경험할 것이다. 그러나 자연과 함께 일할 때 긴장을 늦추면 놀라운 협업을 이룰 수 있다. 예상치 못한 일들이 일어날 여지를 남겨두어야 한다. 개양귀비가 좋은 예다.

나는 늦겨울이 되면 잊지 않고 개양귀비 씨앗 봉투를 들고 나가 눈 위에 정성스럽게 뿌린다. 하지만 지난해에 피었다 진 개양귀비에서 흩어진 씨앗들이 우연히 자리 잡은 곳에서 핀 꽃들이 언제나 제일 아름답다. 나무도 개양귀비 꽃씨에게 이래라저래라하지 못한다. 녀석들은 독립적인 정신과 높은 기백을 지녔기 때문이다. 조금이라도 빈자리가 있으면 개양귀비 싹이 머리를 내밀고 이내 눈부신 성과를 보여준다. 일부러 그렇게 꾸미려고 해도 할 수 없을 정도로 아름다운 광경이 연출된다.

우리 마당에 개양귀비가 자리 잡기까지 처음에는 사람의 손길이 약간 필요했다. 사랑하는 나의 편집자 제임스 바게트가 영국 첼시 꽃박람회에서 선물로 사다 준 개양귀비 꽃씨를 뿌린 것이 시초였고, 나는 그 선물을 좀 더 풍성하게 하려고 노바스코샤에 몇 번 방문해서, 내가 원하는 색의 개양귀비 줄기에 리본을 묶어 '찜'을 해두었다. 얼마 뒤에 내가 고른 개양귀비들의 씨가 우편으로 도착했다. 거기까지가 내가 한 일이다. 그 뒤로는 개양귀비들이 바통을 넘겨받았고, 이후 여러 해에 걸쳐 녀석들이 마당 여기저기를 넘나들면서 빈 곳을 채워갔다. 싹이 나기 시작하면 나는 꽃들이 잠재력을 충분히 발휘할 수 있도록 너무 빡빡한 부분은 살짝 솎아준다. 그런 다음에는 전혀 손을 대지 않고 물러서서 손뼉만 친다.

우리 정원에서는 디기탈리스 역시 오래전부터 내 손길을 벗어나 스스

로 피고 지기를 거듭하면서 모든 이의 눈을 즐겁게 해주고 있다. 디기탈
리스 모종을 사 오는 것까지는 내가 의도한 일이었으나 일단 모종을 땅에
심고부터는 주도권이 내 손을 떠났고, 그 뒤로는 꽃들이 알아서 적절한
장소를 모두 점유하며 아름답게 마당을 채워갔다. 우단동자꽃도 비슷한
과정을 거쳤다. 이파리에 보드라운 은색 잔털이 보송보송한 우단동자꽃
은 운치 있는 시골 오두막 정원에 늘 등장하는 꽃이다. 처음에는 덜 자란

꽃가루 가득한 개양귀비꽃에는 여름의 정수가 담겨 있다.

상록수들 사이 공간에서 우단동자꽃 몇 포기가 수줍게 자라는 것으로 시작했지만, 이제는 한여름에 사방에 피어나는 화려한 자홍색 꽃들이 없으면 우리 정원 같지 않을 것 같다.

정원을 무자비하게 다듬는 대신 정체 모를 새싹이 고개를 내밀면 일단 어떻게 자라는지 지켜보자. 물론 나도 몇몇 불량배들은 싹을 틔우자마자 정체를 알아차리고 바로 덮쳐서 제거한다. 하지만 싹을 틔운 식물이 불청객으로 판명 나면 그때 없애도 늦지 않다. 가령 나는 매발톱꽃으로 보이는 싹이 정말 매발톱꽃이라는 것을 확인한 다음에 멀치mulch, 잡초가 자라거나 땅의 수분이 감소하는 것을 막고자 식물 주위에 뿌리는 짚단, 낙엽, 나무 부스러기 따위의 층를 덮곤 한다. 그렇게 하면 정원이 훨씬 자연스러운 느낌과 외양을 갖추게 된다.

우리 채소밭에는 해마다 코스모스가 핀다. 야생 팬지도 기세 좋은 반란군처럼 세력을 과시하지만 나는 그저 물러나서 응원할 뿐이다. 옥스아이데이지도 마찬가지이긴 한데, 이 녀석들은 나중에 너무 많아져서 가차 없이 솎아줘야 하는 때가 오긴 한다. 우리 정원은 아니지만 제비고깔과 꽃담배를 비롯한 여러 자원군이 아름다운 광경을 연출하는 정원들을 많이 본다. 그런 정원들에서는 개성이 느껴진다.

정원의 경계

땅 한 뼘만 있어도 나는 각종 식물을 차고 넘치게 심을 것이다. 너무 야하거나 천박하지 않으면서 조화와 균형, 리듬, 자연스러운 흐름, 다양한 질감을 갖춘 정원을 꾸미는 것이 내 철학이다. 그러나 점점 빡빡하게 꽉꽉 채워지는 것만은 피할 도리가 없다. 그래서 하늘이 있다는 게 고맙다.

한계를 모르는 우리 같은 사람들에게 하늘은 정말 필요한 공간이다. 하늘이야말로 우리가 채울 수 없기 때문이다. 우리는 나무를 심을 수 있고, 그 나무는 언젠가 다 자라서 수직으로 공간을 채우고 다른 사람의 눈을 즐겁게 해줄 것이다. 하지만 나무를 아무리 많이 심어도 여전히 하늘은 남아 있을 것이다.

다른 지역에 살 때 알던 한 이웃은 다양한 색의 한해살이 화초를 이쪽 벽에서 저쪽 벽까지 가득 심곤 했다. 마당 전체에 걸쳐 거의 모든 색을 무차별적으로 배치했다. 다행히 집이 하얀색이어서 주먹구구식 접근법과 충돌하지는 않았다. 하지만 정원은 너무도 압도적이어서, 그냥 그 옆을 걸어서 지나가는 것만으로도 마음의 안정을 위해 심호흡을 해야만 했다. 이웃들은 모두 예의 바르게 집주인의 열성을 치하했다. 아름다운 뭔가를 만들어내기 위해 최선을 다하는 일은 무엇이든 칭찬할 만하다. 하지만 그 과장된 화려함은 따라 하고 싶지 않았다. 사실 우리 의견과는 상관없이 자연은 그의 열정에 선을 분명히 그었다. 그가 아무리 애써도 닿지 못하는 곳이 있었으니, 바로 하늘이었다. 그 이웃은 관목이든 교목이든 나무는 심지 않았기에 하늘이 많이 보였고, 정신없는 그 조각마저도 하늘을 배경 삼아 보면 그런대로 봐줄 만했다.

뭐든 광적으로 모으는 성향을 띤 우리 같은 정원지기에게는 하늘이 특히 중요하다. 정원을 둘러보다가 숨을 돌릴 여지가 있어야 한다. 오솔길이라든가 잔디가 깔린 약간의 공간 혹은 석조물이 여백의 미를 살리는 데 도움이 된다. 만약 그런 시도조차 여의찮을 때는 하늘을 경계로 삼을 수 있다. 정원을 구상할 때 하늘까지 고려하면 좋다. 크고 작은 나무를 다듬을 때 하늘의 역할을 염두에 두자. 하늘 쪽으로 눈을 돌려 실루엣을 훑어보자. 야트막한 웅덩이나 실개천, 연못 등을 만들면 하늘빛 숨 쉴 공간을 발치로 끌어내릴 수도 있다. 푸르른 황야와 같은 하늘은 나지막한 담

(다음 쪽 사진) 예상을 훌쩍 뛰어넘어 크게 자란 잎갈나무를 제외하면 정원의 무엇도 하늘에 도전장을 내밀지 않는다.

장 너머로 보이는 잘 꾸며진 이웃집 정원과 마찬가지로 내 것이 아니지만 내 것처럼 눈을 즐겁게 해준다. 여백의 미를 꼭 기억하자. 도심에 있는 정원도 마찬가지나. 면밀하게 계획하고 정성 들여 가꾼 정원에 주의를 끄는 요소가 너무 많다면 여백은 더욱 중요해진다.

또 한 가지, 하늘은 우리가 청하지 않아도 자체적으로 쇼를 보여준다. 사람들이 너무 당연시하는 경향이 있는데, 변화무쌍하고 끊임없는 하늘의 쇼를 직접 감상할 수 있다는 것은 커다란 행운이다. 무엇보다 좋은 점은 하늘이 공짜라는 사실이다. 게다가 하늘에는 물을 주지 않아도 된다.

🌸

흰색 꽃은 그늘에 심기

한여름의 태양은 나무 꼭대기 너머로 살짝 고개를 내미는 순간부터 눈을 뜰 수 없을 만큼 강렬하다. 마당 전체를 갈퀴로 훑듯 지나가면서 모든 것을 새하얗게 태울 기세다. 아침 열 시쯤이면 뽑아둔 잡초가 형체를 알아볼 수 없을 정도로 축 처져버린다. 무자비한 열기다. 게다가 눈이 부시도록 환한 빛은 시각적으로도 큰 영향을 미치기에 거기 맞춰 정원에 입힐 옷을 골라야 한다.

하얀색 꽃들은 그늘에 심으면 안성맞춤이다. 약한 빛을 받으면 눈에 확 띄면서 입체감을 내고 정원의 가장자리까지 무대에 올리는 역할을 한다. 얼룩덜룩한 색깔 잎을 가진 식물들도 마찬가지다. 하지만 햇빛을 직접 받는 자리에 하얀 꽃을 심으면 밝은 여름 햇살이 반사돼서 눈을 부시게 하고, 꽃은 오히려 빛이 바래 보인다. 특히 해변이나 물가에서 하얀색 꽃을 햇빛이 잘 드는 곳에 심으면 한여름에는 전혀 시각적 효과를 거둘 수 없

하얀색 디기탈리스는 그늘에서는 빛을 발하지만, 태양 아래서는 지쳐 보인다.

다. 유일한 예외라면 어둠이 내린 후에 주로 정원을 즐기는 경우를 꼽을 수 있겠다.

광택 나는 이파리를 가진 식물도 마찬가지다. 광택이 나는 잎들은 아무리 크기가 작아도 거울처럼 빛을 반사한다. 여름이 되면 사진작가들은 날마다 이 문제로 골치를 앓는다. 그래서 정오경에는 사진 촬영을 피한다. 관목이나 화초가 아닌 키 큰 나무에 달린 이파리들도 빛을 반사해서 희미해 보이거나 활기가 없어 보인다.

퍼더모어로 처음 이사 왔을 때, 나는 흰색 위주로 정원을 꾸미고 싶었다. 하지만 한여름이 되면서 밝은 빛을 받으면 흰색이 유령처럼 희미하게 사라지는 효과를 내는 데다 흰색에도 수없이 많은 종류가 있음을 깨달았다. 모든 색깔에 다양하고 미묘한 색조의 차이가 있고 우리 눈은 그런 다양한 톤에서 자연스럽게 균형을 찾아낸다. 그러나 흰색은 예외다. 황백색, 청백색, 크림색 등은 서로 잘 어우러지지 못한다. 건강한 황백색 옆에 있는 청백색은 젖은 손수건처럼 축 처져 보일 수 있다. 흰색 피튜니아는 하얀 데이지 옆에서 아름답게 나풀거리지 못한다. 이런 효과는 꽃이 피기 전까지는 알 수가 없다. 판매자들도 포장지나 안내문에 하얀색 꽃의 색조를 정확히 묘사하는 데 큰 어려움을 겪는다. 심지어 하루에도 열두 번씩 시시각각 색조가 변하기까지 한다. 따라서 흰색 꽃을 나란히 심는 방법으로는 아름다운 정원을 연출하기 어렵다.

설상가상으로 사망률도 문제다. 하얀색 꽃을 피우는 식물들은 다른 색 꽃을 피우는 같은 종의 다른 품종보다 약하다. (단, 천사의나팔꽃처럼 원래 하얀색 꽃을 피우는 식물들은 예외다.) 잎에 무늬가 많은 식물도 마찬가지여서 이중의 위험을 감수해야 한다.

꽃을 고를 때는 그것을 심을 위치와 주변 환경을 꼭 생각해야 한다. 정원을 완전히 하얀색으로 뒤덮기보다는 다채로운 색 사이에 하얀색을 조금씩 섞어 심거나, 풍성한 짙은 초록색 이파리들로 흰색의 효과를 약간 희석하는 방법도 있다. 나는 최근 나오는 개량종들처럼 빽빽하게 꽃만 보이는 식물보다 꽃 사이에 초록색 이파리들이 많이 섞여 있는 쪽을 더 좋아한다.

칼라민타 네페타 *Calamintha nepeta* 종류도 시도해볼 만하다. 칼라민타는 햇빛을 받아 어룽어룽 살짝 반짝이는 효과를 낸다. 우리 집 마당의 블루베리 관목 아래에서 자라는 칼라민타는 안개처럼 빛을 발하면서 꽃가루받이를 돕는 곤충들을 기쁘게 한다.

허브가 어우러진 풍경

허브는 맛뿐 아니라 향기도 좋다. 허브가 품은 향기로운 방향유essential oil를 빼고는 허브의 매력을 이야기할 수 없다. 신선한 마조람에 코를 파묻고 그 향기를 깊이 들이마시며 느끼는 환희는 정원을 가꾸는 사람만이 진정으로 누릴 수 있는 기쁨일 것이다. 병에 담긴, 가루로 만든, 보존된, 향기를 보탠, 혹은 포장이 된 마조람과는 비교할 수 없는 향기다. 허브는 이국적인 맛 약간, 흥분감과 건강함 조금, 치유의 예감을 많이 가미한 코를 위한 차라고 할 수 있다. 세이지는 온 가족이 모여 함께 나눈 만찬을, 라벤더는 새로 세탁한 빨래를 떠올리게 한다. 둘 다 상쾌하고 위안이 되는 연상 작용이다.

그런데 허브의 장점 가운데 잘 알려지지 않은 것이 있다. 바로 정원에 시각적으로 질감을 더해준다는 점이다. 허브들은 한여름이 지나고 늦여름으로 향할 무렵에 꽃을 피운다. 그 꽃들은 눈에 번쩍 띄는 프리마돈나 스타일은 아닐지라도 정원에 응집력을 더해준다. 내 눈에 허브들이 어우러진 정원은 '스카버러 페어 Scarborough Fair, 영국의 전통 발라드 제목으로 사이먼 앤드 가펑클이 편곡해서 세 번째 앨범 〈파슬리, 세이지, 로즈메리 앤드 타임〉에 이 노래를 실었다' 그 자체다. 순수했던 시절에 대한 향수가 약간 가미된, 순진하고 소박하며

살짝 흐트러진 분위기의 정원. 허브들은 자연스러운 정원의 느낌을 잘 표현해주는 동시에 실용적인 성향의 정원지기에게는 유용한 요리 재료도 제공한다. 사투레야 몬타나*Satureja montana*, 마조람, 오레가노, 히숍, 파랑배초향, 타임이 한데 뒤엉켜 자라는 마당을 보면 눈이 먼저 즐겁고 뒤이어 다른 감각들도 바로 깨어난다.

　허브의 꽃은 대체로 화려하지 않은 편이다. 개중에 꽃이 눈에 띄는 예

꽃톱풀은 허브 중에서는 드물게 아름다운 꽃을 보려고 심는다.

쁜 허브로는 식용 세이지, 로즈메리, 파랑배초향 등이 있다. 다른 허브들은 아주 작은 꽃들이 줄기에 붙어 피어서 한데 많이 모아놔야 시각적인 효과를 거둘 수 있다. 하지만 고맙게도 대다수 허브는 신경 쓰지 않아도 빠르게 퍼져서 허브의 합창을 들을 수 있을 정도로 자라준다. 아마도 허브는 꽃을 보기 위해 품종을 개량하지 않아서 특별히 색이 화려한 꽃을 피우지는 않는 것 같다.

물론 예외는 있다. 히솝은 줄기에 청색 꽃이 많이 붙어 피어서 멀리서도 눈에 띈다. 하지만 그런 잠재력에도 불구하고 히솝마저도 상당히 많이 모여 있지 않으면 인상적인 풍경을 연출하지 못한다. 톱풀속*Achillea* 식물인 꽃톱풀은 허브 무리를 떠나 관상용 화초로 자리매김해서 요란한 노란색과 파프리카색의 꽃차례를 자랑하며 시중에 판매된다. 밝은 주황색을 한 금잔화도 이례적으로 야한 옷을 입고 눈길을 끈다. 금잔화는 한 송이만 마당에 피어도 금방 눈에 띄고, 한데 많이 모여 피면 쏜살같이 지나가던 차들이 속도를 늦출 만큼 효과가 지대하다. 하지만 이런 것들은 몇몇 예외에 불과하다. 대다수 허브는 수가 많아질 때까지 좀 기다려야 한다. 그 기다림의 끝에서 겸손하고 절제된 모습으로 깊은 인상을 남기는 허브들이 시골 생활의 정수를 느끼게 해준다.

우리도 태평스러운 허브들의 태도에 발맞춰 녀석들이 제멋대로 엉켜가며 자랄 수 있도록 내버려 두자. 녹색과 꽃을 섞어보자. 타임, 오레가노, 루, 세이지, 피버퓨, 바질 등은 내가 제일 좋아하는 허브 친구들이다. 물론 요리용으로 계속 수확하면(단, 루는 식용이 아니다) 꽃은 포기해야 한다. 하지만 번개처럼 퍼져 나가는 허브들의 속도에 맞춰 계속 수확할 수 있는 사람이 누가 있을까? 충분히 먹고도 눈으로 즐길 수 있을 것이다.

후기

향기 없는 장미는 안 돼

정원 가꾸기의 즐거움 중 상당 부분은 기대하는 데 있다. 토마토를 살 때는 당연히 맛있게 먹겠다는 기대를 한다. 벤치를 사면 거기 편히 앉을 순간을 즐거운 마음으로 기대한다. 장미를 심으면서는 첫 봉오리가 열리기 시작하는 순간, 사방에 퍼지는 향기에 코를 묻을 생각으로 마음이 부푼다. 그러다가 만일 기대한 일이 일어나지 않으면 속았다는 생각이 든다. 그 장미가 아무리 화려하고 풍성하게 핀다 해도 향기에 대한 기대를 버릴 수는 없다. 만족하지 못한 코는 당연히 분개할 수밖에.

다들 그윽한 장미 향기를 기대하며 수없이 많은 가시를 무릅쓰고 가까이 다가갔다가 불만을 느끼고 도로 허리를 편 경험이 있을 것이다. 예전에는 향기로운 장미가 많았다. 특히 장미를 정원에 심을 때면 향기를 기대하며 심는 경우가 대부분이었다. 그런데 꽃꽂이 시장에서 줄기가 긴 장미가 인기를 끌다 보니 그쪽으로 품종 개량이 시작됐고, 장미는 서서히 향기를 잃어갔다. 그 뒤로도 장미 재배업계에서는 손이 많이 가지 않고 병충해와 추위에 강하며 끝없이 꽃을 피워내는 신의 선물과도 같은 장미 품종들을 개발해냈다. 물론 그 장미들에는 향기를 기대하며 코를 들이대지 않는다는 전제가 깔려 있지만 말이다. 그러나 우리는 '장미' 하면 자동으로 향기를 연상하기 때문에 향기 없는 장미에 코를 댔다가 모욕을 당한 기분을 느끼곤 한다.

나는 몇 년에 한 번씩 장미를 포기하겠다고 맹세하지만 결국 다시 슬그머니 장미에 손을 대곤 한다. 매혹적인 장미를 클로즈업해서 찍은 사진이 가득한 카탈로그가 메일함에 도착하자마자 나는 한 손에 신용카드를 들고 전화번호를 누르기 시작한다. 하지만 설명을 자세히 읽지 않고 아무 장미나 선택하지는 않는다. 계속 꽃이 핀다든지, 그림같이 아름다운 색이

라든지 하는 각종 약속이 넘쳐나도 향기가 어떤지에 대한 묘사가 없으면 나를 유혹하지 못한다. 그런 면에서 데이비드 오스틴David Austin 사의 장미들은 나를 실망케 하지 않는다. 다면적이고 복합적인 향기를 띤 오스틴사 장미에는 중독성이 있다. 여기에 여러 장의 꽃잎이 겹쳐 피면서 소용돌이 치듯 아름답게 자라는 모습에 섬세하고 다양한 색상까지 더하면 그 매력

오스틴사의 장미 중에서도 특히 '젠틀 헤르미오네(Gentle hermione)' 같은 품종은 여름 내내 꽃이 피어서 우리 후각을 사로잡는다.

을 외면할 사람은 아무도 없을 것이다.

나는 오래전부터 오스틴사 장미의 열렬한 팬이었다. 그런데 코네티컷주 북서부로 이사한 후에는 고약한 날씨가 내 사랑에 찬물을 끼얹었다. 뉴잉글랜드 중에서도 겨울이 더 추운 우리 동네에서 향기가 그윽한 장미와 데이트하기는 불가능해 보였다. 그래도 향기로운 장미를 즐기고 싶어서 값비싼 장미를 한해살이 화초인 양 해마다 다시 심는 짓을 거듭했다. 그러다 데이비드 오스틴사에서 자근수自根樹, 즉 자기 뿌리를 땅에 내리고 자라는 장미가 나온 덕분에 내 코의 운명이 바뀌었다.

대부분의 장미는 뿌리가 있는 '닥터휴이Dr. Huey' 품종에 접붙이기한 형태로 판매된다. '닥터휴이'는 매우 강인한 품종이어서 접붙이기한 품종이 잘 자라도록 힘을 보태준다. 온화한 기후에서는 모든 일이 순조롭게 진행돼서 '골든 셀러브레이션Golden Celebration' 같은 품종도 달콤한 향을 풍기며 홍조를 띤 노란색 꽃을 피워낸다. 그러나 겨울이 특히 추운 해에는 접붙이기한 '골든 셀러브레이션'이 죽어버리고 그 자리에 그다지 매력이 없는 '닥터휴이' 품종이 대신 모습을 드러내서 단정치 못하게 웃자라는 줄기에 반 겹꽃이 필 수도 있다. 그보다 더 최악의 상황에는 '닥터휴이'마저도 이겨내지 못하고 장미 전체가 죽어버릴 수도 있다. 가슴이 미어지는 사건이다.

하지만 자근수이면서 추위에도 잘 견디게 품종이 개량된 장미라면 이야기가 달라진다. 처음부터 엄청난 존재감을 자랑하지는 않겠지만 자연이 내리는 시련을 이겨내면서 서서히 자리를 잡는다. 냉해를 입어도 다시 자라나서, 결국 처음에 걸었던 기대를 저버리지 않는다.

영국에 본부를 둔 데이비드 오스틴사가 자근수 장미를 미국에서 판매하기 시작했을 때만 해도 색상 면에서 선택지가 그리 많지 않았다. 그러다 구매할 수 있는 종류가 급격히 늘어서 이 글을 쓰는 지금은 빨강, 자주, 분홍, 노랑, 하양, 살구색, 크림색 등을 망라한 거의 50여 품종의 자근수 장미를 미국에서 구할 수 있게 되었다. 데이비드 오스틴사에서 판매하는 품종 가운데 향기가 좋고 추위에 강한 '셉터드 아일Scepter'd Isle', '레이디 오브 샬롯Lady of Shalott', '샬럿Charlotte', '윈체스터 커시드럴Winchester Cathedral', '거트루드 지킬Gertrude Jekyll' 등을 자근수로 선택할 수 있다. 병충해에 강한 장미를 만드는 것 또한 품종 개량의 주된 목표 중 하나였다. 이모든 발전이 결국 우리의 감각을 풍족하게 하는 데 큰 도움이 되었다.

코에 장미 향이 들어오는 순간, 그날 하루가 달라진다. 나는 아침에 마당에 나가 새로 핀 꽃을 조심스럽게 손으로 감싸고 숨을 들이쉰다. 가능하면 하루에도 몇 번씩 향기를 음미한다. 데이비드 오스틴사의 마이클 매리엇은 "장미 향기는 하루 중에도 시간에 따라 미묘한 차이를 보이고, 장미 나무가 얼마나 성숙했는지에 따라서도 달라진다"고 설명했다. 아침에 살짝 달콤한 향을 풍겼던 장미에서 나중에는 강하고 매운 향이 날 수도 있다.

장미꽃은 아마도 세상 모든 꽃 중에서 향기의 조합이 가장 다양할 것이다. 향기 나는 품종을 골라서 심은 장미 정원으로 걸어 들어가면 몰약, 꿀, 정향, 구아바, 레몬, 산딸기, 차 등의 향기가 메들리처럼 코를 간질이는 경험을 하게 될 것이다. 장미를 한 번도 심어보지 않은 사람이라도 장미에 코를 대고 현기증 나는 자기만의 경험을 해보기를 권하는 바이다. 장미가 왜 꽃의 여왕이라 불리는지 직접 느껴보시길.

사슴과의 전쟁

나는 사슴들과의 전쟁에서 이기기 위해서라면 무슨 일이라도 할 준비가 되어 있다. 아무도, 무엇도 나를 막을 수 없고, 승리를 위해서라면 누구하고라도 손을 잡을 것이다.

루를 우리 편으로 끌어들일 생각을 정확히 어떻게 해냈는지는 기억할 수 없지만, 아마도 나 자신이 루의 매캐한 냄새를 싫어한 데서 비롯되었을 것 같다. 그야말로 장미 향기와 극과 극인 루의 향을 어떻게 묘사해야 할까? 루는 자극적이고 시큼한 냄새가 강해서 두툼한 청록색 이파리를 건드리면 침이 고인다. 맛있는 음식을 기대하며 고이는 침이 아니다. 루는 식용 작물이 아니기도 하거니와, 어차피 그 이파리를 한입 베어 물고 싶은 생각은 전혀 들지 않는다. 그런 특성을 생각하다가 아이디어가 떠올랐다. 우리가 루 냄새를 싫어하면 사슴들도 싫어할 것이다. 나는 과학적인 것과는 거리가 먼 실험을 시작했다.

우리 집 뒤쪽에 석조 작업을 마치고 담장을 다시 설치하기를 기다리는 작은 텃밭이 있다. 브로콜리, 양배추를 비롯한 여러 가지 채소가 풍성하게 자라는 그 텃밭에는 사슴들이 좋아할 만한 것이 가득하다. 텃밭 주변에는 여러 가지 이유로 허브들을 둘러 심었다. 허브는 보기에도 좋을 뿐 아니라 대부분 먹을 수 있고, 텃밭이 부엌에서 가까워 요리하다가도 냄비가 끓는 동안에 얼른 나가서 필요한 것을 손에 넣을 수 있기 때문이다. 그리고 식성이 전혀 까다롭지 않은 사슴이라도 허브는 거의 다 피하는 경향이 있다는 사실도 그 자리에 허브를 심은 이유 중 하나였다. 그러나 불행하게도 시간이 흐르면서 사슴들이 내 방어 전략을 꿰뚫고 말았다. 허브 자체에는 절대 입을 대지 않았으나 그 너머에 맛난 음식들이 있다는 사실을 알아챈 것이다.

루를 생각해낸 것은 바로 그때였다. 루가 냄새는 거슬려도 바다 거품 같은 느낌의 이파리들 사이로 노란색 꽃을 흐드러지게 피워서 눈을 즐겁게 해주지 않는가. 어쩌면 살아 있는 방어벽이 되어줄지도 모른다. 완벽한 담장까지는 아니더라도 적어도 한밤중 서리꾼들을 혼란스럽게라도 해줄 것이다.

결과는 대성공이었다. 사슴들은 기회주의자답게 텃밭이 있는 정원으로 들어가기 시작했고, 얼뜨기답게 루를 밟았으며, 바보라는 명성에 걸맞게 텃밭 전체가 이 역겨운 허브로 가득할 거로 생각하고는 멀찍이 후퇴

했다. 불행히도 토끼들은 사슴보다 조금 더 영리했다. 마멋들도 아이큐가 높은 것으로 판명 났다. 현재 나는 채소밭을 둘러싼 가는털비름에 사슴 퇴치제를 뿌리고 있다. 발효 연어와 썩은 달걀을 원료로 하는 이 퇴치제를 식용 식물에 직접 뿌리는 것보다 나을 것 같아서다. 퇴치제를 완전히 대체할 정도가 되려면 루를 이용한 계획을 조금 더 다듬어야겠지만, 지금까지 얻은 초기 결과로 봐서는 루가 서리꾼 퇴치제로 상당한 효과를 보이는 듯하다.

한 가지 주의할 점은 루가 피부에 닿으면 매우 심각한 반응이 일어나는 사람이 있다는 사실이다. 특히 더운 날씨에 땀구멍이 활짝 열려 있고 피부가 땀으로 덮여 있을 때 더 심하다. 반응의 정도는 사람에 따라 다르고, 어떤 사람은 날씨와 상관없이 반응을 보이기도 한다. 날이 더울 때는 나도 사슴들과 마찬가지로 루 근처에 얼씬도 하지 않는다. 그리고 루 근처에서 작업해야 할 때는 계절에 상관없이 일 년 내내 장갑과 긴소매 셔츠 등으로 중무장을 한다. 루에 닿으면 물집이 생기고, 두드러기가 없어진 다음에도 흉터가 오래갈 수 있다. 피부가 민감한 사람에게는 사슴 퇴치 방안으로 루가 적절하지 않을 수도 있다.

식물과 손잡고 적을 퇴치하는 전략이 마음에 드는 사람이라면 루만큼이나 냄새가 지독한 피버퓨를 허브들과 섞어서 심어보자. 피버퓨는 보기에도 좋을 뿐 아니라 사슴들이 싫어하는 것으로 알려져 있다. 들쥐들이 고구마를 파먹는 것을 막아보려고 유포르비아 라티리스*Euphorbia lathyris*를 심어보기도 했는데 아무 소용이 없었다.

루는 다른 대책을 마련하기 전까지 몇 년 정도 시간을 벌어줬다. 거기 더해 다른 허브들과 어울려 자라는 광경이 참 보기 좋다. 식용 식물들은 내가 루에 닿지 않고 안전하게 수확할 수 있는 곳에 자리 잡고 있으며, 루

우리 집 뒷마당 위쪽의 채소밭을 둘러싸고 자라는 허브들.
루는 사슴들의 침공을 막기 위한 1차 방어선이다.

는 히솝이나 파랑배초향처럼 먹지 않는 허브들과 함께 심었다. 어쩌면 여러분도 새롭게 적응한 감각과 더 날카로워진 관찰력을 동원해서 식물들과 함께 더 생산적인 세상을 만들어낼 방법을 발견할 수 있을지 모른다. 자연을 좀 더 알게 되면 이 땅을 공유하는 동료들과 놀라운 관계를 맺을 수 있다. 어떨 때는 우리가 그들을 돕고, 어떨 때는 그들이 우리를 돕는다. 누가 누구를 돕든 상생의 관계다.

달콤한 향기, 스위트피

저물녘이 되면 허브와 채소를 기르는 텃밭 쪽으로 난 창가의 화단은 뒷문 포치 그림자에 가려진다. 하지만 옆으로 삐져나올 정도로 흐드러지게 핀 스위트피는 어떤 식으로든 자신의 존재를 알린다. 우리 집에서는 헛간에서 양동이를 가져다가 수돗가 쪽으로 가려면 덩굴손이 타고 오르는 벽을 지나쳐야 한다. 수도꼭지를 틀기 위해 허리를 굽히는 순간, 꽃들의 왕국에서 가장 도발적인 향기가 코에 들어온다.

스위트피의 향기는 다른 무엇에도 견줄 수가 없다. 유일하게 가능한 비유는 해가 중천에 뜬 정오경에 벌집을 열었을 때 나는 향기 정도일 것이다. 볕에 달궈진 밀랍과 프로폴리스가 달콤한 꿀과 섞여서 뿜는 향기. 거기에 오렌지 껍질의 향을 살짝 가미할 수도 있겠다. 스위트피 향기는 어둠이 내린 후에야 사방에 퍼지기 시작한다. 멀리 퍼지지는 않지만, 향기를 맡는 순간 그 정체를 알 수 있다.

그런데 대부분의 스위트피꽃에서는 이제 특유의 향기가 나지 않는다.

'쿠파니스 오리지널'과 '블루 시프트(Blue Shift)' 스위트피는
어둠이 깔린 뒤에 천상의 향기를 내뿜는다.

씨앗 카탈로그가 도착하자마자 허기진 사람처럼 스위트피가 소개된 곳까지 서둘러 페이지를 넘기고는 오색찬란한 꽃들의 향연을 마음껏 누리리라 생각할지 모르겠디만, 향기는 함께하지 않을 수도 있다는 사실을 잊지 말아야 한다. 온갖 매혹적인 색깔을 자랑하는 갖가지 품종의 스위트피를 키울 수는 있지만, 모두가 향기를 머금은 꽃을 피우지는 않을 것이다. 줄기가 길고 팔랑거리는 꽃잎을 탐스럽게 피우는 품종일수록 코가 실망할 확률이 높다. 미모와 향기를 둘 다 겸비한 품종은 거의 없다. 꽃이 작고 줄기도 짧은 옛날 품종을 택해서 시인들이 노래한 전설적인 향기를 음미할 것인가, 아니면 탐스러운 외양을 뽐내는 꽃을 택할 것인가, 둘 중 하나다. 내 경우에는 항상 코가 이긴다.

나는 이름 그대로 '달콤한sweet' 향기를 맡을 욕심으로 스위트피를 심는다. 겨우겨우 살짝 풍기는 향기를 상상력을 동원하고 현실을 왜곡해서 좋은 척하는 건 싫다. 문제는 품종 개량이다. 오래전부터 플로리스트들은 기다란 줄기와 통통한 꽃을 원해왔고, 스위트피 품종 개량 전문가들은 이에 맞춰 놀라울 정도로 아름다운 꽃을 길러냈다. 30센티미터 넘게 쭉 뻗은 줄기에 하늘거리는 꽃잎을 자랑하는 꽃들. 하지만 향기는 없어졌다. 수염패랭이꽃, 제비꽃, 카네이션, 장미를 비롯한 많은 꽃이 이와 비슷하게 비극적인 부침을 겪었다. 한 세대 정도가 지나면서 사람들은 경험하지 못하는 것들을 자연스레 잊어갔다.

다행히 소수의 씨앗 판매 회사들이 정말로 향기가 나는 스위트피 종자를 판매하고 있다. 레니스 가든 시즈Renee's Garden Seeds사와 셀렉트 시즈Select Seeds사가 스위트피를 판매하면서 향기가 좋다고 말하면, 그들은 미리 그 씨앗들을 심어보고 선택한 것들만 팔기 때문에 믿어도 된다.

내가 만나본 스위트피 중에서 가장 향기가 좋은 품종은 '쿠파니스 오리지널Cupani's Original'이다. 사람들이 최초로 키우기 시작한 스위트피Lathyrus odoratus와 매우 가까운 품종으로, 보라색과 파란색의 자그마한 꽃이 한 포기에 몇 송이만 핀다. 몸집이 더 크고 강한 형제들과는 경쟁이 안 되지만,

향기는 군계일학 수준으로 뛰어나다. 향기 면에서만 보면 '쿠파니스 오리지널' 외에도 푸른색 계열의 스위트피가 다른 색 스위트피보다 더 만족스럽다. 파란색 계열의 두 가지 색으로 꽃을 피우는 꽃들이 향기가 좋을 확률이 가장 높고, 밝은 빨간색 꽃이 피는 품종은 거의 다 실망스럽다.

눈으로 즐기는 품종이든 코를 행복하게 해주는 품종이든 가장 오래 꽃을 즐기는 방법은 반쯤 그늘진 곳에 스위트피를 심는 것이다. 스위트피 씨를 주문할 때는 더위를 잘 견디는 품종인지 확인하는 것이 좋다. 나는 봄이 오자마자, 얼어붙은 흙을 깨지 않아도 될 정도로 땅이 녹고 창가 화단을 준비할 수 있게 되면 곧바로 스위트피를 심곤 하는데, 꽃은 한여름이 거의 되어서야 모습을 드러내기 시작한다. 그런 다음에는 혹서가 덮치기 전까지 풍성하고도 아름답게 계속 꽃이 핀다. 한여름 더위에 직사광선까지 받으면 스위트피 축제는 갑자기 끝나버린다. 하지만 수돗가 옆 반쯤 그늘진 곳이라면 8월까지도 꽃을 계속 피울 것이다. 그런 다음에는 창가 화단을 배초향같이 좀 더 생산적인 식물로 채울 수 있다. 창가 화단에 처음부터 배초향 한 가지만 심으면 경제적이겠지만, 그랬다가는 독립기념일7월 4일에 내 코를 위안해줄 스위트피의 향기가 그리울 것이다.

밤에 더 향기로운 꽃들

여름밤은 너무나 덧없이 짧다. 칠흑같이 어둡고 무더운 여름밤 내내 여치들의 고동치는 듯한 대화와 나방들이 모기장에 철썩거리며 부딪히는 소리를 들으며 뒹구는 일이라면 영원히 할 수 있을 것만 같다. 공기는 손에 잡힐 듯 무겁고, 낮의 열기가 하나도 식지 않은 듯 여전히 수은주가 내려갈 줄을 모른다. 계단을 올라 침실로 향하는 발걸음은 에베레스트산을 정복하는 것처럼 힘들다. 방으로 올라가는 대신 있던 자리에 그대로 누워

꽃담배 향기에 취해서 잠들고 싶다.

밤에 피는 꽃들이 더 짙고 자극적인 향기를 뿜어낸다는 사실에 주의를 기울여본 적이 있는가? 어둠이 내린 후 일어나는 많은 일처럼 그 꽃들이 내보내는 충만하고 무거운 메시지는 거의 퇴폐적으로 느껴질 정도다. 그런 향기와 대조적으로 한밤중에 피는 꽃들은 옷을 야하게 입지 않는다. 나방의 관점에서 보면 어둠 속에서 가장 눈에 잘 띄는 색은 흰색이나 크림색이다. 사실 꽃가루를 옮겨주는 곤충을 유혹하는 데는 여러 가지 신호가 필요하지도 않다. 향기로 신호를 보내는 꽃들은 화려한 색을 갖출 필요가 없다. 나방들의 구미를 정말 돋우는 것은 사향 냄새가 곁들여진 달콤하고 진한 향기다. 향기가 너무 짙어서 고상한 범위를 넘긴 꽃일수록 나방들에게는 환영받는다. 우리 코를 기준으로 생각하면 밤에 맡는 꽃향기는 어둠을 틈타 벌였던 남부끄러운 행동을 떠올리게 할지도 모른다. 하지만 이렇게 말하는 건 인간 중심의 공정하지 못한 가치판단이다. 천사의 나팔꽃은 그저 자식을 낳고 싶을 뿐이다.

더운 여름밤의 꽃담배 향기에는 마음을 사로잡는 무언가가 있다. 해가 떠 있는 동안 나팔을 얌전히 접고 다소곳이 서 있는 꽃담배를 보면 다른 계획이 있을 거라고는 상상하기 어렵다. 그러나 황혼이 깃들 무렵이 되면 녀석이 나팔을 활짝 열고서 깊은 곳에서부터 퍼져 나오는 향기를 공기 중으로 띄워 보낸다. 꽃담배 향기는 너무도 진해서 그 속을 걷다 보면 짙은 안개를 헤치며 나아가는 느낌이 든다.

천사의나팔꽃에서 흘러나오는 향기는 그보다 몇 단계 더 진하다. 한 군데도 빠짐없이 치명적인 독을 품고 있으며, 20센티미터 이상 되는 꽃이 목질화된 줄기에 전구처럼 매달려 피어 어둡고 불길한 분위기를 풍기는 천사의나팔꽃은 미궁에 빠진 한여름 밤 살인 사건의 배경으로 연출하기

'향글라디올러스'라고도 부르는 글라디올러스 무리엘라에는
끈적거리고 달콤하며 사향 냄새가 약간 섞인 향기를 뿜어낸다.

딱 좋다. 거기에 마음을 싱숭생숭하게 하는 적절한 향기까지 가미되어 있으니 금상첨화다. 독말풀 역시 관목 크기가 좀 더 작고 꽃이 위를 향해 피는 것만 빼면 천사의나팔꽃과 매우 비슷하다. 에드워드 고리 음산하고 기괴한 분위기의 그림을 그리는 삽화가 취향에 딱 맞는 분위기라고 할 수 있겠다.

　수많은 꽃이 어둠 속에서만 피는 걸 보면 나방들이 밤새 열심히 일을 하긴 하는가 보다. '밤메꽃'이라고도 하는 이포메아 알바*Ipomoea alba*는 한밤중에 공연을 펼치는 것으로 유명하다. 발아 시기에 따뜻한 기온이 일정하게 유지되는 것이 특히 중요하다 보니 퍼더모어에서는 한 번도 밤메꽃을 기르는 데 성공하지 못했다. 하지만 이 꽃이 지지대나 정자를 타고 자라는 정원에서 열리는 저녁 파티에는 여러 번 참석해봤다. 밤메꽃은 하얗고 커다란 나팔꽃처럼 생겼는데, 나팔꽃과는 달리 밤에만 핀다. 눈을 떼지 못할 정도로 아름답지만, 허스키한 음색으로 좌중을 압도하는 팜므파탈 이미지를 원한다면, 그 정도로 적극적인 외모는 아니다.

　최근에 나는 분꽃 '페어리 트럼펫Fairy Trumpet'을 기르려고 시도해봤다. 목이 길고 빛을 내뿜는 듯한 하얀 나팔 모양 꽃에 악센트처럼 빨간색 자국이 있는 꽃이다. 밤에 피는 다른 꽃들의 사향 계통 향기와는 다르게 높은 피치의 향기를 내뿜는다. 기다란 목, 달콤한 향기, '요정의 나팔'이라는 뜻의 이름에서 풍기는 신비스러운 이미지 등이 모두 상상력을 자극한다. '나이트 플록스'라고도 부르는 자루지앙*Zaluzianskya capensis*도 우리 정원에서 길러봤다. 모양이 플록스와 조금 닮았는데, 구불구불한 꽃잎을 가진 원통 모양의 분홍색과 흰색 꽃을 수줍게 몇 송이 피운다. 자루지앙은 코를 꽃에 가까이 가져다 대야 겨우 향기를 맡을 수 있었다. 셀렉트 시드사 카탈로그에서는 꿀, 바닐라, 마르지판marzipan, 아몬드 가루, 설탕, 달걀흰자 따위를 섞어 만든 과자 향기가 난다고 소개되어 있었지만 내 코에는 그보다는 덜 낭만적인 솜사탕 향기로 느껴졌다.

　우리 집 현관문 바로 옆에는 겨울에 꽃이 피는 학재스민을 심은 화분이 몇 개 놓여 있다. 늦겨울에 꽃이 피기 시작해서 여름까지 계속 꽃이 피는 데, 글라디올러스 무리엘라에 *Gladiolus murielae* 아래 빈터를 메꾸기 위해 기르고 있다. 글라디올러스 무리엘라에는 붓꽃처럼 키가 큰 이파리를 내면서 줄기 끝에 꽃송이를 활짝 연다. 넓적하게 펼쳐지는 이 꽃은 하얀색 가운데 빨간색이 들어 있고, 한 번에 한 송이씩 천천히 피어서 하루 내내 핀 상태를 유지하며 낮 동안에도 향기를 내뿜는다. 그러다 어둠이 내리고 나면 향기가 더욱 진해진다. 자극적이지 않고 달콤한 그 향은 향괴불나무의 향기와 잘 어울린다.

내가 제일 좋아하는 밤 꽃은 야래향이다. 영어로 '나이트 블루밍 재스민'이라고 부르기는 하지만, 원래 야래향속 *Cestrum*은 재스민과 친척이 아니고, 낮에는 전혀 향기가 나지 않는다. 사실 야래향꽃은 너무 수줍어서 사람들은 밤이 깊어지기 전까지 꽃이 핀다는 것조차 눈치채지 못하고 지나쳐버릴 수도 있다. 그러나 이윽고 야래향이 작고 하얀 꽃들을 피우고 달콤하기 그지없는 향기를 내보내기 시작하면 그 향기가 너무도 유혹적이고 낭만적이어서 중독에 이르게 될지도 모른다. 한번은 함께 일하던 동료가 불면증을 호소하길래 집에 갈 때 야래향을 선물로 줬다. 잠 못 이루는 밤에 좋은 친구가 되어줄 거로 생각했기 때문이다. 몇 주 뒤에 그 동료에게 야래향 향기가 좋았는지 물었더니 한 번도 맡지 못했다는 고백이 돌아왔다. "그 꽃을 가져간 뒤로 세상모르고 잘 자요." 말할 것도 없이 야래향은 그의 침실에 늘 함께하는 고정 손님이 되었다.

포치에 앉아 있으면 한여름과 함께 연상되는 모든 것이 자연스럽게 한데 어울려 나를 즐겁게 한다. 대자연의 숨결과 섞이면 밤에 피는 꽃들의 자극적이기 그지없는 향기도 딱 낭만적일 정도로 적당히 희석된다. 저녁이 깊어지고 별이 하나둘씩 나오기 시작한 후 내가 별지기를 자처하며 마당에 자리를 잡을 즈음에는 밤 꽃들이 포치에 켜진 불빛 근처에 모인 나방들을 유혹한다. 곤충들은 세레나데를 연주하고, 가끔 주머니쥐가 한가하게 지나간다. 밤 꽃 당번들이 바삐 일하는 가운데 어디선가 희미하게 스컹크 냄새가 풍겨온다. 꿈같은 여름밤이다.

향기에 취하는 여름밤

여름밤은 정말이지 오케스트라가 연주하는 교향곡과 비슷하다. 그러나 끈적끈적하고 무더운 8월의 저녁, 습도가 너무 높아 해거름 내내 사우나 안을 걸어 다니는 느낌이 드는 날이면 유독 한 가지 향기가 주의를 끈다. 의자에 몸을 던지고 아픈 발을 탁자에 올리고 나면 진하고 끈적거리는 캐러멜 향이 고단한 오감을 어루만지며 나를 꿈나라로 안내한다. 백합 덕분에 더위와 걱정거리가 낭만적인 무언가로 변신하는 것이다.

더는 어떠한 자극도 감당할 수 없다고 생각하는 순간, 여름이 내주는 모든 것으로 오감이 포화 상태에 이르렀다고 생각하는 그 순간에, 백합이 나팔 모양 꽃잎들을 펼친다. 백합은 길고도 무더운 여름밤의 도발적인 분위기에 특유의 색을 보탠다. 사실 백합 향기는 낮에도 밤 못지않게 진하지만 낮에는 다른 데 신경 쓰느라 충분히 즐기지 못할 수도 있다.

내가 백합을 피했던 해가 한두 번 정도 있었다. 들쥐와 백합딱정벌레 때문에 골치를 앓은 뒤로 백합은 유혹적인 여름의 기억으로만 남기고 우리 마당의 미래에는 포함하지 않아야겠다고 생각하기 시작했었다. 하지만 백합을 과거의 기억으로만 남겨둘 수 있는 사람이 있을까? 커다란 나팔 모양 꽃과 진한 향기를 가진 백합이야말로 여름의 정수라 할 수 있다. 토마토가 없는 여름이 있을 수가 없듯이 백합이 없으면 여름은 완성되지 않는다.

최근 나는 백합 알뿌리를 화분에 조심스럽게 심고 뒷문 포치에 자리 잡게 한 다음 좋은 결실을 보게 되기를 기도했다. 내게 맞는 시기를 선택할 수 있다는 화분의 장점을 활용해서, 나는 이 실험을 6월 말에 감행했다. 그쯤이면 백합딱정벌레들이 그다지 기승을 부리지 않기 때문이다. 백합

'스타게이저(Stargazer)' 백합의 향기는 사람을 취하게 한다.

화분을 관리하기 편한 곳에 두고 다른 화분들을 돌보면서 날마다 호스로 물을 줬다. 그리고 해충이 꼬이지 않도록 주의를 기울였다. 포치에 둔 화분은 내 감시의 눈초리를 벗어날 수가 없다. 그렇게 해서 진홍색 심장부를 크림색으로 둘러싸고 고개를 까닥이면서 끈적일 정도로 달콤한 향기를 뿜어내는 '쿠시 마야Kushi Maya' 백합을 얻는 데 성공했다. '쿠시 마야' 백합이 마지막 숨을 내뿜고 스러지면, 뒤를 이어 '카사블랑카Casablanca'가 등장해 황혼 녘에 유혹의 향수를 퍼뜨린다. 사위를 꽉 채우는 꽃향기를 맡으며 어둠 속에 앉아 있는 것만큼 행복한 일이 또 있을까.

향기 면에서는 모든 백합이 평등한 존재로 태어나지 않았다. 향기가 목적이라면 오리엔탈백합과 나팔나리 품종을 선택하는 것이 좋다. 아시아틱백합에는 코가 실망할 것이다. 당나팔나리와 오리엔탈백합의 교배종인 오리엔펫백합은 낮게 깔리는 진한 향기에 산뜻한 과일 향이 첨가된 품종이다. 향기를 원한다면 백합 알뿌리를 사기 전에 설명서를 자세히 읽기 바란다.

백합은 야외에서만 만나는 게 좋을 수 있다. 고양이에게 맹독이 되기 때문이다. 그리고 방 안에 백합 향을 가두면 사람 코에도 너무 무리가 간다. 어느 해, 필라델피아 꽃박람회에 갔는데, 방문객이 들어오는 입구 전체가 오리엔탈백합 화환으로 장식돼 있었다. 향기가 너무 진해서 구토가 나올 정도였다. 야외에서 피어나 공기 중에 널리 퍼지는 백합 향기는 여름의 필수 요소다. 그러나 야외에서는 요염하게 느껴지는 정도의 향기도 실내에서는 사람을 질리게 할 수 있음을 명심하자.

압도적으로 진한 사향 냄새로 말할 것 같으면 치자나무꽃도 빼놓을 수 없다. 치자나무는 실내에서 키우기 어려운 것으로 악명이 높아서, 실내보다는 여름철 파티오를 장식하는 나무로 적격이다. 꽃을 피울 만큼 자라기까지 몇 년이 걸리는데, 연약하고 섬세한 이 나무를 추운 계절에 잘 지켜내려면 따뜻하고 습한 온실이 필수다. 그런 호사스러운 환경을 마련해주면 치자나무는 여름에 벨벳 같은 꽃잎에 장미를 닮은 풍만한 모습으로 꽃을 피우고, 외모만큼 풍성한 향기를 선사할 것이다. 관리하는 데 성공만 하면 식물 애호가들 사이에서도 우쭐거릴 만하다. 그렇게 감미로운 선물은 엄청나게 신경을 쓰고 따뜻한 환경을 유지해주지 않으면 받을 수 없기 때문이다.

월하향 향기도 관능적인 면에서 백합, 치자와 비슷하다. 육욕적이라 표현하는 사람도 있지만 나는 그렇게까지 과도한 표현은 자제하겠다. 월하향은 심장을 고동치게 한다. 영국 빅토리아 시대 사람들은 월하향 향기를 맡고 오르가슴을 경험했다고도 하지만, 그 정도 증상을 경험한 사람이라면 내가 지금까지 만난 어떤 월하향보다 훨씬 좋은 알뿌리를 구했음이 틀림없다.

우리 지역에서는 봄에 월하향을 심으면 늦여름에 꽃이 핀다. 어떨 때는 가을에 피기도 한다. 꽃이 피지 않을 때는 길고 치렁치렁해서 단정치 못한 이파리 때문에 신경이 쓰이지만, 때가 되면 꽃대가 특유의 크림색 꽃망울을 머금고 올라와 가장자리에 살짝 분홍빛이 도는 선인장꽃과 비슷한 꽃을 피운다. 홑꽃과 겹꽃 모두 비슷하게 향기가 좋으니 꽃잎이 많은 품종을 고르는 것도 괜찮은 생각이다. 키우기가 매우 쉽고, 마구 대해도 잘 버텨주는 녀석들이다. 키우는 게 귀찮으면 그냥 꽃꽂이용 절화折花를 사도 모든 혜택을 누릴 수 있다. 여름은 원래 유혹적인 계절이니 우리 정신을 아찔하게 하는 무기를 모두 쥐여주자.

날마다 붕붕

정오경이 되면 우리 집 정원은 공항을 방불케 하는 소음으로 가득 찬다. 엄청난 수의 날개 달린 생물들이 바삐 날아다니는 우리 정원과 공항의 유일한 차이라면 우리 집에는 관제탑이 없다는 점일 것이다. 점심 휴식 시간에 나는 밖으로 나가 벌레들과 교감한다. 부지런한 작은 생물들이 떼를 지어 이리저리 날아다니고, 이착륙을 거듭하고, 꽃을 향해 돌진하면서 지칠 줄 모르고 몇 시간씩 바삐 움직이는 모습은 내게 진정한 영감을 준다. 일벌들은 단 몇 주밖에 살지 못하지만, 사는 내내 매우 생산적으로 시간을 보낸다. 붕붕 날아다니며 작업하는 곤충들을 보고 있으면 누구라도 겸손해질 수밖에 없을 것이다. 피크난테뭄 무티쿰*Pycnanthemum muticum* 주변을 부산스럽게 오가며 꿀과 꽃가루를 모으느라 애쓰는 곤충들이 가득한 목초지를 몇 분 정도 걸어 다닌 뒤에 자기 일을 더 열심히 해야겠다고 반성하고 다짐하지 않을 사람이 있을까?

나는 꽃가루받이를 돕는 곤충들을 위해 식물을 심는다. 모든 것이 베르가모트로부터 시작됐다. 감각적인 면에서 내 눈과 귀를 열어준 베르가모트는 내가 정오경에 마당으로 나가도록 습관들인 주역이다. 마침 곤충들이 바쁘게 윙윙대는 소리를 가장 잘 들을 수 있는 시간 역시 태양이 작열하는 정오경이다. 높은 기온은 날개 달린 곤충들의 열망을 더욱더 채찍질한다.

예전에는 흰가룻병 곰팡이에 강하다는 설명과 함께 '제이콥 클라인Jacob Cline'과 '블루 스토킹Blue Stocking' 정도의 베르가모트 품종만 시중에서 판매되었다. 그러나 설명과 달리 이 품종들도 우리 마당에서는 흰가룻병 곰팡이 피해가 무척 심했다. 그보다도 더 큰 문제, 그러니까 내가 베르가모트로 뒤덮인 목초지를 만들겠다는 계획을 포기하게 된 이유는 녀석들이 땅을 빼곡히 매우면서 자라지 않는 탓에 잡초가 끼어들 여지를 남기기 때문이었다. 그래서 나는 베르가모트만 넓게 심는 대신 이미 조성된 목초지에 녀석들을 끼워 심기 시작했다. 베르가모트 중에서도 병충해에 좀 더 강하고 자줏빛 꽃이 피는 품종 모나르다 피스툴로사*Monarda fistulosa*를 다양한 식물이 무한경쟁 속에서 마음대로 자라고 있는 풀밭에 보탠 것이다. 베르가모트는 풀밭을 좋아했고, 곤충들도 행복해했다. 그리고 나는 정오의 세레나데를 즐기게 됐다.

요즘은 모종 판매장에 가면 귀를 쫑긋 세우고 곤충들이 붕붕거리는 소리를 찾아다닌다. 그런 소리가 들리면 그 모종은 내 카트로 직진이다. 모종을 카트에 싣기 전에 따라오는 곤충을 쫓아야 했던 적이 수도 없이 많다. 나를 따라온 벌이 가족과 친구들을 잃게 할 수는 없으니까.

꽃가루를 옮겨주는 곤충들이 좋아하는 식물에 관해 읽고 그런 식물을 찾아 귀를 기울이는 것은 이제 내 생활방식의 일부가 되었다. 현재까지는 피크난테뭄이 곤충들 사이에서 가장 인기가 높지만, 그 뒤를 바짝 추격하는 인기쟁이들도 상당히 많다. 같은 피크난테뭄이라도 품종에 따라 모여드는 곤충이 다르다. 피크난테뭄 테누이폴리움*P. tenuifolium*에는 피크난테뭄 무티쿰과는 다른 꿀벌과 말벌 무리가 모여든다. 그때그때 어떤 꽃이 얼마나 성숙했는지에 따라 다른 것 같기도 하다. 그리고 곤충마다 원하는 것도 제각기 다르다.

수분을 돕는 곤충들이 모인 광경을 가만히 보면 유명인들이 기상천외한 의상을 입고 화려한 파티를 여는 소리를 엿듣는 느낌이 든다. 피크난테뭄 무티쿰 옆에 서서 푸른나나니벌의 의상을 살펴보자. 벌들이 좋아하는 식물은 매우 다양하고 품종에 따라 전혀 다른 곤충들을 끌어들인다. 꽃배초향 중에서 파란색 꽃을 피우는 품종은 날벌레들이 미칠 듯이 좋아하지만, 주황색 꽃을 피우는 품종은 꼬마꽃벌 몇 마리 말고는 거의 방문객이 없다. 루드베키아는 벌들에게 초콜릿처럼 인기가 많지만, 친척인 에키나시아는 그렇지 못하다. 하지만 나비들은 에키나시아를 사랑한다.

곤충들이 여러해살이 화초들만 찾아다니는 것도 아니다. 꽃을 피우는 관목들도 방문객 수를 늘리는 데 한몫하면서 식당 역할을 톡톡히 해낸다. '라임라이트Limelight' 같은 품종의 나무수국은 엄청나게 많은 곤충을 끌어들이고 꽃이 피는 기간도 무척 길다. 산붉나무는 일주일 정도밖에 꽃을 피우지 않지만, 그 기간만큼은 아주 다양한 종류의 곤충들이 유혹에 저항하지 못하고 찾아온다. 산붉나무에서 몇 걸음 떨어진 곳에서도 붕붕거리는 소리가 들릴 정도다.

온갖 종류의 날벌레 친구들이 모여야 여름 교향곡이 완성된다. 따라서 식물 종류를 다양하게 심는 것은 나쁘지 않은 계획이다. 단, 같은 속의 식물을 충분히 심어줘야 꽃가루를 나르는 곤충들이 효과적으로 일을 할 수 있다.

곤충들의 식량이 끊이지 않게끔 계획하는 일은 도전이자 즐거움이다. 일단 분위기를 파악하고 리듬을 타기 시작하면 곤충들을 계속 끌어들이는 식물을 선택하는 과정은 여러 코스의 식사를 준비하는 것과 비슷하다. 좋은 집주인은 손님을 홀대하지 않는다. 바로 그런 이유에서 우리 집 마당의 베리 나무 밑에는 칼라민타 네페타*Calamintha nepeta* '화이트 클라우드 White Cloud'를 심어놓았다. 너무 빽빽하게 자라지 않아서 밟지 않고 들어가 베리를 딸 수 있고, 그곳에서 움직일 때마다 상쾌한 박하 향이 날아든다. 이런 식으로 큰 식물 밑에 작은 식물을 심는 것을 수하식재樹下植栽라고 하는데, 잡초가 자라지 못하게 억제하는 효과가 있다.

더불어 베리의 꽃가루를 옮겨주는 작은 곤충들은 그 아래 피어 있는 꽃들로도 반갑게 날아든다. 칼라민타는 가을까지도 계속 꽃을 보여준다. 그런 다음 씨를 떨어뜨려 해마다 촘촘해지는 양탄자를 만들어낸다. 벌들이 사랑하고 나도 사랑하는 칼라민타 양탄자 직조 공장이다.

(다음 쪽 사진) 자주색 꽃이 피는 모나르다 피스툴로사와 등골나물,
미역취, 루드베키아 등이 빽빽하게 자리 잡은 목초지는 벌들의 낙원이다.

잠자리와 실잠자리는 벌과는 전혀 다른 소리를 내며 날아다닌다. 이 녀석들이 쌩쌩거리고 다니면 꼬마 스포츠카가 엔진을 붕붕거리며 달리는 듯한 소리가 난다. 잠자리류는 근처에 물이 있어야 번식할 수 있다. 그런 면에서 우리 마당 한쪽의 습지에 자리한 연못은 잠자리들에게 이상적인 환경이다. 정확하게는 물만 있다고 되는 것이 아니라 물가에 흙이 쌓여 있고 수직으로 선 수생식물이 있어야 알도 낳고 휴식도 취할 수 있다. 잠자리와 실잠자리가 모기를 많이 잡아먹는다는 사실도 엄청난 희소식이지만, 헬리콥터를 방불케 하는 그들의 비행은 보는 것만으로도 무척이나 즐겁다.

행여 곤충을 싫어하는 사람이라도 붕붕거리며 날아다니는 곤충들을 손으로 쳐서 잡아 죽이는 일을 멈춰주시길 부탁드린다. 가만히 두면 우리에게 피해를 주지 않는 녀석들이다. 꽃가루를 옮겨주는 곤충들이 제 할 일을 하도록 내버려 두면 우리를 쏘거나 물거나 해치지 않을 것이다. 곤충들이 가까이 오는 게 싫다면 야외 활동 계획이 있는 날은 향수를 뿌리지 않는 것이 도움이 된다. 벌을 기르는 사람들은 바나나를 먹으면 꿀벌에게 쏘일 확률이 높다고 조언하기도 한다.

그리고 당연한 말이지만 정원에 맨발로 나서지 말자. 언젠가는 벌을 밟게 마련이고, 아무리 가볍게 밟아도 밟힌 벌 처지에서나 밟은 사람 처지에서나 기분 좋게 끝낼 수가 없는 사고다. 마당을 거닐 때 발밑을 주의하고, 풀을 다듬거나 자갈을 깔아서 통로를 마련해두면 애꿎은 생명을 밟아서 죽이는 일을 피할 수 있다. 나는 곤충들을 정원으로 끌어들이기 위해 잔디밭 일부에 서서히 토끼풀까지 자라게 하고 있다. 이런 노력을 생각하면 당연히 우리 편을 밟아서 해치고 싶지 않다. 붕붕거리는 소리를 반기게 되면 소박한 평화와 조화 속에 산다는 것이 어떤 의미인지 또다시 깨닫게 된다. 벌들에게 기회를 주자.

시끌벅적 새들의 놀이터

정원용품 중에서도 고급스러운 골동품 거래 분야에서 전설적인 인물로 꼽히는 바버라 이즈리얼에게 이렇게 물어본 적이 있다. "정원에 장식할 물건을 딱 하나만 가질 수 있다면 어떤 것을 선택하시겠어요?" 그는 전혀 주저하지 않았다. "벤치죠"라고 전문가 바버라는 선언했다. "환영한다는 메시지를 건네니까요." 내 의견은 다르다. 벤치를 두면 손가락 하나 까닥하지 않고 앉아서 훈수만 두는 사람들이 꼬일 뿐이다. 반면 새가 물도 마시고 목욕도 할 수 있게 물확이나 수반 같은 물통을 마련해두면 스포츠 경기를 관람할 수 있다.

여름 새들에 관한 이야기를 어느 부분에서 할지 고민했다. 청각과 시각이 접전을 벌였다. 사실 새들을 즐겁게 하고 그들의 복지를 위해 일부러 심은 관목과 키 큰 나무들 사이를 새들이 왔다 갔다 하는 광경을 지켜보는 것만큼 행복한 일도 없다. 물확을 찾아오는 새들을 보고 있자면 거기서 첨벙거리는 녀석들이 얼마나 즐거워하는지 눈으로 확인할 수 있다. 그러나 그보다 더 대단한 일은 새소리로 더욱 윤택해지는 정원의 풍경이다. 물확은 새들을 유혹하는 수단 중 하나일 뿐이다.

물확을 마련해둬도 새들이 바로 오는 것은 아니다. 녀석들은 시간을 끌고 한참을 지켜보다가 기회를 노려 얼른 내려와 물을 마신다. 우리 마당에 원래 새들이 엄청나게 꼬이는 물확이 하나 있다. 그래서 내 서재에서 잘 보이는 곳에 또 하나를 새로 마련했다. 줄이 짧으면 기다리지 않아도 되니까. 그러나 아무도 오지 않았다.

그러던 어느 더운 여름날 큰 소동이라도 벌어진 듯한 소음이 들려왔다. 쩍쩍쩍, 재잘재잘, 서로 부르고 화를 내고 난리였다. 알고 보니 풀 파티를 벌이느라 야단법석이었다. 큰 무리가 모여서 뭔가를 축하할 일이 있었던 듯한데, 몇 분 동안 종류가 다른 새 여섯 마리인가 여덟 마리인가가 한꺼번에 모여서 신나게 즐겼다. 그러다가 모두 떠나버렸다. 하마터면 즐거운 파티가 벌어졌다는 것조차 모르고 넘어갈 뻔했다.

새를 위한 물확은 위치가 매우 중요하다. 우리 정원에서 인기가 아주 많은 물확은 반쯤 죽어서 부분적으로 잎이 많이 떨어진 산분꽃나무 옆에 있다. 나는 물확을 이용하려고 줄을 서는 새들을 위해 그 나무를 그대로 뒀다. 물확에 다이빙하기 전 그리고 목욕을 끝낸 후 어딘가 앉을 자리가 필요하기 때문이다. 그래서 죽어가는 나무를 없애는 대신 클레마티스를 발치에 심어 시간이 흐르면서 죽은 부분을 가릴 수 있도록 했다. 반쯤 죽은 산분꽃나무를 아름답다고 할 수는 없어도 녀석은 굉장히 중요한 역할을 하고 있다. 새들에게는 그 나뭇가지가 물확을 이용할 차례를 기다리는 대기실이자 감시탑이다.

새들이 이용하는 물확의 가장 큰 장점은 차별이 없다는 사실이다. 깃털 색이 무엇이든 상관없이 물확을 이용하는 새는 모두 완벽하게 평등하다. 물론 독점하고 싶어 하는 고객들도 가끔 있다. 어느 날 참새 한 마리가 열 몇 번씩이나 물을 마시고 들어갔다 나오기를 거듭하면서 다른 새들을 기다리게 한 적도 있다. 또 한동안은 까마귀 한 녀석이 먹이를 물확에 가져와서 씻으면서 물을 더럽혔다. 하지만 대체로 물확은 민주적이고 평등하게 운영된다.

말할 것도 없이 불청객들이 난입할 가능성은 언제나 있다. 길고양이가 새들을 위협할 수도 있으니 물확의 위치를 고를 때 동네 고양이들도 염두에 두는 것이 좋다. 날마다 정오 무렵에는 붉은어깨말똥가리가 꽤액 소리를 내면서 머리 위를 지나간다. 새들에게 경고를 해줘서 고맙긴 하다. 그 소리가 들리면 모두 물확을 버리고 도망가느라 바쁘다. 목욕도 좋고 물마시는 것도 좋지만 너무 큰 위험을 감수할 수는 없는 노릇이니까.

물확 말고도 새들의 지저귐을 들을 수 있게 해주는 것이 더 있다. 여름

물확은 새들이 즉흥적인 풀 파티를 벌일 장소로 그만이다.

에 새들이 내는 소리는 봄 발성과는 퍽 다르다. 봄에는 사랑의 세레나데를 부르던 새들이 여름이 되면 알을 자랑하고, 알에서 깨어난 새끼들을 격려하며, 침입자들을 위협하고, 동료들에게 경고하는 소리를 낸다. 진심 어린 사랑의 노래라기보다는 짹짹거리고 지저귀며 서로 주고받는 대화에 가깝다.

물론 예외도 있다. 황금방울새처럼 뒤늦게 둥지를 짓는 새들은 새로운 노랫소리를 보탠다. 노란색 깃털을 가진 황금방울새만큼 눈에 띄는 새도 드문데, 정말 볼 만한 녀석들이다. 황금방울새를 보고 있으면 연노랑체꽃을 심기 잘했다는 생각이 든다. 뻣뻣한 줄기에서 황금방울새가 곡예를 펼치는 모습을 보는 것은 한여름에 나를 사로잡는 묘미 중 하나다. 정원을 가꿀 때 시든 꽃을 바로 따주기보다 씨가 여물도록 두는 것이 좋다는 의견이 있다. 새들을 생각하면 고개가 끄덕여진다. 황금방울새들은 버들마편초, 꽃배초향, 에키나시아, 아스터, 등골나물 주변에서 놀기를 좋아하고, 아스클레피아스 씨는 둥지로 가져간다.

딴 건 몰라도 새들이 둥지를 짓고 노래 부를 수 있게 나무를 심는 것은 고려해보자. 황금방울새는 들판에서도 살 수 있게 적응했고 날아다니면서 노래를 부르기도 하지만, 새들은 대부분 이 나무에서 저 나무로 옮겨 다니기를 좋아한다. 그리고 편안하게 어디 앉은 후에야 아름다운 노래를 부르기 시작한다. 나는 새가 둥지를 틀어야 나무가 다 자랐다고 간주한다. 가지 위에 튼 둥지를 버틸 수 있으면 더욱 좋다. 그래서 나는 나무에 해를 입히지 않는 상록인동과 붉은인동 일부를 가지치기하지 않고 그대로 두곤 한다. 그런 곳에서는 새들이 종일 왔다 갔다 하면서 서로 편안한 자리를 노리고, 신나게 노래를 한다. 극적인 영역 다툼이 벌어지기도 하고, 가족 구성원들 간의 싸움이 시끄럽게 들려오기도 한다. 새들에게는 마당 전체가 놀이터다.

우르릉 쾅쾅, 폭풍우

빗방울이 가볍게 토도독 땅에 떨어지는 소리만큼 마음을 진정시켜주는 소리는 이 세상에 몇 되지 않을 것이다. 그 빗방울들이 한데 모여 더 큰 물방울이 되어 뚝뚝 떨어지고, 운이 좋은 날은 더 모여서 규칙적인 팀파니 리듬 같은 소리를 만들어내기도 한다. 사람들은 대체로 몇 시간 정도 비가 내리는 것은 반긴다. 구름이 많이 끼고 궂은 날씨가 계속되거나, 정원 가꾸기 동호회에서 퍼레이드를 계획한 날이라면 비가 싫을 수도 있지만, 몇 시간 정도 비가 오거나 하루 정도 종일 비가 내리는 것은 대개 좋은 일이다.

나는 빗소리에 귀를 기울이고, 계속 촉촉하게 비가 내려주기를 기도하면서 씨를 심고 나서 희생 제물로 마당에 빨래를 넌다. 끊임없이 물뿌리개에 물을 받아 나르는 수고를 조금이라도 덜어주는 일이라면 환영하지 않을 수 없다. 그러나 사나운 폭풍은 완전히 다른 문제다.

천둥을 동반한 폭우는 제가끔 독특한 사운드트랙을 지니고 있다. 전주곡이 들려오면 어떤 분위기의 신파극이 뒤를 이을지 대충 짐작할 수 있다. 30분 이상 먼 곳에서 우르릉 쾅쾅 소리가 들려오는 것은 오랫동안 포위 공격을 지속할 거라는 예고다. 평화롭고 푸르던 하늘이 눈 깜짝하는 사이에 세상의 종말을 알리기라도 하는 듯 으르렁거리면 빠르고 사나운 폭풍우를 예상해도 좋다. 물론 항상 이론대로 가는 것은 아니지만, 적어도 뉴잉글랜드 지방에서는 서두를 보면 본론이 얼마나 심각할지 대충이나마 짐작할 수 있다.

시작 부분을 들으면 몇 번 꽝 꽈광 터뜨리고 짧게 끝날 것인지, 고막을 찢고 심장을 찌르는 날카로운 천둥 번개와 함께 주먹만 한 빗방울이 모든 것을 쓸어버릴 듯 쏟아지는 폭풍우가 될 것인지 백 퍼센트는 아니어도 제법 정확하게 예측할 수 있다. 일기예보를 챙겨 듣는 것도 도움이 된다. 비예보를 좋아할지 아닐지는 사는 장소에 따라, 정원에 비가 얼마나 필요한지에 따라, 그날 오후 정원에서 손님을 맞이할 계획이 있었는지에 따라 달라질 것이다.

　나는 뇌우가 죽을 만큼 두렵다. 우르릉거리며 낮고 길게 깔리는 천둥소리도 무섭지만, 번개를 동반하며 갑작스럽게 꽝 하는 소리를 들으면 온몸이 얼어붙는다. 오래전, 우리 염소 헛간에 끔찍한 번개가 내려쳐서 내가 제일 좋아하는 자넨종 염소 한 마리를 잃었고, 나는 아직도 그 충격에서 완전히 벗어나지 못하고 있다. 뉴잉글랜드에서는 여름에 천둥 번개가 늘 있는 일임을 잘 알게 되었는데도 천둥이 칠 때마다 심장이 멎는 듯하다. 지붕에는 피뢰침을 설치했고 항상 몸을 피하지만, 집 안에 안전하게 있을 때도 고무장화를 찾아 신을 정도로 무섭다. 외출하기 전 폭풍우 예보가 있는 날은 거의 집착적으로 일기예보를 확인한다. 멀리서 천둥소리가 들리자마자 바로 어딘가 숨는 것은 물론이고, 뇌우가 한창일 때는 적어도 100년 이상 되지 않은 건물을 찾아 대피한다.

　그러나 가뭄이 계속되다 보면 어떤 형태로라도 비가 내려주기를 기도할 때가 꼭 온다. 다른 사람들과 마찬가지로 나도 빗물이 자갈 깔린 진입로를 쓸고 내려가 어딘가 모일 곳을 찾아다니는 광경을 속수무책으로 지켜볼 때가 있다. 우리 마당에서는 물확이 놓인 곳 가운데를 관통해서 물길이 생기는 탓에 토양을 보호하려고 애써 덮어놓은 멀치를 빗물이 모두 훑어가 버린다. 그렇게 흘러간 빗물은 흑호두나무 아래 심어놓은 알뿌리들까지 파내버린다. 홍수가 계속되면 물이 목초지를 지나 채소밭에 이르러 흙 위에 덮어둔 자갈을 이리저리 옮긴 다음 운이 좋으면 연못까지 가기 전에 빗물 정원빗물을 흡수하도록 조성해놓은 정원에 도착한다.

　사실 우리 마당에 진짜 빗물 정원이 있는 건 아니다. 그저 살짝 지대가 낮은 곳에 물을 많이 원하는 식물들을 심어놓았을 뿐이다. 그런데 빗물 정원 흉내를 내본 것이 운 좋게도 효과가 있는 듯하다. 빗물 정원의 핵심은 아래쪽에 돌로 된 배수층을 설치하는 것인데, 나는 빗물 정원이 본격

적으로 유행하기 전에 조성한 탓에 배수층을 설치하지 않았다. 하지만 피
크난테뭄, 여러해살이 해바라기, 꽃범의꼬리, 헬레니움 등을 구하는 대로
심었더니 폭우에 쏟아진 빗물이 연못까지 가기 전에 많은 양을 효과적으
로 흡수하는 역할을 해내고 있다. 유일한 문제는 흐르는 빗물을 따라 잡
초 씨들도 함께 이동해서 빗물 정원에 자리를 잡았다가 결국 싹을 틔워
난장판을 만든다는 사실이다. 그래서 빗물 정원에 대해서는 다른 곳보다

옥잠화 이파리에 맺힌 빗방울이 영롱하다.

철두철미하게 잡초와 침입종을 감시한다. 동네 식물계의 불한당은 어쩔 수 없이 우리 빗물 정원에 모습을 드러내게 되어 있지만, 마당 끝 오솔길 막다른 곳에 자리 잡은 작은 연못(우리 식구들은 '라우리아 호수'라고 부른다)까지는 너무 나쁜 녀석들이 들어가지 못할 것이다. 대의를 위해서 약간의 잡초 뽑기는 감수할 수 있다.

뇌우에서는 배울 점이 많다. 천둥 번개를 동반한 폭우는 무서울 뿐 아니라 우리를 겸손하게 한다. 빗물이 모여 물길을 내는 곳에 정원을 만들면서 조건에 맞춰 제대로 계획하지 않으면 모든 게 휩쓸려 떠내려가고 만다. 알뿌리는 땅에서 빠져나와 둥둥 떠다닐 것이고, 멀치는 모두 씻겨 내려가서 이웃집에 쌓여버릴 수도 있다. 반면 뿌리를 깊이 내리는 관상용 풀들은 빗물의 습격에 잘 버티면서 나쁜 일을 막아줄 것이다. 기우제를 지내기 전에 이런 것들부터 생각해보자.

풀벌레들의 세레나데

현관 앞에는 반드시 포치가 있어야 한다. 화분에 기른 화초들을 자랑스럽게 전시할 곳이 필요해서이기도 하지만, 땅거미가 지고 난 후 찾아오는 끈끈하고 무더운 여름밤에 잠 못 이루는 몸을 포치의 흔들의자에 맡기고 앉아 잠깐씩 조는 일이 필수이기 때문이다. 포치(또는 뒷마당의 덱)야말로 여름의 향기를 제대로 감상할 수 있는 곳이다. 동시에 음악회를 감상하기 딱 좋은 로열석이기도 하다. 모기와 나방이 꼬이지 않게 불을 모두

마침내 태양이 지평선 너머로 자취를 감추고 하루의 노동이 끝나면
현관 앞 포치가 고단한 정원지기를 반긴다.
그곳에 앉아 밤공기에 울려 퍼지는 한밤의 세레나데를 감상한다.

끄고 칠흑같이 어두워진 포치에서 흔들의자를 천천히 앞뒤로 움직이며 피곤해진 몸을 달랜다. 눈을 감고 잠깐 잠을 청해본다. 그리고 귀를 기울인다.

최면을 거는 듯한 한여름 밤의 소야곡이 들려온다. 마라카스, 사포질 소리, 멀리서 들려오는 천둥소리가 모두 어우러져 만들어내는 음악. 멍고 제리Mungo Jerry의 1970년 고전 〈인 더 서머타임〉을 아시는지? 실제로 듣는 한여름 밤의 연주는 그보다 더 압도적으로 우리를 도취시킨다. 긴박감 넘치는 매미 울음은 고동치는 관능미로 가득하다. 매미들은 식물에 큰 피해를 주지는 않지만 17년 만에 돌아오는 매미 주기에 걸리는 해에는 시장통을 방불케 할 만큼 요란해진다. 여치들 사이에 오가는 대화, 약동하는 귀뚜라미 노래까지 더하면 여름밤의 공기는 더 뜨거워진다. 여름에 듣는 곤충들의 노랫소리는 으스스하기보다는 위안이 된다. 주변의 모든 것이 잘 돌아간다는 사실을 확인하고 느끼는 안도감이라고 할까.

여름휴가로 영국을 여행하던 중 나는 무거운 침묵에 휩싸인 채 깊은 잠에서 깨어났다. 완벽한 고요함은 무섭기 그지없다. 내가 묵던 시골집은 밭 한가운데 있었는데도 어떻게 모든 소리를 잠재울 수 있었는지 상상도 하기 싫다. 하지만 그 경험은 우리 고향의 벌레 합창단에게 새삼 고마움을 느끼게 해주었다.

우리는 여름밤의 세레나데를 당연하게 여기지만, 식물이 없으면 밤에 나는 소리도 사라질 수 있다. 나무와 풀과 숲 바닥에 떨어진 여러 유기물이 없으면 곤충들은 갈 곳이 없다. 그리고 곤충이 없는 곳에는 새도 오지 않는다. 이 말은 정원을 가꾸어야 한다는 뜻이 아니라 '심하게 가꾸지 말아야' 한다는 뜻이다. 세심하게 다듬은 잔디밭에는 한여름 밤의 세레나데를 연주할 곤충들이 살 수 없다. 여름밤 내내 크게 울어대는 곤충 대부분은 정원 주변에 자연스럽게 내버려 둔 부분 덕분에 살아간다. 다듬기만 하지 말고 방치도 해야 한다는 의미다.

반딧불이들은 귀보다는 눈을 즐겁게 해주는 녀석들이지만 여름밤의 야외 경험을 이야기하면서 빠트릴 수는 없다. 환경보호 활동가 더그 탤러미는 반딧불이의 서식처가 점점 줄어들고 있다고 경고한다. 반딧불이들은 초원 형태의 들판 위에서 날아다니는 것을 좋아한다. 나는 여름 내내 우리 목초지를 전혀 깎지 않고 그대로 두는데, 그 덕분에 밤새도록 불빛을 깜빡이며 공기 중을 유영하는 반딧불이들의 춤을 실컷 볼 수 있다. 정말이지 녀석들의 춤은 유명 안무가도 저리 가라 할 정도로 아름답다.

　정원을 가꾸는 일은 재미있고 신나는 일이지만 때로는 자연 스스로 알아서 하도록 내버려 둬야 할 때도 있다. 그리고 나서 우리 주변에서 일어나는 경이로움을 적극적으로 느껴보자. 마당 저쪽에 쓰러진 나무를 그대로 두고, 그 옆에 쌓인 낙엽을 치우지 않고 내버려 둔 다음 한밤중에 그 근처에 앉아서 하지 않은 일의 효과를 감상해보자. 벤치에 앉거나 간이 의자를 가지고 밖에 나가 편히 앉자. 어둠 속에서 더듬더듬 정자까지 가든 옥외용 안락의자에 편히 앉든 상관없지만, 무엇보다 현관 앞 포치에 놓인 흔들의자가 최고다. 그냥 앉아서 음악에 귀를 기울이자. 우리는 그럴 자격이 충분하니까.

축각

잡초와의 줄다리기

아침 일찍, 저녁, 흐린 날, 혹은 아주 드물게 선선한 날 등등 태양이 온 세상을 태울 듯 이글거리지만 않으면 안전하게 잡초 뽑기에 몰두할 수 있다. 잡초들은 뿌리를 깊이 내린다. 잡아당기는 손에 따라오기를 거부하는 힘이 느껴지면 상대가 잡초임을 알 수 있다. 땅에 치열하게 달라붙는 식물은 나쁜 짓을 도모하고 있다고 단정해도 좋다.

잡초의 악착스러움과 달리 적당한 자리에서 얼굴을 내민 반갑고 사랑스러운 정향풀은 살짝 잘못 치기만 해도 뜻하지 않게 뿌리가 뽑혀버린다. 물론 일부러 키우는 정원의 식물들이 모두 뿌리를 얕게 내리지도, 모든 잡초가 자리공처럼 억척스럽게 땅 깊숙이 파고 들어가지도 않는다. 하지만 뽑으려면 생고생을 해야 하는 잡초가 너무나 많다.

행여 지나가다가 엉뚱한 곳에서 자라는 잡초를 발견하더라도 그 자리에서 바로 뽑는 것은 절대 좋은 생각이 아니다. 저녁 데이트를 하려고 집을 나서다가 있어서는 안 될 곳에 명아주가 자라고 있는 것을 목격했다고 치자. 신고 있는 신발도 그런 작업에 적절하지 않고, 장갑도 끼지 않았지만, 휙 잡아채면 그 침입자를 제대로 물리칠 수 있을 것 같다는 생각이 든다. 잘못된 생각이다. 그렇게 하면 문제의 잡초 윗부분만 뜯겨서 그대로 남은 뿌리가 몇 주 안에 훨씬 뽑기 어렵고 더 고약한 잡초로 성장할 것이다. 소리쟁이나 수영, 쇠비름, 석류풀 등등을 없애려고 시도해본 사람이라면 내가 무슨 말을 하는지 알 것이다. 전투 장비를 제대로 갖추고 나설 수 있을 때까지 참아야 한다. 굳은 흙을 부드럽게 해줄 도구를 써서 적을 쉽게 박멸할 수 있는 조건을 만든 다음 공격을 감행하자.

어떨 때는 한국산 호미가 내 팔의 일부인 것처럼, 내 팔 끝에 후크 선장의 갈고리 손이 달린 것처럼 느껴진다. 손으로 벼린 이 연장은 끝이 구부

러진 팽이처럼 생겼고, 서구에서 호미 혹은 이지디거EZ-digger 등 여러 이름으로 불리는데, 한국에서는 수천 년 동안 사용해왔다고 한다. 정원에 나서는 내 손에 호미가 들리지 않은 날은 하루도 없다.

호미는 내가 제일 좋아하는 도구지만 내 무기는 그것만 있는 게 아니다. 정원을 돌보는 사람은 저마다 굳은 흙을 부숴서 잡초를 좀 더 쉽게 뽑을 수 있게 도와주는 비장의 최애最愛 연장을 하나씩 가지고 있다. 아직 어느 연장과도 그런 유대감을 형성하지 못했다면 잘 살펴보시길. 주인과 친밀한 관계를 맺기를 기다리는 연장이 어디엔가 있을 것이다. 무엇보다 자주(라고 쓰고 '계속'이라고 읽는다) 써도 불평하지 않는 도구를 골라야 한다.

잡초 뽑는 데 몇 번 쓰고 부러지는 연장처럼 짜증 나는 것도 없다. 수월하게 휘두를 수 있고 정확하게 겨냥할 수 있어야 한다. 닿기 힘든 틈새에 자리 잡거나 화초에 너무 가까이 붙어 자라는 잡초들이 많기 때문이다. 흙 깊은 곳까지 찍어낼 수 있는 기능도 꽤 중요하다. 나는 손에 쥐기 좋을 만한 크기에 기어 다니면서도 쓸 수 있는 연장을 좋아한다. 그게 내 전투 자세인 까닭이다. 그리고 한 손으로도 사용할 수 있는 연장이 좋다. 또 다른 앞발은 비열한 침입자를 잡아채는 데 써야 하니까.

채소를 키우려고 만든 돋음 모판에 다람쥐들이 씨를 묻어놓은 바람에 자라게 된 복숭아 묘목이나 소리쟁이처럼 정말로 깊이 파고 내려간 뿌리는 네덜란드의 스니보르Sneeboer사에서 만든 묘목 옮겨심기용 삽으로 제거한다. 커다란 민들레 제초기같이 생겼는데, V자 모양 삽 끝이 날카로운 뱀의 혀를 연상시킨다. 손잡이는 끝이 T자 모양으로 생겨서 지렛대처럼 누를 수 있어 힘이 덜 든다. 삽 끝을 잘 겨누고 발로 밟아 삽날이 흙으로 콱 들어가게 하고 손잡이를 지렛대처럼 눌러 원뿌리를 뽑아내면 된다.

아무리 물 샐 틈 없이 감시해도
잡초는 어느 사이엔가 슬그머니 모습을 드러낸다.

자리공처럼 뿌리를 넓게 뻗어 자라는 잡초를 제거하는 데는 쇠스랑포크 digging fork가 편리하다. 포크처럼 생긴 갈퀴 부분이 지렛대 역할을 든든하게 해준다.

잡초를 대할 때는 제대로 무장하고 진지한 태도로 나서자. 뿌리는 그대로 두고 땅 위에 보이는 부분만 제거했다면 전투에서 진 것, 적어도 전쟁이 길어지게 만든 것이다. 정원을 돌보는 데는 다른 특별한 게 없다. 그저 잡초를 뽑고 물을 주는 일이 대부분이고, 가끔 몇몇 식물을 심을 뿐이다. 이 세 가지 중 어느 일도 맨손으로 해서는 안 된다.

✿

아픔 없는 사랑을 위해

원예 용구는 정원 일을 하는 도중과 마친 후의 몸 상태에 영향을 준다. 연장을 살 때 쥐는 방식에 대해 생각하는 사람은 얼마 없을 것이다. 처음에는 날이 얼마나 서 있는지, 튼튼한지, 디자인은 용도에 맞고 예쁜지, 임무를 잘 수행할 수 있을지에 초점을 둔다. 가게에 걸려 있는 멋진 삽을 보고 내가 시키는 대로 일하는 모습을 상상하면서 집으로 데려온다. 날카롭고, 능력 있고, 잘 만들어진 것처럼 보인다. 금속과 목재의 결합 부분도 튼튼하다. 하지만 삽을 손에 쥐고 흙을 파려는 순간, 아얏!

그런 아픔을 조금 겪어보고서 손잡이가 T자형인 삽은 지옥이라는 사실을 깨달았다. 이런 삽도 고집 센 잡초를 뽑는다든지 하는 특별한 일은 잘해낸다. 하지만 정원에서 해야 하는 모든 일에는 거기 딱 맞춘 도구가 필요하다. 땅을 파는 데도 규칙이 있다.

손잡이가 T자형인 연장(왼쪽)은 충격을 많이 감당해야 하는 일에는 적당치 않다. Y-D형 손잡이는 충격이 손목으로 직접 전달되지 않게 한다.

보통은 일이 이런 식으로 진행된다. 계획했던 일을 막 시작하려는 참이다. 의욕이 넘치고 사기는 하늘을 찌른다. 새로 산 T자형 손잡이 삽으로 무장하고 첫 흙을 뜨기 위해 목표 지점을 겨눈다. 딱딱하게 굳어 양보라고는 모르는 땅을 삽으로 힘껏 내리친다. 손목굴증후군을 얻는다.

손잡이가 T자형인 삽은 모든 충격을 곧장 손목으로 전달한다. 손목이 얼마나 다치기 쉬운 부위인지 모르는 사람은 없을 것이다. 삽으로 흙을 내리칠 때마다 재난에 한 걸음 다가가는 꼴이다. 그러다가 자갈이라도 만나면 통증이 특히 심해진다. 나는 코네티컷주에서 정원을 가꾸면서 삽질 세 번에 한 번은 돌을 힘껏 내리치게 된다는 운명을 받아들였다.

내가 알기로는 형편없이 설계된 연장은 오래전부터 지금까지 항상 존재해왔다. T자형 손잡이 삽은 오랜 전통을 자랑한다. 배수로를 파는 삽, 아일랜드 정원 삽, 네모난 삽 등등은 모두 손잡이가 T자형인 것으로 악명 높다.

반대로 사려 깊고 안전하게 설계된 연장 역시 오래전부터 지금까지 항상 존재해왔다. 땅을 팔 계획이라면 Y-D형 손잡이 삽을 구하기를 추천한다. 특히 손목에 충격이 갈 수 있는 일을 해야 할 때는 Y-D형 손잡이를 선택하는 것이 좋다. Y-D형 손잡이는 충격을 손목으로 직접 전달하지 않고 두 군데로 분산한다. 그리고 충격이 분산되는 부분의 가운데를 연결한 곳을 손으로 잡기 때문에 직접적인 충격을 피할 수 있다.

내가 쓰는 삽은 '숙녀용 삽'이라고 부르는 골동품이다. 백조의 목처럼 우아한 곡선을 이루고 있으며, 비율은 다른 삽과 같은데 전체 크기가 조금 작다. 사람들의 평균 키가 나 정도였을 때, 거기 맞춰서 만들어진 연장이다. 남자들은 대개 내 삽을 쓰지 않으려고 한다. 너무 짧아서 몸을 구부리고 일하다가 허리를 다칠 수도 있기 때문이다. 여기서 또 하나 배운다. 연장을 살 때는 늘 자기 키를 고려해야 한다는 사실 말이다. 손잡이를 짧게 만든 삽은 보기에는 아담하고 귀여울지 몰라도 일을 할 때 몸을 굽혀야 한다면 허리가 좋아하지 않을 것이다. 다리 근육도 마찬가지다.

통증 이야기가 나온 김에 물뿌리개에 관해서도 이야기해보자. 오래도록 비가 오지 않을 때는 쓰기 편한 물뿌리개가 매우 중요하다. 가뭄에는 물뿌리개가 내 팔에서 떠날 날이 없다. 나는 오랫동안 골동품 스타일의 튼튼한 물뿌리개를 끙끙거리며 들고 다녔다. 균형을 맞추기 위해 항상 양손에 한 개씩 들었다. 그러다가 플라스틱 물뿌리개를 샀고, 바로 그날부터 나는 훨씬 안정되고 차분한 사람으로 새로 태어났다.

내가 선택한 것은 드램Dramm사에서 만든 5리터들이 제품으로, 물을 금방 채울 수 있고 앞으로 기울어지지 않게끔 무게중심이 잘 맞도록 설계되었다. 금상첨화로 물이 출렁거려도 위로 잘 넘치지 않고, 나처럼 손이 아주 작은 사람도 쥐기 편하게 손잡이가 가늘며, 기울여서 물을 주기도 정말 편하다. 주둥이 끝에는 구멍이 송송 난 꼭지가 있는데, '로즈rose'라고도 부르는 이 꼭지를 뗐다 붙였다 할 수 있어 새로 심은 관목들에 물을 줄 때는 꼭지를 떼고, 어린 모종에 물을 줄 때는 다시 붙여서 쓴다.

사람마다 체격이 다르고 취향도 다르므로 도구를 선택할 때 자기에게 필요한 것이 무엇인지를 잘 살펴야 한다. 나는 자원봉사를 할 때도 늘 내 연장을 가지고 간다. 그래야 일이 즐겁고 나중에 후유증을 겪지 않는다. 정원 일을 가볍게 여기면 안 된다. 작은 통증이 모여 큰 문제가 될 수 있다. 작업하다가 어딘가에 통증이 느껴지면 연장이 범인일 수도 있다.

속도를 조절해주는 통로

어떤 모습, 어떤 태도로 정원에 나가시는지? 나랑 비슷한 사람이라면 아마 원예 용구가 담긴 통을 손에 들고 진흙용 장화를 신고는 부리나케 뛰쳐나갈 것이다. 종종걸음을 친다고 표현하고 싶지만 그건 말도 안 되게 절제된 말이다. 하지만 요즘에는 나도 전과는 완전히 다른 리듬으로 정원과 교감하는 시간을 일부러 내곤 한다. 정원을 흠뻑 즐기려면 걸음의 속도를 늦추고, 더 천천히 움직여야 한다.

통로는 정원에서 정말 중요한 요소다. 한 지점에서 다른 지점으로 효율적으로 이동하게 하는 것만이 통로의 기능이라 생각한다면 더 깊은 의미를 놓치기 쉽다. 사려 깊게 만든 통로는 정원에서의 움직임을 즐거운 경험으로 만들고, 모험의 여정에 살을 붙인다. 가장 빠른 길이 가장 좋은 길이 아닐 때도 있다. 정원에 몸과 마음을 바쳐 몰두하고 싶다면 속도를 늦추자. 모든 사물에 깃든 리듬과 음조에 대해 생각하자.

나는 일본식 정원에서 당김음이 행복 추구에 얼마나 큰 영향을 끼칠 수 있는지 처음으로 깨달았다. 여느 때처럼 빠른 걸음으로 성큼성큼 그 정원에 들어선 나는 앞으로 나아가는 것이 평소와 다르게 여의찮다는 느낌을 받았는데, 바로 그때 안내원이 통로를 가리켰다. 그제야 나는 그 통로가 완전히 포장된 하나의 길이 아니라 징검다리처럼 돌이 하나씩 놓인 곳임을 알아차렸다. 내가 조금 더 뭘 아는 사람이었다면 통로가 내게 속도를 늦추라고 말하고 있었다는 것도 느꼈을 것이다.

징검다리 통로가 무조건 좋다는 뜻은 아니다. 모든 통로에는 고유의 목적이 있고, 그 목적이 무조건 '편리함'만은 아니다. 때로는 통로가 구부러지는 지점이 중요하고, 그 모퉁이를 돌았을 때 나타나는 것을 깜짝 선물처럼 보여주고 싶을 때도 있다. 아니면 강조하고 싶은 부분이 있어서 발걸음이 자연스럽게 그쪽으로 향하게 하고, 그 근처에서 몇 분 더 머물게 하고 싶을 때도 있다.

또한 굽이치고 도는 길 그 자체가 가장 흥미로울 수도 있다. 또는 발치에서 무슨 일이 벌어지고 있는지 내려다보게 유도하고 싶을 수도 있다. 발끝을 조심스럽게 살피지 않으면 멋진 지피 식물이나 보물처럼 귀하고 소중한 작은 식물을 놓치고 지나버릴 수도 있을 것이다. 그런가 하면 정원 안에서 부드럽고, 쉽고, 효율적으로 움직일 수 있도록 통로를 연출하고 싶은 사람도 있을 것이다.

걸음걸음마다 주의를 기울이고, 고민하고, 계획하자. 정원이 넓지 않을수록 작은 마당의 한 뼘이라도 소중하게 활용하지 않으면 안 된다. 통로를 만들 때 풀이 자라도록 그대로 둘지, 자갈이나 벽돌을 깔지, 조약돌을 박을지, 징검다리를 놓을지 고민하자. 목적지까지 급하게 가기보다는 살짝 한눈팔 수 있는 길을 만들고 싶을 수도 있다. 목적지에 도착하는 과정

곧게 뻗은 통로는 '성큼성큼 걸어서 이쪽으로 오세요' 하는 메시지를 준다.
징검다리처럼 돌을 놓은 통로는 걸음을 늦추게 한다.

에 유혹적으로 굽이치는 길을 통과하게 만들 수도 있을 것이다. 움직이기 쉬운 동선을 만들 수도 있지만, 그럴 때도 속도 늦추기를 잊지 말자. 모든 선택은 정원에 어떤 식으로 접근하는지에 달렸다. 서두르는 사람은 어리석은 사람이다.

푹신한 초록 양탄자, 이끼

내가 처음부터 이끼들과 친했던 것은 아니다. 한때 나도 굳은 결의를 품고 석회석 분말을 뿌리고 다니면서 내 땅에서 이끼를 근절하려 했다. 처음 집을 샀을 때였지만 이미 나는 화단에 대해서도, 잔디밭에 대해서도 아는 게 좀 있었다. 하지만 화단과 잔디밭 사이에서 얼마나 놀랍고 멋진 일들이 많이 일어날 수 있는지는 전혀 몰랐다. 잔디밭에 석회석 분말 뿌리기를 중단하자마자 마치 누군가가 달리기 경주 출발 신호탄이라도 쏜 듯 이끼들이 어디선가 뛰쳐나와 사방으로 퍼져 나갔다. 그 뒤로 나는 이끼를 점점 더 많이, 더 깊이 사랑하게 되었다. 이제는 이토록 반짝이는 녹색 옷에, 불굴의 의지를 갖추고, 유혹적으로 폭신폭신하며, 모든 것을 품어 안고, 관리가 전혀 필요 없는 이끼의 피할 수 없는 공격에 저항했던 나 자신을 원망할 정도다.

코네티컷주에서는 피할 수 없는 게 있다. 모든 정원이 똑같은 정도는 아니지만 그야말로 험난한 돌밭을 헤쳐가며 정원을 만들어야 한다. 7에이커나 되는 우리 마당 어디에 말뚝을 박아도 돌 없이 쑥 들어가는 곳은 찾기 어려울 것이다. 뒷마당은 어디를 가나 돌이 튀어나와 발에 채고 굴

한여름에 폭신한 이끼에 몸을 맡기는 것만큼 행복한 느낌도 없다.
진실로 몸을 맡겨본 적이 있는가?

러다녀서 그냥 돌을 다 파내 록가든rock-garden, 바위와 돌을 조화롭게 배치하고 사이사이에 식물을 심는 정원 개념으로 갈까 하는 유혹을 항상 느낀다. 하지만 그 과정은 너무 힘들고 비용이 많이 드는 데다 참을성도 엄청나게 필요할 것이다. 게다가 그렇게 하면 이끼가 발붙일 자리가 없다. 가만 보면 이끼는 항상 어디엔가 숨어서 때를 기다린 듯하다. 흙이 원래의 산도인 약산성으로 돌아가면 이끼가 무리 지어 입성한다. 돌의 장점은 물기를 모았다가 땀을 흘리듯 배어나게 한다는 것이다. 그래서 돌을 얄팍하게 덮은 땅은 흙의 습도가 높다. 이끼들이 고마운 마음으로 수분을 흡수할 수 있으니, 녀석들에게는 최적의 생태계라고 할 수 있다.

이끼는 여러 종이 평화롭게 조화를 이루며 살아간다. 물이끼는 먼저 자리 잡은 개척자 이끼들과 공생하면서 자신에게는 잘 맞지 않는 환경에서 어렵게 살아가는 풀들을 차츰 대체해간다. 이끼는 가뭄이 들거나 눈이 와도 늘 초록색을 유지한다. 이끼는 눈이 녹기가 무섭게 폭신한 예전 모습으로 돌아갈 준비를 완벽하게 마치고 초록빛 자태를 드러낸다. 이끼는 멀리서 보면 참 예쁘다. 그리고 가까이 다가가면 촉감이 너무나 좋다. 내가 맨발로 돌아다니기를 좋아하는 사람이었다면 신발을 벗고 이끼에게 발바닥 마사지를 맡기겠지만, 그저 가끔 한 번씩 사랑을 담은 손길로 토닥토닥해주는 것만으로도 만족한다.

이끼는 내가 보내는 자극에 항상 반응을 해주는 것 같다. 아주 박하게 쳐도 악수 정도는 되고, 더 정확히 묘사하자면 포근히 안아주는 느낌이다. 이끼 위로 발을 내디디면 땅으로 쑤욱 가라앉으며 포옥 안기게 된다. 거기에는 심신을 회복하게 해주는 무언가가 있다. 이끼 위에 누우면 완벽한 포옹에 가까운 경험을 할 수 있다.

원치 않는 곳에서는 이끼가 귀찮은 존재로 여겨질 수 있음을 나도 잘 안다. 벽돌을 깔아둔 통로에 이끼가 끼면 미끄러져서 다칠 수 있다. 그런 상황이라면 왜 이끼 박멸 전투에 총력을 기울이는지 이해한다. 안전하고 효율적으로 통행하는 것이 중요하니까. 그러나 이끼가 잔디밭에서 자라기 시작하면 깎을 필요 없는 이 초록색 양탄자를 환영하게 될 것이다. 잔디보다 훨씬 더 호사스럽고 상호작용의 범위도 넓지 않은가.

어떤 사람들은 돌 표면에 버터밀크를 발라서 이끼에 영양분을 공급한다. 그 사람들처럼 애정을 담아 돌보면 우리 집 이끼들도 훨씬 더 잘 자라겠지만, 그렇게까지 하지 않아도 녀석들은 놀라우리만치 잘 지내고 있다. 우리 집 마당에서 키 큰 나무가 서 있는 곳 가장자리는 거의 전부 이끼로 뒤덮여 있고, 서서히 관목 쪽으로도 퍼져 나가고 있다. 예전 같았으면 풀을 깎느라 바빴을 장소다. 그쪽을 보면 〈오즈의 마법사〉에 나오는 에메랄드 성이 떠오른다.

이끼는 쪼그려 앉은 자세로 할 수 있는 모든 경험 중 가장 감촉이 좋고 감성적으로도 풍부한 만족을 느끼게 해준다. 잔디밭과는 전혀 다른 희열을 얻으면서 관리는 거의 하지 않아도 된다. 이 공간에서 저 공간으로 효율적으로 이동하는 것이 삶의 전부가 아니다. 가끔은 푹 가라앉는 느낌이 절실할 때가 있고, 그럴 때 이끼는 분명 가장 믿음직한 친구가 되어줄 것이다.

애증의 토마토

내 키가 밀도 안 되게 작다고 해서 누군가의 동정을 받고 싶지는 않다. 머릿결이 방금 전기에 감전된 듯 부스스하다고 해서 누군가에게 연민을 보여달라고 애걸하지도 않는다. 하지만 한 가지 문제에 대해서만큼은 공감을 해줬으면 한다. 나는 토마토 알레르기가 있다.

토마토를 먹으면 즉시 물을 사발로 들이켜고 싶은 화급한 욕구가 일고, 입 주변 피부가 건조해지면서 갈라진 다음 그 상태가 며칠간 계속된다. 최근 토마토 시식회에 초대받아 갔다가 위경련, 구토증과 함께 흑사병에 걸린 게 아닐까 싶은 증상을 겪고 크게 당황했었다. 그 후 친구 하나가 여름이 끝날 때까지 토마토는 손도 대지 말라며 금지령을 내렸다.

뒷마당에서 길러 직접 딸 수 있는 작물 중 토마토만큼 사람을 애타게 하는 열매도 없을 것이다. 유일한 예외가 있다면 멜론일 텐데, 멜론은 키우기도 쉽지 않고 열매를 탐내는 각종 곤충과 짐승 경쟁자들로부터 과일을 지키기도 어렵다. 토마토는 화분에서 길러도 불평하지 않는 성격 덕분에 아무리 마당이 좁아도 키울 수 있다. 물뿌리개를 든 채로 창문을 넘어가서 물을 주는 불편함을 주기적으로 감당하는 것도 마다하지 않는다면 화재 대피용 비상계단에서도 기를 수 있다.

맛은 또 얼마나 좋은지. 바로 이 점 때문에 내게는 더욱 위험한 녀석이지만 말이다. 토마토는 묘하게 비꼬는 듯한 맛에 입맛을 다시게 하는 풍성하고 건강한 과즙이 넘친다. 넝쿨에서 막 딴 잘 익은 토마토를 한 입 베어 무는 것은 아이스크림 공장에서 나만을 위해 특별히 만든 아이스크림을 먹는 것에 비견할 만한 사치스러운 경험이다. 토마토를 도톰하게 썰어서 모차렐라 치즈와 곁들여 놓고, 바질을 뿌린 뒤 발사믹식초로 만든 비네가렛 드레싱으로 마무리하면 여름의 풍미가 넘친다. 게다가 초콜릿을 비롯해 우리를 행복하게 하는 유혹적인 다른 음식들과 달리 토마토는 먹어도 살이 찌지 않는다. 내가 토마토를 즐기지 못한다는 사실은 비극이 아닐 수 없다.

이 불리한 조건에도 불구하고 나는 해마다 토마토를 조금 심어서 친구들과 나눈다. 그리고 가끔은 토마토 몇 조각이 내 샐러드에 모습을 드러내기도 한다. (내가 슬쩍 집어넣은 게 아니라고 딱 잡아떼고 싶지만 아무도 믿어주지 않겠지.) 나는 산도가 낮은 노랑 토마토 품종을 선호하고, 나와 체질적으로 상극이어서 먹으면 알레르기 반응이 심하게 나타나는 페이스트용 토마토, 서양배토마토, 방울토마토는 피한다. 피자도 토마토소스가 없는 화이트 피자를 먹고, 토마토수프와도 오래전에 작별했다. 토마토가 주인공인 이벤트에는 나서지 않고 그저 코트 밖에서 이를 악물고 부러운 마음으로 지켜보는 데 만족하곤 한다.

그런데 이보다 더한 비극은 집에서 키워 먹는 신선한 토마토가 과거의 일로 남게 될지도 모른다는 사실이다. 겹무늬병, 잎마름역병, 마름병, 흰가룻병 곰팡이, 토마토 모자이크병 바이러스, 시듦병, 토마토 꼭지 괴사 바이러스 등 수없이 많은 질병 때문에 토마토를 기르고 수확하기가 점점 더 어려워지고 있다. 이럴 때일수록 질병에 강한 품종을 잘 찾아 기르는 것이 요령이다. 조니스 셀렉티드 시즈Johnny's Selected Seeds사는 씨앗 카탈로그에 상당히 솔직하게 정보를 담아두었으니 잘 살펴보자.

토마토 모종을 살 때는 물류 센터에서 대량으로 기른 것을 공급받아 파는 가든 센터 체인점보다 직접 씨를 심어 기른 모종을 파는 가까운 모종 센터에서 사는 것이 좋다. 아니면 집에서 직접 씨를 심어 기르는 방법도 있다. 공기가 잘 통하도록 공간적인 여유를 주고, 곁가지를 잘라주고, 잘 다듬으면서 땅에 딱 붙어 자라지 않도록 지지대를 받쳐주자. 토마토를 훔쳐 먹는 악당들은 그리 많지 않으나 최근에 내가 시늉이라도 해보고 싶어

잘 익은 에어룸 토마토는 과일의 모습을 한 햇살 그 자체다.

서 애지중지 기르던 토마토를 일단의 까마귀들이 덮쳐 살해하고 말았다. 현장범으로 적발하긴 했으나 토마토는 피해를 면치 못했다.

토마토 시식회에서는 강철 같은 소화기를 가진 사람들이 다양한 토마토를 연달아 맛보면서 수렴성, 질감, 맛, 즙 함유율, 고갱이 질감, 단맛과 신맛의 조화 등을 기준으로 순위를 정한다. 나는 정원 전문가 벤저민 폴리에게 토마토 시식 결과를 공유해달라고 부탁했다. 그는 버몬트주의 유명 리조트에 식자재를 공급하는 켈리 웨이 가든스Kelly Way Gardens를 운영하면서 토마토를 직접 재배한다. 벤저민은 자기 나름의 선호 순위를 알려줬다.

시식회 출품 품종 중 1위는 '앤트 루비스 저먼 그린Aunt Ruby's German Green'에 돌아갔다. 비프스테이크 토마토지름이 15센티미터 이상, 무게가 450그램 이상 나가는 토마토 품종라 과육이 풍부하고, 무게가 하나에 500그램 가까이 나간다. 테네시 출신 에어룸 토마토heirloom tomato, 이종교배 없이 자연 수분 방식으로 재배한 순종 토마토로, 주로 초록색과 노란색이지만 익으면 약간 분홍빛이 돈다.

벤저민이 높게 평가한 다른 품종으로는 '스트라이프트 저먼Striped German', '옐로 브랜디와인Yellow Brandywine', '그린 지브라Green Zebra', '체로키 퍼플Cherokee Purple', '발렌시아Valencia', '에스테리나Esterina' 등이 있다. 간단히 소개하자면 '스트라이프트 저먼'은 노랑과 붉은 줄무늬가 있고 450그램~1킬로그램 정도의 열매를 맺으며 안쪽에는 마블링이 있다. 에어룸 비프스테이크 토마토인 '옐로 브랜디와인'은 무게가 500그램 정도 나가는 노란색 토마토다.

'그린 지브라'는 생산성이 특히 높은 품종으로 짙은 초록과 노랑 줄무늬가 있는 중간 크기의 열매를 맺고 신선하고 자극적인 맛이 특징이다. '체로키 퍼플'은 350그램 정도 되는 열매에 위쪽은 초록, 아래쪽은 짙붉은 색으로 익는 에어룸 품종이고, '발렌시아'는 무게 200~250그램 정도에 과육이 풍부한 주황색 열매를 맺는 품종이다. '에스테리나'는 수확량이 대단히 많고, 매우 달콤한 맛 끝에 새콤함이 느껴진다는 평을 듣는 노란색 꼬마 토마토다.

　나는 그저 벤저민의 말을 믿고 이 품종들이 좋으려니 추측하면서 언젠가 맛있는 토마토를 즐길 날이 오기를 꿈꿀 따름이다.

감질나게 하는 베리들

정원을 가꾸면서 누리는 부가 혜택은 수없이 많다. 마당 어디에 서 있든 그 자리에서 보이는 것과 들리는 것이 최고라고 장담할 수 있다. 손으로 딴 열매를 곧장 입에 넣고 깨물 때 터지는 과즙은 여름의 정수라 할 만하다. '체스터Chester' 블랙베리가 한창 익을 즈음이면 나는 세상 어느 왕이나 영웅도 부럽지 않다. 헛간으로 가는 길에 베리 나무들 곁을 지나면서 블랙커런트 몇 개를 따서 입에 넣는 것보다 더한 호사가 있을까?

　베리 나무들을 심기 시작한 것은 민주화 노력의 일환이었다. 모두의 비위를 맞추는 것이 내 목표였다. 블루베리, 구스베리, 커런트 등등 모두 갖추고 싶었다. 새들이 산분꽃나무 열매, 채진목 열매만 실컷 먹고 내 베리들은 남겨줬으면 하는 소망을 담아 베리 나무의 비율도 조정했다. 그런데 자기들 몫과 내 몫을 구분해서 먹자는 내 의도는 깃털 달린 양반들에 의해 깡그리 무시되고 말았다.

　어느 날 나는 파랑새 수컷이 암컷에게 베리 나무들이 모인 곳을 돌면서 친절하게 안내하는 광경을 목격했다. 그 파랑새 부부가 근처에 집을 마련한 것도 놀랄 일이 아니다. 파랑새 부인이 이 뷔페식당을 발견하고부터 여물어서 맛있어지는 베리 열매를 향한 경쟁이 매우 치열해졌고 수없이 많은 새들이 식당을 찾았다. 한 이웃은 블루베리를 충분히 기르면 새들이 먹고도 남는 것이 있지 않겠느냐고 제안했다. 하지만 새들은 배가 불러

못 먹는 열매가 있으면 쪼아놓기라도 하는 고약한 습성이 있다.

　이제 나는 여문 블루베리를 새들에게 빼앗기지 않고 수확하는 요령을 익히게 되었지만 직접 기르는 열매를 마음 내킬 때 수확하는 즐거움은 사라지고 말았다. 그물을 치는 것은 설치 자체가 힘들고 복잡한 데다 아침에 뜰에 나갔을 때 밤사이 그물에 걸려 고생하고 있던 새를 발견하고 느끼는 죄책감도 견디기가 힘들다. 불쌍한 녀석이 거기 얼마나 오래 잡혀 있었을까. 그물을 아무리 틈새 없이 꼼꼼히 친다 하더라도 새들은 꼭 구멍을 찾아내고, 결과는 늘 아수라장이다.

　나는 그물을 치기보다는 방심하지 않고 경계 태세를 유지하는 쪽을 선택했다. 해 뜰 무렵에 나가서 적당히 색이 든 열매는 하나도 빠짐없이 모두 따는 것이다. 그렇게 하면 새들이 내 베리를 훔치고 싶은 유혹을 아예 느끼지 않을 테니까. 하지만 오랜 기간 수확할 수 있도록 계획해서 블루베리를 심어둔 만큼 상당히 오랫동안 새벽같이 일어나야 하는 단점이 있다. 조생종인 '페이트리엇Patirot'부터 중생종 '블루크롭Bluecrop'과 그보다 조금 늦게 수확하는 중생종 '대로우Darrow', 만생종 '저지Jersey'에 이르기까지 아침마다 익은 열매를 수확하는 경주가 벌어진다. 그 결과 나는 눈 밑 다크서클을 얻게 되었고, 덜 익어서 신 베리 열매를 요구르트에 섞어 먹는 아침이 많아졌다. 지금은 관목을 둘러싼 상자형 철망이나 무섭게 생긴 눈을 그린 도깨비 풍선 같은 것을 설치해볼까 연구 중이다.

　블랙커런트는 그런 문제가 없다. 새들은 블랙커런트는 건드리지도 않는다. 사실 사람들도 대부분 블랙커런트를 별로 좋아하지 않는다. 하지만 나는 약간 탄 듯한 당밀 같은 블랙커런트 맛이 좋다. 커런트나 구스베리 나무에는 잣나무털녹병균이 문제가 될 수 있어서 나는 병충해에 강한 품종을 골랐다. '콘소트 블랙Consort Black'과 열매가 큰 '벤 세렉Ben Serek'은 병충해에 강하고 맛도 좋다. 이 품종들과 비교하면 레드커런트나 샴페인커런트는 내 입맛에는 밍밍한데 새들에게는 인기가 많다. 내 선택은 단연 블랙커런트다.

구스베리는 지나가다 즉흥적으로 하나 따서 입에 넣는 간식으로 즐기기에는 고약한 가시 때문에 문제가 많다. 잣나무털녹병균에 강한 구스베리 품종 중 가장 널리 퍼진 '히노마키 레드Hinnomaki Red'에 장갑 없이 다가갔다가는 가시에 흉하게 긁힐 위험이 있다. 이 문제 말고도 구스베리는 포도와 무척 비슷하게 생겼고, 포도와 마찬가지로 살짝 과숙해야 맛있는데, 나무에 매달려 있으면서 맛있는 순간과 땅에 떨어지는 순간 사이에

'체스터' 블랙베리는 가시가 없어서 수확할 때 다치는 일이 없고 맛도 그만이다.

날쌔게 수확하지 않으면 안 된다는 단점이 있다. 게다가 구스베리가 땅에 떨어진 순간부터는 가시에 찔릴 걱정을 안 해도 되어서 새들이 부리나케 달려들곤 한다. 최근에는 병충해에 강하고 가시가 없는 '픽스웰Pixwell'이 라는 새로운 품종이 나왔다고 하니 관심이 있다면 알아두자.

　나는 가시 있는 식물을 그리 좋아하지 않는 편이라 산딸기는 건너뛰었다. 대신 그 자리를 블랙베리 '체스터'가 메운다. 가시가 없고 크게 자라는 이 관목은 지지대 없이 스스로 설 만큼 줄기가 매우 굵다. 또한 엄청나게 이리저리 뻗어가며 자라는 덤불에 포도알만 한 열매가 열린다. 먹어본 것 중 가장 크고 과즙이 풍부한 베리 열매를 초여름부터 가을까지 내내 수확할 수 있다. 산딸기처럼 입에서 녹는 촉감이 아니라 블랙베리 특유의 사각거리는 촉감이지만 점심 식탁에 올릴 브로콜리를 수확하러 가는 길에 한 줌 따서 입에 넣으면 무지무지 맛있다. 물론 새들과의 경쟁에서 이겨야 하지만.

🌷
상추를 대신할 채소들

해마다 여름이면 상추를 식탁에 올리기는커녕 정원에서조차 더는 볼 수 없어지는 슬픈 순간이 오곤 한다. 무슨 수를 쓰고 어떤 뇌물을 바친다 해도 소용없다. 갖은 노력에도 불구하고 계속 기온이 너무 높고 며칠, 몇 주 동안 가뭄이 계속되면 상추 씨앗이 싹을 틔우지 않는다. 이와 비슷하게 상추를 대신할 만한 채소 중 내가 가장 좋아하는 루콜라도 눈 깜짝할 사이에 씨를 맺은 다음 시들어버린다. 샐러드에 넣을 채소를 얻을 긴급 대책을 마련하지 않으면 굶을 수밖에 없다. 마트에서 사는 것은 생각도 하고 싶지 않다. 라디치오적색 치커리는 그런 내 절박함을 배경으로 등장한 선수다.

상추가 열을 받아 뚱해져 있을 바로 그때, 적색 치커리는 빛을 발한다.
솔직히 고백하자면 내가 처음 라디치오를 재배하기 시작한 것은 조니스
셀렉티드 시즈사의 카탈로그에 실린 '벨 피오레Bel Fiore' 품종의 멋진 사진
을 본 후였다. 점박이 무늬가 있는 '벨 피오레'는 사진으로 볼 때는 먹음직
스러웠는데, 처음 맛을 보고는 실망을 했었다. 알고 보니 내가 너무 일찍

'벨 피오레' 라디치오는 상추가 귀해질 무렵부터
쓴맛이 없어지고 고소해진다.

수확한 것이 문제였다.

성숙하지 않은 라디치오는 쓰디쓴 휴지 조각 맛이 난다. 하지만 8월 말에서 9월 초 무렵 '벨 피오레'기 단단한 공 모양으로 자라면서부터는 차원이 다른 미식 경험을 할 수 있다. 안쪽 잎사귀의 아린 맛이 상추처럼 구수한 버터 맛으로 변해서 푹 삶기라도 해야 먹을 수 있을 것 같던 느낌이 싹 없어진다. 슬프게도 모든 라디치오 품종이 다 이렇게 완벽한 맛을 내는 것은 아니고, 일부는 완전히 성숙하기 전에 썩어버린다. 하지만 생존율이 50퍼센트 정도니 그다지 나쁘지 않다.

상추가 귀해지는 초여름에는 샐러드에 맛을 더하기 위해 새로 싹을 틔운 명아주 잎을 몇 개 따서 넣기도 한다. 단, 명아주는 금세 질겨지는 탓에 초여름에 나오는 아주 어린 잎만 먹을 수 있다. 그리고 너무 많이 먹으면 안 된다. 여름에 나오는 여러 녹색 채소들과 마찬가지로 명아주 잎도 담석증과 연관이 있다고 알려진 옥살산oxalic acid 을 많이 함유하고 있다.

케일은 입에 넣을 수 있는 채소 중 가장 잘생긴 채소로 꼽을 만하다. 주름이 많이 진 파랑, 초록, 보라색 잎사귀들을 보고 있으면 여름 바다의 파도가 떠오른다. 대부분의 케일은 가을이 될 때까지 먹을 수 없다. 그러나 새로 나온 두 품종은 그보다 일찍 먹을 수 있다.

꽃박람회에 구경 갔다가 근처에서 어슬렁거리는 나를 본 프루이션 시즈Fruition Seeds사 사람들이 '베어 네세서티즈Bear Necessities'와 '시베르 프릴 Siber Frill' 케일의 씨앗을 안겨줬다. 그 두 가지 케일 덕분에 나는 특히 덥고 건조했던 그해 여름을 무사히 넘길 수 있었다. 일부 케일은 잎사귀가 매우 작을 때 '어린잎채소'로 분류해서 생으로 먹게끔 판매하기도 하지만 이 두 품종은 한철 내내 연하다. 아래쪽 잎사귀들을 따주는 식으로 잘 다듬으면 관상용으로도 그만이다. 삼킬 때 목을 간질이는 채소들을 별로 반기지 않는 나도 이 두 종류 케일에는 거부감이 없다.

우리 모두에게 이런 식용 식물들이 필요하다. 채소밭을 가꾸는 재미 중 하나는 마트에서 구할 수 없는 것을 기르는 일이다. 가끔은 이국적인 채소도 탐험해보기를 권한다. 지금까지 언급한 상추 대용 채소들은 동네 마트에서 찾기 어려울 것이다. 직접 채소를 길러 먹는 장점이 바로 여기 있고, 그런 채소를 맛보는 것은 정원지기들의 특권이다. 식도락가라면 시도해볼 가치가 충분히 있다.

마법의 콩

나는 웬만하면 사람들에게 특정 채소를 기르라고 강요하지 않는다. 기본적으로 너는 너대로, 나는 나대로, 각자 좋아하는 것을 기르면 된다는 것이 나의 신념이다. 하지만 어쩌다 보니 '제이드Jade' 콩의 비공식 선전부장 역할을 하게 되었다. 텃밭 농사를 지으면서 '제이드' 콩의 장점에 대해 일장 연설을 듣고 싶지 않은 사람이라면 여름에는 나를 피하는 게 좋을 것이다. 잘못하면 내가 열나게 떠들어대는 '제이드' 콩 선전에 휘말려버릴 테니까.

　넓게 말하자면 나는 배추속Brassica 채소 중심주의자다. 상추와 호박 종류 채소도 많이 먹는 편이지만, 내 점심 식탁에는 주로 브로콜리나 콜리플라워 종류가 오르곤 한다. 하지만 '제이드' 콩 수확 시기에 접어들고부터는 브로콜리들이 내 주의를 끌기 위해서는 상당한 노력을 기울여야 한다. 깍지째로 먹는 '제이드' 콩을 데친 후에 바로 신선한 바질 이파리 몇 장을 다져서 뿌려 점심으로 먹을 때면 나는 마치 캠핑 여행이라도 온 듯 행복해진다.

　최근, 한 레스토랑에 딸린 채소밭을 그 레스토랑의 셰프와 함께 둘러보면서 '제이드' 콩에 대한 내 사랑을 내비친 적이 있다. 그 셰프는 높은 요리 모자에 거의 가려진 눈썹을 한껏 치켜올린 채 나를 내려다보면서 선언했다. "우리 식당에서는 얇게 저민 '아리코 베르haricots verts' 콩만 씁니다."

유감이지만 나는 36시간에 한 번씩 따줘야 하는 채소는 상대하고 싶지 않다. 콩이 좋긴 해도 콩의 노예가 되고 싶지는 않다. 나는 줄기에 매달린 채로 며칠을 둬도 맛을 잃지 않고 질겨지지도 않는 콩이 좋다.

내가 '제이드' 콩 찬양을 끝까지 하도록 그 셰프가 내버려 뒀으면 이 품종이 한 번 심은 후 제때제때 수확만 해주면 세 번까지도 수확할 수 있다는 말도 들었을 텐데, 뭐 어쩔 수 없는 일이다. 몹시 덥고 가물었던 어느 해 여름, 나는 계속 집을 떠나 출장을 다닐 일이 생겨서 '제이드' 콩을 제대로 돌봐주지 못했다. 하지만 녀석들은 내가 돌아올 때까지 참을성 있게 기다려줬을 뿐 아니라, 맛있는 콩을 모두 수확한 후에 다시 한번 꽃이 피고 콩이 여물었다. 또 한 해에는 기회주의자인 동시에 식도락가가 분명한 어느 들쥐가 콩밭을 습격했다. 그러나 들쥐를 쫓아주자 쥐가 갉아 먹어 끝이 잘린 줄기에서 다시 엄청나게 많은 꽃이 피었다. 가히 임무를 성실히 수행해내는 콩이라 하지 않을 수 없다.

특히 다른 채소들이 열기에 지쳐 시들어버릴 무렵에 '제이드' 콩을 거의 주식처럼 먹어대는 나는 몇 주에 한 번씩 이 품종을 새로 심는다. 한바탕 콩이 여물었던 포기들이 원기를 회복하는 동안, 그다음에 심은 포기에서 콩을 수확할 때가 다가온다. 그리고 6월 첫 주에 심은 콩은 9월 둘째 주까지도 버텨낸다. 연하고 촉촉하고 아삭하고 맛이 풍부한 '제이드' 콩보다 더 맛있는 음식은 찾기 어렵다. 깍지째 먹는 이 콩을 한입 깨물어보시길 권하는 바이다. 더불어 이 맛있는 콩에 곁들일 바질을 충분히 길러내는 것도 잊지 말자.

만생종 상추 뒤로 '제이드' 콩이 영글어가고 있다.

가을

가을을 두려워하지 말고 두 팔 벌려 힘껏 반기자.
계절이 자기 나름으로 생각을 할 줄 안다면 가을
이야말로 뚜렷한 주관을 가진 계절이다. 황금빛
오후와 불타는 듯한 황혼을 자랑하는 계절, 학수
고대하며 기다리던 좋아하는 작물을 수확하게 해
주는 계절, 목초지의 아름다움이 절정에 이르는
계절이 바로 가을이다.

정원이 터무니없이 화려하다고 느껴지는 순간이 있다.
하지만 모든 것이 금방 떨어지고 만다는 사실을 잘 안다.
그러니 눈 앞에 펼쳐지는 광경을 음미하지 않을 수 없다.

봄의 정원이 자기만의 개성을 표현하는 옷을 입듯 가을의 정원도 특별한 옷을 꺼내 입는다. 요즘은 붓꽃이 여름에도 가끔 꽃을 피우고, 작약도 더는 봄에만 피는 꽃이 아니게 됐지만, 제발 가을의 대표 꽃인 아스터와 국화는 품종 개량업계에서 손을 대지 않았으면 좋겠다. 누가 층꽃나무의 파란색 꽃이 더 일찍 개화하도록 새 품종을 개발한다 해도 난 쳐다보지도 않을 것이다. 나도 계절에 따라 제철의 색을 입는 정원의 모습을 사랑하는 많은 사람 중 하나이기 때문이다. 떡갈잎수국과 라일락색 작살나무 열매가 여기저기 보여야 제대로 된 가을 풍경이다.

알뿌리를 관리하고 갈퀴를 꺼내 들기 전, 여러해살이 식물들을 새로 심기에는 살짝 늦은 감이 있으나 가을맞이 대청소를 하기에는 아직 이른 시기에 정원 일이 바쁘지 않은 얼마간의 틈이 생긴다. 우리의 감각을 벼리기에 안성맞춤인 시기다. 우리가 얼마나 축복에 둘러싸여 사는지 음미하는 것을 잊지 말자. 바로 지금 마당으로 나가자. 코를 높이 치켜들고 가을을 알리는 나무 연기 냄새를 맡아보고, 개머루를 찾아 산책을 나서고, 사과를 따면서 총천연색 가을을 맞이하자.

간혹 바람이 너무 세차게 불어닥치고, 스웨터를 덧입지 않으면 안 되는 날씨가 되기도 한다. 하지만 가을은 무엇보다도 땅과 교감하기 좋은 계절이다. 나는 우리가 야외에서 즐겁게 지낼 때 느끼는 순수한 환희의 소리를 이 책에 담지 못했다. 낙엽 더미, 호박들이 익어가는 밭, 핼러윈 복장을 하고 과자를 얻으러 다니는 아이들, 트랙터 퍼레이드 등이 모두 경적을 울리고 고함을 치며 우리를 집 밖으로 유혹한다.

너무 오래 꾸물거리면 안 된다. 가을의 가장 뚜렷한 특징이라면 바로 이 계절이 너무 짧다는 것. 세상 느긋하게 움직였다가는 놓치고 만다. 늦

가을에는 부스럭거리며 새빨리 움직이는 것들이 많다. 손에 닿는 대로 먹이를 모아다가 여기저기 숨기느라 정신이 없는 다람쥐와 멀리 떠나거나 몸을 움츠리고 알을 낳기 전에 꿀 한 모금 더 마시려는 나비들과 함께 우리도 마쳐야 할 일이 많다. 그렇다고 무작정 할 일을 하는 데만 온 신경을 쏟지 말자고 당부하고 싶다. 눈을 크게 뜨고 주위를 살피면 모든 일이 더 뜻깊어진다.

물론 식물들이 옷을 벗는 시기이긴 하지만 '가을'을 뜻하는 영어 단어 'fall'을 '떨어진다'는 의미로만 받아들이지는 말자. 가을의 정원에 나서면 이 계절과 함께 호흡하면서 서로를 고양하고 음미해보자. 가을은 정말이지 풍성한 계절이 아닌가.

시각

산들산들 키다리 억새풀

내 삶에 깃털 같은 풀들을 들이게 한 사람은 내 친구 시드니 에디슨이다. 어느 날 우리 집에 방문한 시드니가 마당에 볏과Poaceae 식물이 부족해 보인다며 풀 종류로 한두 군데 악센트를 주는 것도 괜찮겠다고 조언했다. 시드니는 흠잡을 데 없는 취향, 놀라운 디자인 감각에 더해 식물에 관해서는 백과사전적 지식을 가졌을 뿐 아니라, 백이면 백 옳은 말만 하는 사람이다. 정원 디자인에 관해 새로운 아이디어가 있으면 전체를 다 바꾸지 않고도 소규모로 실험해볼 수 있고, 또 그래야만 한다. 나는 시드니의 조언이 얼마나 현명한 것인지 바로 깨달았고, 그가 제안하는 정원의 변화를 말 그대로 거의 눈앞에 그릴 수 있었다. 시드니는 우리 정원에 어울릴 만한 식물도 구체적으로 추천해주었다. "여기 참억새 '모닝 라이트Morning Light'를 심으면 좋겠어." 그가 지목한 곳은 목련, 수국과 이으면 삼각형을 이루는 자리였다. "오후 햇빛을 받아 반짝일 거야." 나는 바로 다음 날 묘목 판매장으로 직행했다.

그전까지 내가 볏과 풀과 친하게 지내지 않았던 것은 단지 미적인 이유에서만은 아니었다. 나는 정원을 꾸밀 때 몸싸움을 많이 해야 하는 식물은 피하는 것을 기본 원칙으로 삼고 있는데, 볏과 풀 종류가 바로 그 범주에 들어간다. 예전에 수크령을 시도했다가 실패로 끝난 적이 있다. 보통 풀 종류가 다 그렇듯 수크령도 날이 갈수록 지저분하게 자라기 시작했고, 나는 내 충실한 삽으로 무장하고서 덩치가 커진 수크령의 포기나누기에 나섰다. 내가 벌인 씨름을 하나하나 자세히 묘사하지 않고 결론으로 넘어가자면, 결국 건장한 남자 몇을 불러서 깊이 뿌리 내린 수크령을 영원히 없애는 쪽으로 사태를 수습했다. 녀석들이 그냥 깊이 뿌리를 내린 정도가 아니라 땅 밑으로 한참 파고 들어가 있어서 정말이지 애를 먹었다. 게다가 파내서 포기를 나눈 수크령을 거저 가져가겠다는 사람을 찾을 수도 없었다. 수크령은 정말 골칫덩이가 될 수도 있다.

하지만 시드니의 조언은 옳았다. '모닝 라이트'가 지금까지는 모범 시민 노릇을 잘 해내고 있다. 정원의 다른 식구들과도 잘 어울리고, 내 허리를 아프게 한 적도 없다. 풀 종류 식물들은 대개 봄에 출발은 늦지만, 여름쯤에는 연필 굵기로 가느다란 줄기에 회색빛이 감도는 이파리가 촘촘히 모여 자라난다. 그러면서 쌩하니 지나가는 자동차가 일으킨 바람에 산들산들 춤을 춘다. '모닝 라이트'는 분홍색이었다가 포도주색으로 변하는 깃털이 나타나기 한참 전부터 건축학적 존재감을 뽐낸다. 이 녀석은 집의 진입로와 도로가 만나는 지점을 장식하는 데 최고다. 오이풀 '레드 선더 Red Thunder'를 섞어 심으면 '모닝 라이트' 억새의 깃털이 나오기까지 좀 더 활기찬 풍경을 연출하는 뛰어난 궁합을 자랑한다.

가을꽃들이 피는 시기가 다가오면 '모닝 라이트'가 보여주는 극적 재미가 한결 깊어진다. 천천히 절정을 향해 달리듯 줄기 끝의 깃털이 마침내 모습을 드러낸 뒤 당당하고 꼿꼿이 서서 지나가는 사람들에게 손을 흔든다. 마침 우리 동네 트랙터 퍼레이드와 딱 때를 맞춰 등장하니 더욱 안성맞춤이다. 그러다가 서서히 모든 것이 금빛으로 변하면서 매주 조금씩 일찍 떨어지는 석양빛을 받아 빛난다. 이파리는 색이 변하고 서리와 함께 돌돌 말리면서 소용돌이를 만들어 저마다 예술적인 선을 그려낸다.

그 광경을 겨우내 지켜보고 싶은 마음이 굴뚝 같지만 이웃들을 생각하지 않을 수 없다. 동지 전에 첫눈이 오는 우리 동네에서는 눈발이 날리면 태산이라도 밀어낼 듯 기다려온 제설차가 바로 출동해서 도로 쪽으로 삐죽 나온 풀잎을 산산이 조각내고 지나간다. 내 '모닝 라이트'를 그냥 두면 지저분한 조각들이 온 동네에 뿌려지는데, 그게 어느 집 마당에서 온 것

날씨가 쌀쌀해지면서 '모닝 라이트' 억새의 풀잎과 분홍 깃털들이 동그랗게 말리기 시작한다. 숨이 멎을 만큼 아름다운 광경을 즐길 수 있는 시기다.

인지 모르는 사람이 없다. 그런 일이 벌어지기 전에(어떨 때는 예보된 눈보라가 몰아닥치기 불과 몇 시간 전에) 나는 우리 억새를 베어낸다. '겨울 동안 정원을 자연 그대로 두기' 운동을 하는 사람들에게 심심한 사과를 드리는 바이다. 어쩌면 불쌍한 동물이 부드러운 억새 깃털로 겨울 둥지를 안락하게 만들 기회를 빼앗아버리는 것일 수도 있겠다. 하지만 새가 됐든 동물이 됐든 나보다 좀 더 빨리 움직였어야 했다. 그리고 퇴비 더미에서 재료를 찾는 방법도 있으니 세상이 끝난 건 아니다.

최근 들어 볏과 풀 종류는 정원지기들 사이에서 가장 '핫한' 아이템으로 부상했다. 자연스럽게 눈에 띄지 않는 가림막 역할을 하고 다른 식물들과 잘 어울리면서 정원에 다양한 질감을 보태는 데 이만한 식물이 없기 때문이다. 풀 종류와 사랑에 빠지는 사람이 많은 것도 충분히 이해가 간다. 하지만 고약한 습성을 지닌 풀도 상당히 많다.

나래새를 내 삶에 들인 이후로 나는 영원히 여기저기서 솟아나는 녀석들의 싹을 처리해야 할 운명에 처했다. 깃털이 영글어서 씨를 흩뿌리기 전에 잘라내는 노력을 계속하는데도 말이다. 이웃이 포기를 나눠달라고 해서 인심을 쓸 기회가 있었는데, 사실 이웃 정원으로 날아간 씨가 싹을 틔워 이미 대여섯 포기쯤 자라고 있지 않다는 사실이 속으로 놀라웠다. 내 이웃도 얼마 가지 않아 녀석들의 수없이 많은 후손을 즐기게 될 것이다. 낚시귀리도 이 문제에 관해서는 뒤지지 않는 것으로 악명 높다.

쓸데없이 번식력이 좋은 문제 말고도 장기적인 관리도 쉽지가 않다. 모든 것이 순조롭게 진행된다 하더라도 착한 시민 역할을 하는 키 큰 풀 종류들(한데 뭉쳐 자라는 사초 종류는 예외)마저 결국은 중앙부가 텅 비면서 자라기 때문에 좋은 모양을 유지하려면 파내서 포기를 나눠줘야만 한다. 하지만 이 풀들을 사랑하는 정원지기들을 탓할 수도 없다. 석양을 받아 빛나는 깃털 같은 술의 아름다움은 견줄 데가 없기 때문이다. 그 광경을 생각하면 조금 더 노력을 들일 값어치가 있기는 하다.

한순간도 놓치고 싶지 않아

야하게 얼룩덜룩한 이파리들은 내 취향이 아니다. 하얀 줄이 그어진 '모닝 라이트' 억새 정도가 내가 허용할 수 있는 현란함의 한계다. 여름에는 꽃이 주인공이 되도록 배경은 차분하고 조용하게 유지하는 것이 내 전략이다. 캐나다박태기나무 '포레스트 팬지Forest Pansy'의 진홍색 이파리와 짙은 포도주색 양국수나무 몇 그루를 제외하면 퍼더모어의 나무 군단은 꽤 은은한 색을 유지한다. 하지만 서늘하고 태연자약하고 침착한 분위기는 가을이 되면 극적으로 변한다.

가을은 그 열정뿐 아니라 당기고 끄는 엇박자의 조화 또한 아름답다. 가을은 단번에 벌어지지 않는다. 대단원의 막을 향해 서서히 치닫는 카덴스cadence, 악곡을 끝내는 마침꼴를 한 박자도 놓치지 않으려면 내내 정신을 바짝 차리고 지켜보아야 한다. 모든 것이 여러 겹으로 이루어져 있고, 각 단계가 정교한 타이밍에 벌어진다. 식물 하나하나가 차례로 무대에 올라와서 화려함을 뽐낸 다음 절을 하고 물러난다. 정향풀을 비롯해 호흡이 긴 몇몇 출연자들은 상당히 긴 시간 아름다움을 유지한다. 하지만 가을 무대에 출연하는 배우들은 대부분 화려한 모습을 번개처럼 보여주고 바로 스트립쇼로 넘어간다. 황홀한 무대다.

설렘은 키 큰 나무들에서부터 출발한다. 9월이 스르르 10월에 자리를 내주자마자 나무들은 화려한 퇴장 계획의 암시를 여기저기 흘리기 시작한다. 그쯤부터 시작해서 은근히 타오르며 퍼져 나가는 불길은 관목 숲을 환하게 밝힌다. 가장 처음 이별을 통고한 붉나무는 주황색으로 눈부시게 타오른 다음 순식간에 누추하고 우울하기 그지없는 흑갈색으로 변해버린다. 갈색으로 변한 이파리는 바로 제거해주는 것이 좋다. 안 그러면 오랫동안 떨어지지 않고 버티면서 우울함을 퍼뜨리기 때문이다. 무대에 오른 주인공들이 읊어야 할 대사를 다 읊고 후줄근해지면 얼른 퇴장시키자.

붉나무 뒤를 바짝 쫓아 수국들이 황금색과 구리색으로 빛을 발하고, 산분꽃나무들이 포도주색으로 붉어진다. 일주일쯤 시간이 흐르면서 수국이 잎을 떨구기 시작하면 솔정향풀이 매력적인 주황색 옷을 입는다. 발치에서는 제라늄이 주황색과 밝은 빨강 이파리로 축제 분위기를 북돋운다. 이윽고 설탕단풍나무가 가을 축제에 모습을 드러내고 목련도 머리를 노랗게 염색한다. 핼러윈이 가까워지면 박태기나무가 행동을 개시하고, 철쭉이 마지막 불꽃을 태워 무대를 밝힌다. 양지꽃도 질세라 나서고, 단풍나무가 맹렬하게 불꽃을 태우는 동안 조팝나무도 힘을 보탠다. 하지만 조팝나무는 산붉나무의 형광 빨강 앞에서는 상대적으로 얌전해 보일 지경이다. 산붉나무는 다른 붉나무보다 늦게 단풍이 들지만 폭발하듯 화려한 의상을 선보여 기다린 보람을 느끼게 해준다. 그런 다음 막이 내린다. 미국 대통령 선거일11월 첫 월요일 다음의 화요일 무렵이면 서커스단은 떠나가고 항복하기를 거부하는 단풍나무와 금발을 한 정향풀 몇 포기만 한 달 정도 더 버티며 무대를 지킨다.

대충 점호만 부른 것이 이 정도다. 이 모든 공연이 벌어지는 동안 근처 숲에서 나무에 겨우 매달려 있던 이파리들은 하나둘씩 서서히 떨어지다가 갑작스레 세찬 바람이 불면 우수수 떨어져 헐벗은 가지를 드러낸다. 그마저도 눈을 즐겁게 한다. 색종이 조각처럼 떨어지는 다양한 색의 낙엽들은 아름답기 그지없다. 썩어서 지저분해져 이웃집 마당까지 침범하기 전에 갈퀴로 긁어서 청소해야 할 때가 되기 전까지는 말이다. 낙엽 더미를 치워주지 않으면 봄에 새싹들이 자라나는 것을 방해한다. 떨어진 낙엽은 그 자리에 그대로 둬야 한다는 이론이 있다는 건 나도 잘 안다. 잘게 자른 낙엽으로 다시 흙을 덮어주는 방법도 있지만, 커다란 단풍나무나 플라타너스 낙엽을 그대로 둬서는 이웃과의 평화를 유지하기 어렵다.

나는 가을의 쇼가 나름의 속도에 따라 펼쳐지는 대로 두면서도 주의

'피전 레드(Pigeon Red)' 같은 꽃케일은 적은 돈으로도 즐길 수 있다.

를 딴 데로 돌리지 않는 태도를 내내 견지하는 것이 좋다고 생각한다. 가령 아스터가 코발트블루를 입은 마지막 꽃잎을 떨어트려도 곧장 달려들이 베어내지는 않는다. 잎에 색이 조금이라도 남아 있는 한 그대로 둔다. 정향풀은 아마도 여러해살이풀 중 가장 오래 색을 유지하는 식물일 것이다. 하지만 매발톱꽃, 스토케시아, 사초, 아르메리아, 풍지초 모두 화려한 조명을 받으며 아름다움을 뽐내는 순간이 지난 후에도 가능한 한 오래 그 자리에 머물도록 해준다. 작약은 터무니없이 아름다운 색으로 물이 든다.

　가을 시장을 가득 채우는 꽃케일과 꽃양배추도 얕보면 안 된다. 이 녀석들의 보라색 잎사귀는 시끌벅적한 주황색 잎들과 완벽한 대조를 이룬다. 콕 집어 이름을 나열해봤자 소용없을 만큼 해마다 새로운 품종이 개발되어 나오는데, 어떤 품종을 고르더라도 꽃케일과 꽃양배추가 성실히 해내는 역할을 생각하면 저렴한 가격표가 무색할 지경이다. 자연의 경이가 아닐 수 없다. 물론 과학의 도움을 많이 받긴 했지만.

　가을에는 정원에서 100분의 1초도 눈을 뗄 수가 없다. 한순간도 놓치고 싶지 않다. 가을에는 정원을 청소하러 자주 나서야 한다는 게 오히려 다행이다. 갈퀴질을 하고, 가지치기를 하고, 여기저기 손질한다는 핑계로 마당에 나가 가을의 쇼를 지켜보자. 자리를 비울 때가 아니다.

❧

봄과는 다른 가을의 '블루'

'푸른색'을 뜻하는 'blue'라는 단어에 '우울하다'는 의미도 있다는 사실을 아는 독자라면 소제목만 보고 여름이 끝났다는 푸념을 하겠거니 생각했을 수도 있다. 하지만 오산이다. 여름 못지않게 가을도 나름의 매력을 지녔을 뿐 아니라 오감을 활짝 연 사람에게 줄 선물을 풍성하게 마련해두고 있다. 축제와도 같은 가을 단풍은 자타가 공인하는 가을의 절정이지만 식물 구성을 잘 계획하면 극적 요소를 몇 배 증폭시킬 수 있다. 따스하게 빛나는 가을 단풍은 너그러운 자연이 주는 선물이고, 이를 최대한 즐길 수 있도록 계획하는 것이 정원을 돌보는 사람들이 해야 할 일이다. 마법 같은 우리 손을 거쳐 부족한 곳을 보완하고 정원의 아름다움을 한 차원 높여보자.

가을철 우리에게 정말로 필요한 것은 블루다. 우울한 감정이나 블루스 음악을 말하는 것이 아니라 글자 그대로 푸른색이 필요하다는 이야기다. 가을의 자연이 우리에게 보내주는 타오르는 듯한 주황, 빨강, 노랑의 보색에 가까운 푸른색을 나란히 배치하면 예상치 못했던 효과를 거둘 수 있다. 물론 푸른색이 쏟아져나오는 계절은 봄이지만, 봄의 푸른색은 분위기가 전혀 다르다. 봄의 푸름이 수레국화의 파랑처럼 코발트블루가 주를 이룬다면, 가을에는 로열퍼플이라고 하는 푸르스름한 자줏빛과 하늘색 계통의 푸른색이 대부분이다. 거기에 더해 가을에는 콘서트홀의 입체 음향 같은 풍성함을 느낄 수 있다. 가을에 견주면 봄에는 사방을 에워싸고 몸을 감싸는 느낌이 부족하다. 모든 것이 더 많고 더 풍요로운 계절이 바로 가을이다.

여름에는 푸른색이 자취를 감춘다. 작열하는 태양 아래서는 생기 있는 파랑이 아니라 물기 빠진 연보라색처럼 보이거나 짙은 남색 그림자처럼 보이기 일쑤다. 그러나 가을의 햇살은 완전히 이야기가 다르다. 낮게 뜬 태양에서 비스듬히 비치는 햇살은 모든 색을 훨씬 더 선명하게 보이도록 해준다. 그리고 가을의 황혼빛은 정원 전체에 배면광背面光을 켠 것과 같은 효과를 낸다. 스포트라이트를 뒤에서 비춰 식물 하나하나를 돋보이게 하는 셈이다. 그렇게 조명을 받은 식물은 화염에 휩싸인 것처럼 보일 것이다. 날마다 조금씩 해가 일찍 기우니 스포트라이트 쇼를 하는 시간도 점점 더 당겨진다. 칠흑처럼 보였던 색깔도 가을에는 사파이어로 변신하곤 한다. 불이라도 붙은 듯 타오르는 이파리들을 달고 정원 주변을 에워싼 나무들도 가을의 음모에 한몫한다.

아스터는 가을 정원에 가장 흔하게 등장하는 후보지만 익숙하다고 홀대해서는 안 된다. 아스터를 향해 그토록 찬사가 쏟아지는 데는 다 이유가 있다. 나는 겸손하고 아름다운 이 식물군에 심피오트리쿰*Symphyotrichum*이라는 이름을 갖다 붙인 가학적인 분류학자들을 따를 마음이 전혀 없다. 나는 항상 아스터를 아스터라고 부를 것이다.

해마다 새로운 품종의 아스터가 쏟아져나온다. 모종 센터에서 파는 아스터*Symphyotrichum novae-angliae* '퍼플 돔Purple Dome'의 동그란 묘목을 보고 나도 환호성을 울렸다. 하지만 작년에 화단 경계에 심었던 앙증맞은 묘목이 어느새 껑충하게 자라 아래쪽은 몽땅 갈색 이파리만 매달고 있는 볼썽사나운 모습은 어떻게 할 것인가? 어느 시기에 가지치기를 해줘도 줄기가 뻣뻣한 이 뉴잉글랜드 아스터를 예쁜 모습으로 기르기는 불가능하다. 대신 '미국쑥부쟁이'라고도 부르는 향기 나는 아스터 종류를 추천한다. '레이든스 페이보릿Raydon's Favorite'은 기분 좋은 파란색 꽃을 느지막이 피워 오래가는 품종으로, 자라면서도 단정한 모양이 변치 않고 머리끝에서 발끝까지 헐벗은 모습을 한 치도 보여주지 않는다. 줄기가 1미터에 달할 정도로 기다랗고 낭창거리게 자라서 뉴잉글랜드 아스터 계통과는 전혀 다른 분위기로 화단 가장자리를 장식한다. 게다가 지나가던 사람이 고개를 돌려 다시 쳐다볼 만큼 아름답다.

파란색 꽃 미인대회에서 그 뒤를 바짝 쫓는 2위는 역시 향기 나는 아스터 종류인 '옥토버 스카이즈October Skies'다. 키가 1.2미터가량 되는 '블루버드Blue Bird' 또한 다른 아스터 못지않게 풍성하고 예쁘다. 이 녀석들은 화단 앞쪽에 심을 수 있는 것들이 아니고, 처음부터 그 자리를 탐내지도 않는다. 대신 중간이나 뒤쪽에 심으면 아찔한 광경을 연출해낸다.

우리가 '아스터' 하면 가을을 떠올리는 이유는 가을이 끝날 때까지 마당을 지킬 뿐 아니라 초가을부터 푸른 꽃을 풍성하게 피워내서 여름꽃이

아스터 종류 꽃들은 크기는 작지만 선명한 파랑 덕분에 멀리서도 눈에 잘 띈다.

지고 정향풀과 수국 등의 나뭇잎에 단풍이 들기 전에 비는 시간을 메워주기 때문이다. 아스터 외에는 아코니툼 나펠루스*Aconitum napellus*, 에린기움, 용담, 대청숫잔대, 리소도라 디퓨사*Lithodora diffusa* '그레이스 워드Grace Ward', 층꽃나무, 케라토스티그마 플룸바기노이데스*Ceratostigma plumbaginoides*, 풀협죽도 '니키Nicky' 또는 풀협죽도 중에 내가 제일 좋아하는 품종인 '블루 파라다이스Blue Paradise' 등과 함께 두 번씩 꽃을 피워내는 개박하, 델피니움, 샐비어(첫 번째 개화 후 바로 잘라주면 두 번째 꽃도 볼 수 있다) 등이 떠오른다. 이 꽃들도 주황빛 가을 단풍을 배경으로 멋진 풍경을 연출하고, 가을의 아름다움을 초절정으로 끌어올린다.

정원을 가꾼다는 것은 결국 마법의 순간을 만들어내는 것과 동의어가 아닌가. 자연이 우리에게 멋진 선물을 건네면 정원지기는 그 선물을 받아 최대한으로 음미하고 펼쳐 보이면 된다. 가을의 축복을 푸른색 쪽으로 연출해보자. 눈이 즐거울 것이다.

씨앗을 맺다

가을은 씨를 맺는 계절이다. '씨앗을 맺는다'는 뜻의 영어 단어 'seedy'가 '지저분하고 도덕적으로 떳떳하지 못하다'는 의미로 사용된 연유는 도대체 무엇인지 알 수가 없다. 식물들이 부모의 자세를 갖추고 자녀 계획을 세우는 시기가 바로 가을이다. 지구의 미래에 투자하는 것이다. 이렇게 신성한 활동과 관련된 단어가 어떻게 그렇게 부정적인 의미를 지니게 되었을까?

씨가 맺힌 이삭을 자세히 들여다보면 놀라워서 입을 다물지 못할 것이다. 이삭은 꽃처럼 화려하지는 않으나 기린초, 피크난테뭄, 아스터, 금잔화, 에키나시아 등등의 자손이 내일을 맞을 수 있도록 섬세하고 조심스럽게 설계된 소포 꾸러미다. 일반적으로 식물의 이삭은 가을로 접어들 무렵에는 이미 창백한 금색이나 황갈색을 띠고 있다. 이 아이들은 종잇장처럼 얇은 연결 끈으로 엄마에게 붙어 있다. 이제 곧 세상으로 나아가 각자의 우주를 일궈나갈 준비를 하는 것이다.

파랑배초향의 이삭은 뱀 가죽 같은 포엽苞葉을 가지고 있다. 에린기움의 이삭은 할리우드 영화에 나오는 우주선만큼이나 정교하다. 아스클레피아스의 꼬투리는 꽃보다 더 유혹적인 모습으로 가을 햇살을 받아 반짝이면서 거미줄처럼 섬세한 낙하산에 자녀들을 실어 세상으로 내보낸다. 아스클레피아스가 비단실에 매달린 씨를 날려 보내는 동화 같은 장면은 그야말로 마술 같다. 별것 아닌 씨앗이 그토록 영광스러운 항해를 할 수 있다면 이 세상에 불가능한 것이 무엇이랴.

물론 모든 씨앗이 다 반가운 것은 아니다. 메밀여뀌가 자손을 퍼뜨리는 것은 무슨 수를 써서라도 막아야 한다. 대롱대롱 매달린 종잇장처럼 얇은 메밀여뀌의 이삭은 가을 아침 낮게 뜬 태양 빛을 받아 별처럼 빛나 보이지만, 이 녀석들은 골칫덩어리일 뿐이다. 가끔 나는 이웃집 마당의 경계를 몰래 넘어가 메밀여뀌가 수천 개의 씨앗을 맺기 전에 꽃을 꺾어서 염소들에게 먹여버린다. 섬꽃마리와 우엉 등도 씨가 만들어지기 전에 아예 근절하는 것이 좋다. 이 씨들은 지나가는 사람의 옷에 붙어 무전여행을 하는데, 여간 귀찮은 게 아니다. 꽃은, 특히 밝은 푸른색 섬꽃마리는 정말 예쁘지만, 활짝 피어 있을 때 잘라버리지 않으면 나중에 씨 때문에 스웨터를 망치게 된다.

황갈색이나 옅은 베이지색 이삭 말고도 자연에는 실로 다양한 자손 번식 수단이 있다. 로즈힙 rose hip, 장미과 꽃이 지고 나서 열리는 열매과 베리는 집착적으로 정원 청소를 하지 않는 사람들이 누리는 보상이다. 해당화는 뻣뻣하고 거친 털이 너무 많아서 중무장하지 않고서는 시든 꽃을 따주기가 힘들어 자꾸 게으름을 피우게 되는데, 그 덕분에 로즈힙이 여무는 것을 보는 뜻밖의 기쁨을 누릴 수 있다.

다른 장미과 식물들도 비슷하다. 그리고 로즈힙 덕분에 높이 평가받는 장미 품종들도 있다. 나는 데이비드 오스틴사의 마이클 매리엇에게 로즈힙을 수확하기 좋은 장미 품종이 어떤 것인지 물었다. 그는 '램블링 렉터Rambling Rector', '프랜시스 E. 레스터Francis E. Lester', '제너러스 가드너The Generous Gardener', '제임스 골웨이James Galway', '페넬로페Penelope', '윈드러시Windrush', '케어프리 뷰티Carefree Beauty' 등을 추천했다. 다양한 장미 중 고품질의 로즈힙을 만들어내는 종으로는 물방울 모양 열매를 맺는 로사 모예시Rosa moyesii, 자주색 열매를 맺는 로사 글라우카Rosa glauca가 거론됐다. 오래가는 로즈힙을 만들어내는 북아메리카 원산 종으로는 로사 비르기니아나Rosa virginiana, 로사 칼리포르니카Rosa californica, 로사 우드시아Rosa woodsia 등이 있다고 했다.

새들을 유혹해서 씨앗을 퍼뜨릴 계획을 세우는 것은 장미들만이 아니다. 다른 관목들과 덩굴 식물들도 열심히 그리고 진지하게 베리를 생산해낸다. 비침입성 인동덩굴은 휘감긴 덩굴줄기에 광택이 나는 예쁜 열매를 조금 맺는다. 산분꽃나무속 식물 중 많은 품종이 다양한 색의 핵과단단한 씨가 들어 있는 열매를 만들어낸다. 가을은 결실의 계절이다.

이삭은 가능한 한 오랫동안 자르지 말고 그냥 두자. 철 이른 눈보라가 몰아쳐서 이웃집 마당을 어지를 위험이 있을 때 말고는 손대지 말자. 관용적인 정책은 새들을 기쁘게 하고 정원에 오랫동안 생기를 유지하는 데 도움이 된다. 그리고 요령 있는 여러해살이 식물들이 씨를 뿌려 자생할 기회를 줌으로써 그들의 미래를 확보해줄 수도 있다. '짓궂은 식물'의 씨앗만 아니라면 모든 씨앗은 요령껏 계획해서 싹이 났을 때 잘 돌보면 돈을 아끼게 해준다. 일 년 중 바로 지금이 정원을 '지저분하게seedy' 둬야 하는 시기다.

아스클레피아스가 거미줄처럼 섬세한 낙하산에 씨앗을 매달아
바람에 실어 보내는 것만큼 시적인 광경도 없을 것이다.

행복한 마무리, 갈색

여름에 갈색이 보이면 실망스럽다. 하지만 가을의 갈색은 보답이자 상이다. 갈색은 함께 모여 있을 때 아름답다. 즉, 정도의 문제다. 초록빛 물결 속에 낀 갈색 가지는 미안해하면서 사과해야 한다. 그러나 배경 전체가 갈색으로 물들고, 심지어 마지막 아스터까지도 황갈색으로 변하고 나면, 갈색을 존중하고 감탄하는 마음이 절로 생긴다.

가을이 무르익으면 마치 세피아색 사진을 보는 듯 모든 것이 적갈색을 띠면서 가끔 계피색이나 초콜릿색이 여기저기에서 악센트가 되어준다. 이 광경을 칙칙하고 재미없다고 하는 사람은 비관론자다. 무엇보다 그런 사람들은 정원을 가꾸는 사람이 아니다. 우리 정원지기들은 늘 어두운 가운데서도 빛나는 희망을 찾는다. 그리고 우리는 매일 아침 동장군이 황토색 이파리들에 반짝이는 서리로 동판화를 찍어놓은 광경에서 섬세한 장엄을 발견한다.

진정으로 능숙한 정원지기는 다양한 갈색으로 아름다운 정원을 연출할 줄 안다. 황토색에 회갈색을 얹고 그 옆에 밤색을 배치한 다음 붉은 갈색과 엷은 갈색을 짝지어 균형을 잡는다. 색 배합에 능한 사람은 기린초를 정향풀 앞에 배치해서 늦게까지 벌어지는 쇼의 효과를 최대한으로 끌어낼 수 있다. 둘 다 아름다운 갈색으로 빛을 발할 것이다.

우리 마당에서 갈색은 위로의 뜻으로 주는 상이 아니다. 가을에 보는 담황색은 우울한 느낌이 아니다. 전체 그림에 풍성하게 질감을 더한다. 워낙 많은 투자를 해두었기 때문에 가을로 접어들면서 눈 앞에서 모든 것이 포근한 밤색 담요로 변신한다. 그저 한두 군데 외롭게 갈색 점이 찍히

나무수국은 어느 계절에 더 아름다울까? 분홍기 감도는 꽃을 피울 때?
아니면 가을에 갈색으로 변신했을 때? 마음을 정하기가 어렵다.

는 것이 아니라 전체가 대화하듯 함께 변화해간다. 정원을 가꾸는 사람은 바로 이런 모습을 보기 위해 서리가 내린 후까지도 정원의 수명을 연장하고자 그토록 애를 써온 것이다.

이 고상한 목표를 달성하기 위해 식물들을 조밀하게 심자는 운동이 벌어지고 있다. 모든 것이 가까이 볼을 비비며 촘촘히 자리 잡아 흙이 보이지 않도록 하는 방법이다. 제한된 공간에 새로 산 식물을 끼워 심는 식물 애호가들은 이 방법을 지난 수십 년 동안 실행해왔다. 다만 그 방법에 이제야 이름이 생긴 것일 뿐이다. 조밀 식재한 정원은 모든 것이 갈색으로 변한 가운데 상록수 몇 그루가 선명함을 더하고 푸르스름한 회색을 한 허브들이 대비되는 색을 보여줄 때 가장 빛난다. 12월 중순께가 되면 기가 막히게 아름답다.

목초지는 조밀 식재의 아름다움을 보여주는 가장 좋은 예다. 대다수 정원지기들은 늦여름이 목초지의 절정이라고들 하지만 나는 그렇게 생각하지 않는다. 우리 목초지에 자라는 미역취와 등골나물은 갈색으로 변할 때 스포트라이트를 받으며 패션쇼 런웨이를 걷는 모델들처럼 아름답다. 특히 오돌토돌한 이 풀들 위에 흰설탕을 뿌린 듯 반짝이는 서리가 내리면 그 아름다움이 심장을 녹이고 만다.

같은 색이 넓게 펼쳐진 광경은 놀라울 정도의 풍성함으로 시선을 잡아끌어서 더 자세히 들여다보게 한다. 생각해보면 들판에 존재하는 모든 것이 다음 세대를 위한 씨앗을 만드는 중차대한 임무를 수행하는 데 골몰하고 있다. 마치 들판 전체가 미래를 확보하는 숭고한 임무를 위해 일치단결한 느낌이다. 거기서 심오함이 느껴지는 것도 당연한 일일 것이다.

나는 가능한 한 오랫동안 풀을 베거나 가지치기를 하지 않고 갈색의 양을 유지한다. 물론 균형점을 찾기란 쉬운 일이 아니다. 매일 창문 너머로, 진입로에서, 도로에서, 마당에서 일할 때 여러 각도에서 바라보며 판단을 한다. 조화를 이룬 것으로 보이는가, 아니면 관리 부족으로 보이는가? 행복한 정원으로 보이는가, 방치된 정원으로 보이는가? 그러다가 갈색의 양을 조금씩 줄여나간다. 한 번에 대청소하듯 모두 없애는 일은 없다. 가볍게 쓱 둘러본 다음 단정치 못해 보이는 요소를 하나만 제거한다. 가령 수염패랭이꽃은 전지할 때가 됐지만 에린기움은 여전히 보기 좋을 수도 있다. 어쩌면 절굿대는 더 버티기 힘들게 됐어도 에키나시아는 아직 튼튼해 보이기도 할 것이다. 나는 그 식물들을 찾아오는 새와 동물들을 위해 가능하면 많이 남겨두려고 노력한다. 그러다 무언가를 자르고 난 뒤에는 언제나 검은방울새, 박새, 쇠박새 등이 몰려와서 청소를 돕고, 간혹 큰어치와 홍관조가 한두 마리 찾아오기도 한다. 자연에 낭비란 없다.

　가을에는 대청소보다는 얼룩을 제거한다는 생각으로 정리 작업에 접근하는 것이 좋다. 서서히 편집해가도 결국은 깔끔한 상태에 도달한다. 그리고 그 과정에서 가을의 정원을 훨씬 더 깊이 즐길 수 있다. 가을 정원은 날마다 새롭게 단장한다. 그러니 가을이 단조롭다는 말일랑은 하지 말자. 아침에 일어나서 보면 어제까지 풍성했던 나무가 밤새 바람에 시달려 헐벗은 모습으로 서 있는 것을 발견할 수도 있다. 황혼 녘에 창밖을 내다보면 평소보다 더 밝게 홍조를 띤 것처럼 보이는 날도 있고, 더 창백해 보이는 날도 있고, 가끔은 때 이른 이상기온으로 모든 것이 뿔뿔이 흩어져버린 광경을 마주할 수도 있다. 나는 그렇게 변하는 광경을 중심으로 새로운 대화를 만들어 나간다. 가을은 역동적이다. 갈색으로 변했다고 너무 일찍 치워 없애버리지 말자. 갈색 자체를 즐기고 축하하자. 갈색은 비극이 아니라 행복한 마무리다.

후기

가을을 알리는 개머루 향기

불현듯 공기 중에서 가을 냄새를 맡은 것 같은 의심이 든다. 어쩌면 피할 수 없는 가을의 도래를 두려워하고 있었을지도 모르겠다. 하지만 숲과 들판이 만나는 언저리 혹은 비포장도로 어디쯤을 산책할 때 살짝 불어오는 미풍에 개머루 향기가 실려 와 코끝을 건드리기 전까지는 계절의 변화를 확신하기 이르다.

개머루는 피할 수 없는 가을의 전진을 온 천하에 공표한다. 그러면서 우리가 가을에 연착륙하도록 도와준다. 모든 것이 성장하던 여름을 이보다 더 유혹적으로 마무리할 수 있을까? 머루야말로 가을이라는 계절과 가을의 모든 은총을 두 팔 벌려 환영하는 것이 얼마나 신나는 일인지 웅변하는 산증인이다.

신선하고 산뜻한 개머루 향기는 어딘지 모르게 만족감을 주고, 포도가 가진 질펀한 술의 이미지를 넘어서 자연과 더 친밀하게 사적인 관계를 맺는다는 느낌을 준다. 끈적거릴 정도로 달콤하고 진하며 피치가 높으면서 어떨 때는 약간 새콤한 꽃향기까지 곁들여 공기 중에 퍼지는 내음은 덤불 밑에서 자라던 개머루들이 이제 다 영글었음을 알려준다. 어떻게 이 맛있는 열매를 새들이 다 쪼아먹거나 곰들이 훔쳐 가지 않고 내 손이 닿을 때까지 남겨두는지 신기할 따름이다. 코가 인도하는 대로 따라가 개머루를 찾을 기회는 늘 있다. 그럴 때면 마치 보물찾기를 떠나는 기분이다.

성장의 계절이 대단원의 막을 내렸음을 공식적으로 선포하는 동시에 개머루는 우리에게 모든 것을 내버려 두라고 속삭인다. 정원 돌보기는 정말 훌륭한 일이지만, 정원 안 돌보기 또한 사람이 관리하는 곳에서 자연과 균형을 이루는 데 매우 중요한 일이다. 우리는 대개 깔끔하고 정돈된 정원을 자랑스럽게 생각한다. 하지만 전혀 손대지 않고 그대로 두는 무인

지대도 있어야 한다. 개머루가 열린 자리는 어쩌면 야단법석을 떨면서 관심을 보이거나 광적인 충성심으로 돌보지 않은 곳일지도 모른다. 그런 곳에서 자란 개머루는 달콤한 향기를 내보내 수없이 많은 야생 동물과 곤충들에게 먹을 것을 제공하고 전체적인 균형을 유지하는 데 한몫한다. 정원지기로서 우리는 그런 땅도 보호하고 유지할 의무가 있다.

개머루에 대해 애증을 느끼는 사람이 많다. 개머루 넝쿨이 나무를 감고 올라가서 햇빛을 빼앗고 무게를 더해 해를 끼치는 일이 있기 때문이다. 나무를 베어낸 후에도 개머루 씨앗은 흙 속에 몇 년이고 숨어서 싹을 틔울 만한 환경이 되기를 기다린다. 숲을 관리하는 사람들은 수목 작물에 위협을 가하는 개머루 열매를 그리 반기지 않는다.

하지만 나는 오감에 쾌락을 주는 경험으로 개머루를 반긴다. 이미 자리 잡고 살고 있는데 쫓아내기도 어렵거니와(넝쿨을 잘라내도 나중에 다시 싹이 튼다) 우리 눈길과 손길이 닿지 않는 영역에 사는 갖가지 생물들에게 식량을 제공하는 고마운 일도 해내기 때문이다.

이런 일이 벌어지게 하려면 개머루가 잘 자랄 공간을 마련해줘야 한다. 그리고 그런 공간 중 일부는 인간이 제어하는 영역 밖에 존재해야 한다. 그런 곳을 걸어서 지나갈 때는 응당 자연이 주는 선물을 충분히 인식하고 감사하는 마음을 갖자. 숨을 들이쉬고, 눈으로도 받아들이자. 하지만 어떤 영향이든 끼치려 들지 말자. 가을의 은총 중에는 끼어들지 않고 그저 보기만 하는 편이 좋은 것도 있다.

가을의 모든 후각적 경험에는 개머루 향기가 배어 있다.

바람이 퍼뜨리는 가을 냄새

글을 쓰면서 가을바람을 어느 부분에서 이야기해야 할지 고민했다. 이파리들을 떨어뜨리고 낙엽을 모아 담은 방수포 자루를 낚아채는 세찬 바람을 빼고는 가을을 이야기할 수 없기 때문이다. 바람은 우리가 무엇을 하든 간에 그걸 들어다가 이웃집 정원에 흩뿌리는 재주가 있다. 먼지바람이 불면 눈에 티가 들어가기도 하고 볼이 따갑고 손이 얼얼해지기도 한다. 하지만 온순하고 선선한 바람은 개머루의 향기로 우리의 감각을 깨운다. 개머루의 숨결은 볼을 어루만지고 머리카락을 장난스럽게 헝클어뜨린 다음, 아끼는 한해살이 식물들을 집 안으로 들이고 서리를 맞아 못쓰게 된 바질을 두엄 더미에 버리러 가는 우리의 이마를 간지럽히면서 청량감을 선사하고, 눈물을 닦아준다. 바람은 촉각을 자극한다.

바람은 청각적 특징도 강하다. 특히 바람이 가는 길을 막았던 장애물들이 벌거벗은 채 몸을 내주는 겨울에는 목청껏 소리를 높일 것이다. 겨울바람은 스포츠카를 모는 십 대처럼 과장되게 으스댄다. 가을바람은 흥얼거리는 노랫소리 같다. 겨울바람과 비교하면 가을바람은 손으로 흙을 만지작거리는 소리에 가깝다. 여기서 스윽, 저기서 휘익. 우리 귀에 들리는 소리는 대부분 바람 자체가 아니라 바람에 흔들리는 물건들의 소리다. 낙엽이 날리고, 나뭇가지가 흔들리고, 잔가지들이 회초리처럼 휘어지면서 내는 소리는 모두 바람과 함께 찾아온다. 모든 것을 단단히 매어두어야 한다. 귀를 쫑긋 세우고 마당 전체를 돌면서 헐거워진 것을 단단히 해두자. 가을은 다가오는 겨울을 대비하는 훈련 기간이기도 하다.

가을에 부는 바람은 여러 가지 향기를 퍼뜨린다. 쌀쌀한 저녁에 나무 태우는 냄새를 올해 처음 맡게 해주는 것도 바람이다. 그 냄새를 맡으면 눈을 가리고도 이제 가을이 왔음을 실감한다. 가을바람에 실려 오는 나무 연기 냄새는 여름 캠프파이어의 경쾌한 냄새와는 다르다. 가을은 모방할

수 없는 특유의 상징적 향기를 지닌 계절이다. 쏟아져나오는 것도 아니고 불꽃 튀듯 생기 넘치는 것도 아니다. 그보다는 넓게 스미듯 다가와서 앞으로 몇 달 동안 우리의 감각을 간질일 거라는 느낌을 준다. 굴뚝 연기 냄새는 쓰레기 태우는 매캐한 냄새와는 확연히 다르다. 가을에 벽난로에서 장작을 태우는 냄새만큼 그 옆에서 편안히 앉아 즐기고 싶게 하는 향기도 없을 것이다. 향기를 따라가서 그 벽난로 옆에 앉아 향료를 넣고 데운 사

자연 바람에 말린 빨래 냄새보다 좋은 가을 향기는 없다.

과주가 담긴 머그잔을 감싸 쥐고서 알뿌리를 심다 얼어붙은 손을 녹이고 싶어진다. 나무 태우는 냄새는 장작이 이글거리며 타오르는 벽난로 앞으로 얼른 가고 싶어서 시금 하던 일을 서둘러 마무리할 수 있도록 한 번 더 힘을 내게 한다.

바람에 편승해서 퍼져 나가는 가을의 냄새는 나무 태우는 향기 말고도 더 있다. 몇 달 내내 발길을 주지 않은 곳에 쌓인 낙엽들과 상록수가 섞여서 나는 쿰쿰한 냄새가 실려 올 수도 있고, 갈퀴질에 뒤엎어진 흙의 향기 혹은 숲 가장자리에서 자라는 이끼의 자취가 바람에 날려 올 수도 있다. 바람은 소식을 전하고, 숨어 있던 것을 파내서 고자질하고, 묻혀 있던 보물을 찾아낸다. 또 가을에는 갖가지 버섯들이 은신처에서 파헤쳐진 후, 우리가 감지할 듯 말 듯 한 정도로 책망의 향기를 바람에 실어 보내서 불만을 표출하고 자기 존재를 알린다. 날씨가 온화할 때면 이전과는 다른 공기 흐름 덕분에 모든 게 섞여서 날아오기도 한다. 바람이 불면 코를 치켜들고 흠씬 향기를 들이켜보자. 많은 정보를 얻을 수 있을 뿐 아니라 감각이 깨어나며 좋은 기억들이 떠오르기도 할 것이다.

세상 물정에 밝은 고양이들이 집을 나서기 전에 문 앞에서 공기 냄새를 킁킁 맡아보는 것은 바람에 온갖 농축된 정보가 들어 있기 때문이다. 정원지기에게 그 정보는 안 그래도 해야 할 일이 많은데 잊고 있던 또 다른 일이 보태질 거라는 내용일 수도 있다. 가령 여우 녀석이 사슴 쫓는 약이 든 봉지를 뜯어서 흩뿌려놓는 장난질을 했다든지 하는. 향기를 실어 오는 바람은 정원지기의 귀에 대고 속삭이는 소식통이다.

바람은 우리 일을 도와주는 친구이기도 하다. 나는 가을이면 자주 마당에 빨래를 넌다. 바람이 품은 에너지로 빨래가 마술처럼 잘 마를 뿐 아니라, 그 순간 공기 중에 퍼져 있던 건강하고 산뜻한 향기까지 배는 보너스를 얻을 수 있다. 시중에 유통되는 세제 향과는 완전히 다르다. 세탁 세제에 어떤 향기를 첨가한다 해도 가을 해 질 녘에 빨랫줄에서 걷은 빨래 향기와 비교할 수는 없을 것이다. 신선한 진짜 우리 동네의 냄새. 집과 가족의 냄새. 빨래를 걷어 집 안으로 들어가며 깨끗한 빨래에 얼굴을 파묻고 숨을 들이켜보자. 젖은 몸을 깨끗한 수건으로 닦고, 새로 갈음한 침대보에 누울 때 잠시 숨을 깊게 들이마시자. 바람이 주는 상이다.

사슴과의 전쟁 II

지금까지 내내 장미를 찬양하고 개머루를 칭송하느라 바빴다. 잠시 손을 놓고 숨을 돌리는 우리의 후각에 즐거움을 주는 온갖 향기에 관해서도 이야기했다. 하지만 사슴의 접근을 막는 담장과 토끼를 쫓는 묘책이 있지 않은 한 정원에서 풍기는 모든 냄새가 순수하게 좋은 향기로만 남기는 어렵다. 어느 정원이든 담장으로도 막지 못하는 공통적인 냄새가 있다. 그리고 그 종합적인 냄새 안에는 동물을 쫓는 약의 향이 반드시 섞여 있다. 장미 향기가 아무리 진하고 달콤해도 보벡스Bobbex, 동물의 접근을 막는 약의 강력하고도 불쾌한 냄새를 덮을 수는 없다.

　사실, 나는 보벡스류의 약 냄새가 싫지 않다. 발효한 생선, 썩은 달걀에 가끔 고추와 마늘 냄새까지 들어간 걸 옳다구나 하고 반기는 사람은 거의 없을 것이다. 사슴과 토끼를 쫓는 제품 중 일부는 마른 피가 주성분인 경우도 있다. 어떤 제품에는 코요테(또는 다른 포식자)의 소변을 넣기도 한다. 어느 방법이든 공통점이 하나 있다. 들이쉬는 숨이 상쾌하지 않게 하는 뭔가가 섞여 있다는 것. 하지만 어쩔 수 없이 이 방법을 써야만 하는 사람들이 많다. 덩굴장미 줄기를 사슴이나 토끼가 갉아 먹어버리면 향기로운 장미꽃은 있을 수가 없다. 동물들이 자연에서 먹을 것을 구하기는 점점 어려워지고 맛난 것들이 널린 정원은 가까이 있다. 모든 정원이 직면해야 하는 쓸쓸한 현실이다. 동물들 처지에서는 먹이를 얻을 수 있는 들과 숲을 우리가 빼앗아서 식당을 차린 것이나 마찬가지일지도 모른다.

아마 후각이 가장 괴로울 때는 약을 뿌린 직후일 것이다. 약을 뿌린 후에는 쇼핑이든 뭐든 핑계를 만들어 줄행랑을 치는 것이 최고의 전략이다. 그런 면에서 약을 뿌리기에 제일 좋은 시기는 휴가를 떠나기 직전이지만, 집에 남아 있을 사람과 꼭 미리 협의해야 한다. 안 그러면 뭔가 다른 원인을 의심할 것이다. 애꿎은 스컹크가 누명을 쓰는 일은 없도록 하자.

내 경험으로는 냄새가 고약한 약일수록 더 효과적인 것 같다. 사용하는

나는 담장을 치는 대신 채소밭을 둘러싼 가는털비름에 사슴 쫓는 약을 뿌린다.

약을 자주 바꿔주는 것도 좋다. 사슴들은 이 고약한 냄새에 금방 익숙해지므로 여러 제품을 두고 몇 주에 한 번씩 번갈아 쓰면 도움이 된다. 간혹 작물을 뜯어먹는 녀석들이 썩은 달걀 냄새가 나는 이파리를 더 좋아하는 건 아닌지 의심이 들 때가 있을 정도로 동물들은 약삭빠르다. 그러니 보호하고 싶은 작물뿐 아니라 그 주변까지 넓게 약을 분사하는 것이 좋다. 나는 정원 전체에 약을 뿌리다시피 한다. 그러면 동물들은 어느 것을 먹어야 할지 혼란스러워한다. 그와 동시에 동물들이 좋아하는 식물의 먹음직스러운 냄새를 가리는 효과도 있다. 가장 중요한 것은 봄부터 약을 뿌리기 시작해야 한다는 점이다. 사슴이 일단 장미를 발견하고 나면 고약한 냄새에도 불구하고 그것이 맛있는 음식이라는 정보를 잊지 않는다.

고춧가루 스프레이를 비롯해 동물들이 싫어하는 '맛'을 섞은 제품은 전혀 효과가 없다. 나는 이 사실을 아주 혹독한 경험을 통해 알게 되었다. 일단 사슴이 한 잎 베어 문 식물은 죽은 목숨이나 마찬가지다. 녀석들이 맛을 보기 전에 냄새로 쫓는 편이 훨씬 낫다.

그렇다면 꽃향기는 과거의 기억으로만 간직해야 할까? 그렇지 않다. 동물 쫓는 약을 뿌린 다음에도 장미꽃에 가까이 가서 향기를 즐길 수 있다. 백합을 비롯한 다른 꽃들도 마찬가지다. 배경에 깔린 고약한 냄새가 늘 코를 괴롭히기는 하지만 새로 피어서 아직 약을 뿌리지 않은 꽃망울 가까이에 코를 대고 향기를 음미하는 일은 여전히 천상의 경험이다.

사슴 쫓는 약은 시간이 흐르면서 없어진다. 물론 그러면 다시 뿌려야 한다. 약을 뿌리기 싫다면 사슴이 못 들어오게 막는 담장을 쳐서 황홀한 꽃과 열매의 향기를 오염시키지 않고 보존하는 방법도 있다. 오감을 모두 만족시키려면 그 방법이 제일일 수도 있다. 동물이 뜯어먹어 엉망이 된 정원은 시각, 후각, 미각, 촉각 모두를 괴롭게 한다. 그리고 정성껏 키운 작물을 입에 물고 도망가는 사슴의 발굽 소리를 좋아하는 사람은 아무도 없을 것이다.

🌾 새들의 수다

가을이 가까워진다는 신호는 여기저기에서 온다. 수많은 불나방 유충이 태평하게 정원 오솔길을 건너 이웃집 덩굴옻나무에 맺힌 열매를 향해 기어가는 광경에서부터 시작해 가을의 암시는 사방에 널려 있다. 아침마다 분주하던 호박벌들의 움직임이 느려지고, 오후가 저물기 무섭게 황혼이 깔리기 시작하면 가을이 바로 모퉁이 뒤에 있음을 깨닫는다. 무엇보다 귀를 땅에 대고 들어보면 계절이 바뀌고 있다는 사실을 더욱더 부인할 수 없게 된다. 퍼더모어의 가을은 늘 소란스럽게 온다.

우리 가족이 라우리아 호수라고 부르는 연못은 엄밀히 말하면 우리 소유지가 아니다. 하지만 나는 그 연못을 어느 정도까지는 지켜야 한다는 책임을 느끼고 있고, 임무를 수행할 때마다 연못 주변에 모여들고 서식하는 여러 생명 덕분에 오감이 즐겁다.

여름에는 각종 오리와 백조 몇 마리가 주변 식물과 수초들을 즐기는 모습이 아름답다. 가을로 접어들 무렵에는 연못가에 모여드는 동물의 종류가 적어지다가 캐나다기러기들 세상이 된다. 매일 저녁 녀석들이 착륙할 때 울리는 팡파르는 꽉 막힌 조지 워싱턴 다리에서 택시들이 서로 먼저 가려고 울려대는 경적을 무색하게 한다. 소리가 하도 커서 우리 집에 온 손님들이 깜짝 놀라곤 하는데, 라디오를 켜고 재난대책본부의 발표에 따라 근처 대피소로 몸을 피해야 하는 것 아니냐는 농담까지 하게 만든다. 하지만 내게는 그저 우리 집의 가을 소리다.

나는 우리 집 마당에 오는 새나 관찰하는 완전 초보 조류 관찰자다. 그래서 캐나다기러기와 그들의 울음소리 말고는 관찰한 것이 별로 없다. 하지만 주의를 기울이기 시작하면서 많은 새가 봄에 짝짓기할 때만큼이나 가을에도 수다를 떤다는 사실을 알게 됐다. 특히 우리 목초지는 새 떼들이 모여서 교류하는 사교장이 된다. 휘익 날아와 모임을 하고 들풀에 맺힌 씨앗들로 배부르게 회식을 한 뒤, 다음 손님들을 위해 자리를 비켜준다. 전문가들은 들에 자라는 미역취에 붙은 이상하게 생긴 혹 안에 파리 유충이 들어 있다고들 한다. 식물에게는 병충해인 것이 박새와 오색딱따구리들에게는 양질의 지방과 단백질 공급원인 것이다.

나는 레이 벨딩에게 가을 새들에 관해 간단한 설명을 부탁했다. 조류 보호 단체 회원이자 열성적인 조류 관찰자이며 새 전문가인 레이는 내가 엿들어온 새들의 대화를 친절하게 해설해주었다. "봄 짝짓기 때만큼이나 수다스러운 게 맞아요. 캐나다기러기들은 짝을 지어 둥지를 만들어 새끼를 키우다가 가을에는 무리를 지어요." 그리고 이동할 때도 소리를 많이 낸다고 한다. "무리 중 한 마리가 죽으면 V자를 그리며 날아가던 자리에 죽은 친구의 자리를 며칠씩 그대로 남겨둡니다. 이동하다가 밭이 있으면 내려와 먹이를 먹곤 하지요."

그는 캐나다기러기들이 연못 주변을 벗어나 우리 집 잔디밭과 풀을 벤 목초지 쪽으로 들어가지 않아 다행이라고 말했다. 내 생각에는 연못 주변에 빽빽이 자란 식물 덕분에 새들이 거기 머물렀고, 그 덕에 내가 다른 곳에서 새똥을 밟지 않아도 되었던 것 같다. 나는 늘 연못을 둘러보기 위한 오솔길은 유지하지만, 주변의 풀은 깎지 않고 그대로 둔다. 이런 자유 방임형 접근법이 연못 주변에 살거나 그곳을 찾는 생물들을 존중하는 결과를 낳아서 그들이 다른 곳까지 침범하지 않아도 되게 하는 데 한몫한 것이다. 마당 가장자리를 너무 깔끔하게 자르고 정돈하면 문제가 생기기 시작한다. 캐나다기러기들은 위험을 느끼면 엄청나게 꽥꽥거리므로 평화로운 공존이라고 할 수는 없겠지만, 적어도 그들과 나는 조화로운 공존 속에서 살고 있다.

캐나다기러기들의 소리는 온갖 새들이 나누는 대화 중 일부일 뿐이다. 레이가 '블랙버드'라고 부르는 짙은 색 깃털을 가진 새들도 겨울을 맞아 이동하려고 무리를 짓는데, 캐나다기러기들 못지않게 수다스럽다. 레이

의 설명으로는 붉은깃찌르레기 말고는 미국 토종 블랙버드는 딱히 없다고 한다. 일반 찌르레기와 갈색머리황소새, 붉은깃찌르레기 등은 모두 가을에 무리를 짓는다. 수가 너무 많은 까닭에 소리가 들리지 않을 수 없는데, 레이의 설명에 의하면 이 새들의 무리가 수천 마리가 될 때도 있다고 한다. 특히 영어로 '머머레이션murmuration, 소곤거린다는 뜻도 있다'이라는 이름이 따로 붙을 정도로 유명한 찌르레기 떼는 엄청난 수가 모여 놀랍도록

까마귀들은 늘 일행 중 하나가 파수꾼 역할을 한다.

정교하게 조화를 이루며 공중 곡예를 펼친다. 과학자들은 새들이 공중 군무를 펼치는 이유가 매를 비롯한 포식자들이 왔거나 올 가능성에 대비한 것이라고 하지만 내 눈에는 새들이 모두 함께 공중을 나는 기쁨을 만끽하는 것처럼 보인다.

가끔 불편할 때도 있고, 땅에 내려앉은 다음 찍찍거리는 소리가 너무 시끄러워서 앨프리드 히치콕 감독이 그 소리를 듣고 〈새〉라는 공포영화의 영감을 얻지 않았을까 하는 생각이 들 때도 있다. 무슨 소리든 한꺼번에 너무 많이 모여서 내면 귀가 먹먹해진다. 그러나 대기를 가르며 휙 올라갔다가 미끄러지듯 떨어지고 소용돌이치며 하늘을 가로지르는 공중 발레는 극장에서 보는 어떤 춤 공연에도 뒤지지 않는다.

소리로 짐작건대 다른 블랙버드들은 찌르레기 떼만큼 많이 모이지 않는다. 대개 가을에 들리는 소리는 같은 무리를 부르며 지저귀는 일상적인 새들의 대화 소리다. "해 질 녘에는 자기가 있는 위치를 동료에게 알리기 위해 소리를 내죠." 레이가 설명했다. 봄 짝짓기 계절에 들리는 낭만적이고 음악적인 사랑의 노래나 자기 영역을 주장하는 공격적인 찍찍거림과는 달리 가을의 새소리는 공동체의 단결을 도모하는 노래다.

때가 되면 철새들이 떠나기 시작한다. 휘파람새들이 제일 먼저 출발하고, 따뜻한 남쪽 나라를 찾아 떠나는 다른 철새들이 그 뒤를 따른다. 붉은깃찌르레기와 스웨인슨개똥지빠귀는 밤에 이동한다. (칠흑 같은 어둠 속에서도 레이는 머리 위를 날아가는 새가 무엇인지 소리만 듣고 알아맞힐 수 있다.) 하지만 모두가 다 우리를 버리고 떠나는 건 아니다. 과거에 이동했던 철새들 가운데 몇몇은 기후변화로 말미암아 이제는 이동하지 않는다. 개똥지빠귀들이 우리 집 주변에 일 년 내내 머물기 시작하면서 봄에 돌아오는 녀석들을 맞이하는 즐거움이 없어졌다. 가을에 떠나지 않고 남아 있기 때문에 아마도 베리류를 많이 먹어대는 것 같다. "겨울에 가끔 날씨가 따뜻해져서 땅이 녹으면 촉촉한 흙에서 벌레를 찾을 수도 있어요." 레이가 설명했다. 그는 애기여새들도 베리 같은 것에 욕심을 부릴 때가 있지만 겨울에는 먹이를 나눠 먹는 데 더 익숙하다고 했다. 아마 그래서 서로 다른 종류의 새들이 싸우지 않고 평화롭게 섞여서 먹이를 먹는 모습이 자주 눈에 들어오는가 보다. 그러나 우는비둘기mourning dove는 예외다. 레이는 우는비둘기들이 종류가 다른 새는 말할 것도 없고 동족들하고도 싸우는 광경을 많이 봤다고 했다.

까마귀들은 전혀 다른 양상을 보인다. 동네 깡패처럼 떼를 지어 돌아다니면서 끊임없이 시끄럽게 야유를 퍼붓고 욕을 해댄다. 가을이 되면 녀석들은 막 깎아놓은 우리 목초지를 으스대는 태도로 누비면서 씨앗 수확에서부터 날씨에 이르기까지 각종 현안을 놓고 토론한다. 이제 나와도 익숙해져서 내가 걸어가면 못 이기는 척 옆으로 몇 걸음 비켜서서 내 외모를 비판하고 내가 하는 작업을 업신여기는 태도를 보이기도 한다. 하지만 나는 녀석들이 내 토마토에 입을 대지 않는 한 까마귀들을 나쁘게 여기지 않는다. 까마귀들이 있다는 사실이 어딘지 모르게 마음을 편하게 해준다. 아마도 가까운 곳에 위험이 없다는 뜻이기도 해서일 것이다.

귀를 기울이기 시작한 후, 밤이라고 새들이 모두 조용해지는 것은 아님을 알게 됐다. 특히 가을에는 더욱 그렇다. 가끔 캐나다기러기들이 난데없이 한밤중에 심술궂은 택시 경적 같은 합창 소리를 낼 때가 있다. 그러나 밤중에 들리는 새소리는 대부분 부엉이 소리다. 부엉이들은 연못 옆에 있는 숲에 잠시 들러 밤에 헛간에서 일하고 있는 내게 아름다운 세레나데를 들려주고, 이 나무 저 나무로 옮겨 다니며 조용히 노래를 부르면서 우리 마당 주변에서 보초를 선다.

울림이 크고 편안하면서 꾸밈이 없는 부엉이 소리는 부부가 잠자리에서 나누는 정담을 엿듣는 느낌을 준다. 겨울에는 실제로 잠자리에서 벌어지는 활동들을 실황으로 듣는 것일 수도 있다. 부엉이 중 많은 수가 겨울에 둥지를 틀고 알을 낳는다고 레이가 알려줬다. 새끼 부엉이가 알을 깨고 나오는 시기를 다람쥐와 토끼가 새끼를 낳는 시기와 맞추는 것이 유리하기 때문이라고 한다. 생존 현장의 냉혹한 현실이다.

하늘을 나는 짐승들과 땅을 기어 다니는 짐승들 사이의 협상을 듣고 있자면 수없이 많은 크고 작은 생물들의 서식지를 보존하는 데 내가 조금이나마 도움이 된다는 사실에 무한히 감사하게 된다. 우리 마당과 그 주변이 이동하는 새 떼의 고속도로 휴게소나 만남의 광장으로 쓰인다는 사실은 꽤 흥분되고 신나는 일이다. 풀밭을 손대지 않고 야생 그대로 놔두는 데 강한 동기 부여가 되기도 한다. 연못 주변의 숲과 마당을 둘러싼 나무들을 그대로 유지해야 하는 설득력 있는 이유이기도 하다. 레이의 설명으로는 새들이 쓰러진 나무를 특히 좋아하는데, 날씨가 추워져서 이동하기 전에 곤충을 잡아먹고 잠시 안전하게 쉴 피난처가 되어주기 때문이라고 한다. 그대로 두는 것이 좋은 또 하나의 이유다.

윙윙 소리가 끊이질 않네

가을 하늘을 누비는 또 다른 비행 중대가 있다. 마지막 수확에 열심히 임하는 소리를 듣고 있자면 눈물이 글썽 고일 정도다. 마지막으로 마당을 정리하는 잔디 깎는 기계 소리를 말하는 것이 아니다. 그보다 훨씬 더 섬세한 소리를 떠올려보자. 작은 몸집으로 부지런히 시즌 마지막 출격을 하는 벌, 나비, 파리 등의 노동자 계층 곤충들은 어딘지 모르게 감동을 준다. 모두 서리가 내리기 전 마지막 꿀을 한 방울도 남김없이 모으기 위해 쉬지 않고 윙윙거리며 바삐 움직인다. 멀고 먼 거리를 이동할 준비를 하면서 마지막으로 실컷 먹는 것일 수도 있고, 길고 긴 겨울잠을 준비하는 것일 수도 있다. 그런 녀석들에게 조금이나마 먹이를 대주는 건 내가 할 수 있는 최소한의 정성이다.

가을이 되면 김이 새는 느낌을 주는 정원들이 있는데 그 이유가 짐작이 가지 않는 것은 아니다. 가을은 모종 센터에서 새 모종을 가득 준비해놓

고 식물 애호가들을 유혹하는 계절이 아니지 않은가. 원예업계의 마케팅 실적을 놓고 보면 가을은 잊힌 계절이라고 해도 과언이 아니다. 모종 센터들은 시즌을 마감하면서 재고 할인 판매에 들어가고, 국화와 꽃양배추를 제외하고는 가든 센터의 재고도 바닥을 보인다. 모종 소매업자들은 가을에 절정을 맞이하는 식물을 많이 가져다 놓지 않는 편이어서 그런 식물 후보를 손에 넣는 것조차 어려워진다. 꽃 피는 계절 중에서도 심야 쇼에 해당하는 이 시기에는 정원 꾸미는 작업을 외부 도움 없이 우리가 알아서

염소 방목장 옆의 목초지는 가을에도
꽃가루받이를 돕는 곤충들이 좋아할 만한 것들로 가득 차 있다.

해내야 한다. 따라서 가을에 잘되는 식물들을 일찌감치 찾아보고 봄이나 초여름에 미리 사두는 것이 좋다. 혹은 특별히 개인 주문을 받아주는 기는 센터를 찾는 것도 방법이다. 그리고 그렇게 사들인 식물은 가을이 오기 훨씬 전에 심어야 한다. 이렇게 하는 게 구매하기도 쉽고, 심은 식물이 겨울을 건강하게 날 확률도 높아진다.

모종 센터들은 이 작전에 거의 도움이 되지 않으니 정원 관람을 자주 하기를 권한다. 정원이나 온실 초대 프로그램을 이용하면 큰 도움이 된다. 다양한 정원을 돌아보면서 가을에 절정을 이루며 꽃을 피워내는 식물을 메모했다가 다음 해 봄에 그 식물들을 구매하자. 가을에 꽃이 피는 식물도 자리를 잡고 뿌리를 내리기까지 몇 달이 걸리니까.

그런 다음에는 귀를 기울여보자. 가을도 다른 계절 못지않게 소리로 가득 찬 계절이다. 어쩌면 가장 큰 소리가 나는 계절일 수도 있다. 호박벌들이 특히 눈에 띄게 부시런히 움직이지만, 꽃가루를 옮기는 모든 곤충이 한껏 피치를 올리고 날아다닌다.

우리 정원에서는 꿩의비름과 아스터 주변에서 곤충들이 광란의 파티를 벌인다. 나는 이 녀석들을 위해 느지막이 꽃을 피우는 식물들을 충분히 심어두었다. 온갖 꿩의비름 종류의 꽃들이 몽우리를 맺을 때부터 벌들이 공을 들이는 광경을 즐거운 마음으로 지켜본다. 현란한 파란색 꽃을 피우는 '레이든스 페이보릿'이나 '옥토버 스카이즈' 같은 품종의 아스터는 해가 잘 들고 자갈이 많은 곳에서 잘 자란다. 뒷마당을 조금 벗어나 목초지 쪽으로 나가면 '레이디 인 블랙Lady in Black' 등 아스터 계통 꽃들이 넘쳐난다. 모두 다듬어서 모양을 만들기는 힘든 녀석들이다.

꿩의비름과 아스터는 가을의 뷔페 메뉴 중 일부일 뿐이다. 여러해살이 배초향, 아스클레피아스 투베로사, 헬레니움, 루드베키아, 에키나시아, 승마, 플록스 덕분에 곤충들은 가을에도 바쁘다. 부들레야는 뷔페식당의 대표 메뉴지만 나는 꽃이 시들자마자 씨를 맺기 전에 따준다. 씨가 여물어서 퍼지기 시작하면 걷잡을 수 없게 될 수도 있기 때문이다.

가을 내내 목초지는 풀가동 상태에 돌입한 공장 같다. 지금이야말로 목초지가 가장 빛을 발하는 시기다. 한 해 내내 살을 찌우면서 가을을 준비해오지 않았는가. 우리 목초지에는 미역취, 아스터, 아스클레피아스, 플록스, 피크난테뭄, 모나르다 피스툴로사, 등골나물이 많이 자라는데 모두 꽃가루를 옮기는 곤충들이 매우 좋아하는 식물들이다.

나는 제왕나비를 생각하며 아스클레피아스가 목초지 가장자리 부분에 씨를 퍼트리고 자라도록 내버려 뒀다. 해마다 목초지의 풀은 눈이 오기 직전까지 일부러 베지 않는다. 씨 한 톨이라도 더 뿌리를 내리도록 기회를 주기 위해서다. 특히 미역취는 그냥 두면 깡패처럼 세력을 떨치기 때문에 다양성을 확보하기 위해서라도 다른 식물들이 끼어들어 씨를 퍼트리고 퍼져 나갈 수 있도록 돕는다.

정원과 창가 화단에서 자라는 여러해살이 식물들과 더불어 늦게 꽃을 피우는 한해살이 화초들도 작은 곤충들에게 요긴한 꿀 저장고가 되어줄 수 있다. 나는 개맨드라미 '인텐즈Intenz'를 창가 화단에 심어서 오래도록 꽃을 피운 헬레보어가 마침내 시들고 난 후 잠깐 비는 시간을 메우게 했다. 당연히 곤충들이 몰려들었다. 심지어 벌새까지 방문했다. 한번은 참새들이 한꺼번에 몰려와 창밖에서 시끄럽게 떠드는 통에 우리 고양이 아인슈타인이 창문 안쪽 관람석에서 아주 잘 구경한 적도 있다.

창에서 좀 떨어진 곳에 있는 채소밭 역시 주변을 빙 둘러 심은 백일홍, 멕시코해바라기, 달리아, 금잔화, 버들마편초 등이 활짝 펴서 갖가지 곤충들이 윙윙거리며 바삐 날아다닌다. 한해살이 화초들은 원래 내 눈을 즐겁게 하려고 심은 것이었는데 뜻하지 않게 귀도 상당히 호강한다. 어쩌면 원래 이래야 하는 것 아닐까? 한 가지 감각이 만족하면 다른 감각들도 자극을 받는다.

크런치 타임

우리 집 현관 앞에 몰래 다가와서 나를 놀래주고 싶은 사람이 있다면 낙엽이 바스락거리는 '크런치 타임crunch time'은 피해야 할 것이다. 가을은 비밀 작전을 펼칠 수 있는 계절이 아니다. 가을에는 은밀한 접근이라는 개념이 존재할 수가 없다. 몰래 다가오려는 생각은 발밑에서 바로 박살이 나고, 갑자기 '짠' 하고 나타나는 것 또한 물리적으로 불가능하다.

10월부터 첫눈이 올 때까지, 우리 집 현관에 이르려면 바다처럼 깔린 낙엽을 먼저 헤치고 걸어야 하며, 당연히 사각거리고 빠지직거리고 바삭거리는 소리가 사방으로 울려 퍼진다. 그것도 내가 갈퀴질을 해놓기 전 이야기다. 일단 내가 떨어진 낙엽과 나뭇가지를 모아 몇 개의 더미로 쌓기 시작하면 상황은 더 나빠진다. 물론 보안 측면에서는 상황이 더 좋아지는 것이겠지만.

가을에는 가을만의 소리가 있다. 이 글을 쓰는 순간에도 가까이서 그리고 조금 더 먼 곳에서 낙엽을 불어 날려 청소하는 기계 소리가 메아리치며 들려온다. 그 소리가 가을날 시골의 자연이 들려주는 달콤한 합창을 방해하기는 한다. 새들이 짹짹거리고 발정기에 들어선 염소가 급하다는 듯 매에거리는 소리를 가려버리기 일쑤다. 하지만 달리 생각하면 이 소음은 이웃집 마당의 낙엽이 우리 마당으로 들이닥쳐 그렇지 않아도 거대한 낙엽 더미를 더 크게 만드는 일은 없을 거라는 뜻이기도 하다.

나뭇잎들은 한데 뭉치는 경향이 있다. 특히 우리 측백나무와 노송나무 밑에 모이는데, 두 나무 모두 젖은 낙엽을 좋아하지 않는다. 그뿐인가. 아스터에 가서 엉겨 붙고 오레가노에 얽힌 낙엽은 딱 하루만 예뻐 보이고 색깔이 빠져 갈색이 되면서부터는 흉물이 되고 만다. 그러니 낙엽 청소기 소리는 우리 마당에서 나는 소리만 아니면 괜찮다.

나는 갈퀴를 쓴다. 갈퀴라는 물건을 기억하시는지? 옛 기억을 더듬어보자. 갈퀴란 긴 장대 끝에 손가락을 펼친 것 같은 모양으로 살을 달아 뭔가를 긁어모을 수 있게끔 만든 연장으로, 낙엽을 한 곳에서 다른 곳으로 옮기는 데 쓰인다. 빗자루가 떠올랐다면 상당히 가까이 간 것이다. 갈퀴를 낙엽 더미에 대기 전까지는 아무런 소리도 나지 않지만, 그런 다음에는 오직 팔의 이두박근 힘에 의지해서 마술 같은 일이 벌어진다.

세상 사람들이 모두 갈퀴를 저버려도 나는 떨어진 이파리를 한데 긁어모으기 위해 갈퀴를 사용하는 마지막 인간이 될 생각이다. 이 세상 모든 사람이 이미 자동 낙엽 청소기를 샀다 해도 나는 갈퀴질을 하겠다. 비웃고 싶으면 그래도 좋다. 하지만 나는 낙엽을 불어 날려서 마당 밖으로 몰아내는 이유를 모르겠다. 돌아서자마자 바람 한 번만 휙 불면 모든 게 도로 아미타불이 되어버리지 않는가. 게다가 나는 귀가 먹먹해질 정도로 윙윙거리는 기계 소리보다 스슥, 사삭 갈퀴질 소리가 훨씬 좋다.

잔디를 항상 단정하게 깎고 낙엽을 전동 기계로 날려버리는 사람들이 낙엽 청소기를 사랑하는 이유를 나도 이해는 한다. 낙엽 청소기는 역동적이다. 이파리만 불어 날려서 치우는 데 그치지 않고 나뭇조각, 떨어진 이삭, 멀치 등등을 모조리 치워준다. 그런데 힘은 좋지만 뭔가가 부족하다. 낙엽 청소기를 들고 회오리바람을 일으키고 있는 사람을 데려와 보시라. 방금 마지막으로 달고 있던 이파리를 싹 날려버린 나무의 이름을 알지 못할 것이라 장담한다. 낙엽을 바람으로 날려서 청소하는 일은 무엇을 날려버리고 무엇을 남길 것인지 눈으로 결정하지 못하는 작업인 데다 귀마개까지 필요하다. 낙엽을 치우는 과정에서 혜택을 보지 못하는 감각이 많고, 심지어 손해를 보는 감각까지 있다는 뜻이다.

내가 낙엽 청소기의 발동 거는 줄을 힘껏 잡아당길 힘이 없는, 몸무게 40여 킬로그램의 약골이라 이솝 우화의 〈여우와 신 포도〉 같은 태도를 보

(다음 쪽 사진) 낙엽을 갈퀴로 치우는 일은 힘들지만,
리드미컬한 소리에 치유의 효과를 얻기도 한다.

이는 거라고 치부하는 사람도 있을 것이다. 어쩌면 그 말이 맞는지도 모른다. 하지만 낙엽 밑에서 붉은 잎을 단 작약이 여전히 싱싱하게 살아 있는 것을 발견하고, 그 예쁜 색을 몇 주 더 즐길 수 있겠다는 생각으로 마음이 부푸는 순간에 드는 만족감은 무엇에도 견줄 수 없다.

물론 나도 발목까지 쌓인 흉한 잿빛 개오동나무 낙엽은 가능한 한 빨리 치워버리려고 서두른다. 그러나 한편으로는 나무 근처 지지대에 의지해서 자라는 클레마티스의 구름처럼 가녀린 씨앗 뭉치를 되도록 오래 보존하고 싶은 마음도 크다. 여름의 흔적을 말끔히 치우고 싶은 마음과 다정한 안녕의 인사를 길게 하고 싶은 마음의 차이일 것이다. 한때 여름이었던 것들이 찬란한 색으로 땅을 뒤덮은 광경을 감상하는 대신 서둘러 거둬들여 방수포 자루에 담아버리고 싶은 사람은 많지 않을 것이다.

좋든 싫든 나는 가을마다 낙엽을 모아 자루에 담고, 그걸 끌고 가서 나무가 우거진 곳에 부어 천연 멀치를 만들곤 한다. 반갑지 않은 침입성 식물이 뿌리 내리는 것을 막아보려는 의지다. 우리 집 땅의 경계에 심어놓은 관목들 주변에도 낙엽 멀치를 두툼히 뿌려서 잡초가 자라지 못하게 한다. 그 작업이 그저 주말에 한 번 시간 내서 슬슬 해도 해결되는 일이면 좋을 텐데, 계속해서 하고 또 해야 하는 일이다. 매일 저녁 밖에 나가서 갈퀴질을 하고, 주말마다 낙엽과 한 몸이 되는 것이 가을의 내 스케줄이다.

다 내가 자초한 일이다. 내가 이사 오기 전에는 마당에 아주 오래된 설탕단풍과 개오동나무, 흑호두나무, 가문비나무 몇 그루밖에 없었다. 여담이지만 개오동나무는 서리가 두껍게 내린 다음 날 아침이면 즉각 그 커다란 이파리들을 모두 떨어뜨리는 데다가 길고 가느다란 씨앗 꼬투리를 밟았다가는 바로 미끄러져서 뒤통수를 깰 위험이 있는, 세상에서 가장 지저분한 나무다. 이와 달리 가문비나무는 솔방울만 떨어뜨린다. 낙엽과 낙엽 치우기는 광적으로 식물을 좋아하는 사람이 누리는 부가 혜택이다. 이미 말했지만 퍼더모어에 나뭇잎이 엄청나게 많이 떨어지는 것은 모두 내 탓이다.

나는 흑호두나무가 잎을 떨구는 순간 바로 갈퀴를 들고 나선다. 잎에서 나오는 독소가 비에 녹아 베리 나무들을 심어놓은 쪽으로 흘러들어 가지 않도록 하기 위해서다. 그런 다음부터는 비가 오거나 바람이 너무 세차지 않은 날이면 항상 설탕단풍이 첫 잎을 떨군 순간부터 마지막 목련 잎과 떡갈나무 잎이 떨어지는 순간까지 갈퀴를 휘두르고 방수포 자루를 끌고 다니는 나를 볼 수 있을 것이다. 유산소 운동이 절로 된다. 매일 꾸준히 하는 유산소 운동.

아직도 갈퀴를 사용하는 사람이라면 누구나 이 작업의 즐거움 중 하나가 소리라고 말할 것이다. 이리저리 쏠리는 낙엽 소리를 듣는 것이 나는 참 좋다. 또 다른 즐거움은 자갈이 깔린 진입로에 떨어진 잔해를 보고 기뻐하는 방울새와 박새들을 보는 일이다. 진입로를 포장하지 않고 자갈을 까는 것이 좋은 또 하나의 이유다. 녀석들은 새로 발견한 횡재에 기뻐서 쩍쩍거리며 먹을 만한 씨앗이 있는지 행복하게 뒤지고 다닌다. 조금만 계획을 잘 세우면 모아놓은 낙엽 더미로 아이들이 환호하면서 뛰어드는 소리를 보탤 수도 있다. 하지만 솔직히 말하자면 엄청나게 무거운 방수포 자루를 스무 번 정도 끌고 다닌 다음에 울려 퍼지는 가장 큰 소리는 피곤한 허리를 달래는 신음이다.

촉각

장갑 예찬

몸의 어느 부위가 됐든 감각을 잃는 것은 정원을 즐기는 데 반갑지 않은 일이다. 그래서 다시 한번 장갑 이야기를 하지 않을 수가 없다. 일 년 사계절 내내 장갑은 우리가 가진 가장 소중한 자신을 보호하는 좋은 도구다. 물론 때 묻고 거칠어진 손이야말로 진정한 정원지기임을 증명하는 훈장이라는 사실은 나도 잘 안다.

손톱 밑에 흙이 잔뜩 낀 손가락을 부끄러워하지 않고 내보이는 모습은 야외에서 손으로 흙과 육탄전을 벌이고 있다는 생생한 증거다. 정원 관련 잡지라면 일을 많이 해서 거칠어진 손으로 채소를 조심스럽게 다루거나 꽃 한 다발을 들고 있는 사진이 반드시 실려 있을 것이다. 그야말로 인상적인 이미지라는 데는 나도 전적으로 동의한다. 하지만 그렇게 손을 혹사하면서 정원을 가꾸는 게 과연 지속 가능할까?

보호 장구를 착용하지 않은 손은 너무도 많은 위험에 노출된다. 일 년 내내 예외가 없다. 그중에서도 가을은 특히 장갑이 필요한 계절이다. 낙엽을 자주 치워야 하는 데다가 기온마저 떨어지면 손가락을 위협하는 요소가 더 많아진다. 즉, 장갑을 껴야 하는 이유가 늘어난다. 이맘때 장갑 끼기를 게을리하면 앞으로 몇 달 내내 그 대가를 치르게 될 것이다.

모든 상황과 기분에 맞춰 골라 신을 수 있도록 신발을 두루 갖춘 여성들이 있다. 내게는 구두 대신 문 옆에 쌓인 각종 장갑이 있다. 진흙용 장갑, 가죽 장갑, 안감이 있는 장갑, 운전용 장갑, 목이 긴 갑옷형 장갑, 털실로 짠 장갑 등등. 멋내기용이 아니냐고 생각하는 사람이 있다면 내 장갑 컬렉션을 직접 한번 보여주고 싶다. 내가 장갑을 끼는 이유는 임무에 성공하기 위해서이고, 당연히 멋이 아니라 해야 할 일을 잘 수행할 수 있는 장갑을 택한다.

특히 가을에는 용도에 맞지 않는 장갑을 선택하면 손이 고생한다. 추위에 곱은 손가락처럼 작업에 방해되는 것도 없다. 갈퀴질을 할 때는 물집만 생기지 않게 해주는 장갑이면 어느 것이나 괜찮다. 그러나 차갑게 젖어 얼음까지 끼기 시작한 정원의 잔해들을 땅에서 줍고 긁어모으는 작업을 할 때면 거기에 맞는 장갑을 착용하는 것이 매우 중요하다.

나는 정교한 손놀림이 필요한 작업을 할 때면 보통 아틀라스 슈퍼 그립Atlas Super Grip 혹은 나이트릴 장갑을 사용한다. 그런데 가을에는 장갑을 꼼꼼히 챙겨야 할 이유가 하나 더 생긴다. 멍들고, 긁히고, 베이는 위험에서 손가락을 보호하는 것은 정원 일의 기본이고, 날이 추워지면 여기에 더해 손이 얼지 않도록 해야 한다.

한두 번은 괜찮아도 너무 자주 감각이 없어질 정도로 손이 얼게 두면 동상에 걸릴 수 있다. 내가 무슨 말을 하는지 모르겠다면 정말 운이 좋은 사람이다. 남쪽 지방에 살면서 정원을 가꾸는 사람들은 아마 이런 직업병에 노출된 적이 없을 것이다. 동상에 걸리면 통증이 심하고 피부가 얼룩덜룩 빨개지면서 간지럽다. 심하면 누가 손가락을 짓이겨놓은 것처럼 보이기도 하는데, 심지어 진짜 그런 느낌이 들 정도로 아프다. 동상을 치료해준다고 선전하는 온갖 종류의 크림이 시중에 나와 있긴 하지만 특효약은 없다. 가장 좋은 해결책은 예방이다.

웨스트 카운티West County사의 장갑은 손가락 부분을 강화하고 실리콘 점박이를 더해 미끄러지지 않으며, 손등 쪽에는 스판덱스 그물, 엄지손가락 부분에는 이마를 닦을 수 있는 면이 있다. 일하다가 이마를 닦기 위해 장갑을 벗는 건 정말 귀찮은 일이 아닌가. 이 장갑의 유일한 단점은 손목의 타올지 부분에 흙이 쉽게 묻는다는 점인데, 어차피 세탁할 수 있는 장갑이라 문제 될 것 없다.

날씨가 더 추워지면 우먼스워크Womanswork사 등에서 나오는 안감을 덧

가을 대청소를 할 때 장갑이 특히 중요하다.

댄 가죽 장갑 중 손에 딱 맞는 제품을 찾아보기를 권한다. 안감이 있으면서 부피가 너무 큰 장갑은 옮겨심기나 가지치기 같은 섬세한 일을 빠르게 하는 데 방해가 된다. 그렇다고 손가락이 아플 때까지 장갑 없이 그냥 일하는 것은 보통 큰 실수가 아니다. 둔한 장갑을 끼면 섬세한 일을 하기가 어렵지만, 장갑 덕분에 더 길게 일할 수 있다는 장점이 있다. 모든 것이 초읽기에 들어가는 가을에는 분초를 다투며 일을 해야 하므로 야외에서 편안하게 일할 수 있는 조건을 갖추는 것이 중요하다.

땅속의 자산, 알뿌리

나는 척추 치료사들과 가을에 심는 알뿌리 산업계가 모종의 작전을 펼치고 있다는 음모론을 믿는다. 이 마라톤 작업을 위해 여름 내내 몸을 단련해왔음에도 불구하고 알뿌리 심는 작업은 항상 근골격계에 엄청나게 부담을 준다. 아마도 할 일이 너무 많다는 게 문제일 것이다. 알뿌리들은 군생을 좋아하기 때문이다. 홀로 잘 사는 알뿌리는 세상에 없다. 알뿌리들은 공동체를 만들어서 살아야 번창한다.

거기에 또 다른 압력도 있다. 알뿌리를 대거 심을 수 있는 시기는 원래도 매우 짧은 데다가 거의 예고 없이 갑자기 끝나버릴 수도 있다. 장기 일기예보가 틀릴 확률이 얼마나 높은지는 모두 잘 알고 있을 것이다. 그러므로 하루가 멀고 날이 짧아지는데 쌓아둔 알뿌리는 더디게 줄어드는 이 시기에는 촌각을 다투며 부지런히 일해야 한다. (튤립 알뿌리 스물다섯 개만 심고 말 수 있는 정원지기가 있으면 내게 알려주시라. 그 사람에게 당장 유혹적인 알뿌리 식물 카탈로그를 보내주겠다.)

한마디로 아주 짧은 기간에 엄청난 양의 중노동을 해야 한다는 이야기다. 수많은 구멍을 연속적으로 파야 하고, 어떨 때는 누구도 한 번도 판 적이 없는 지점에 드릴로 뚫듯이 구멍을 파기도 해야 한다. (때로는 실제로 전동 드릴을 쓰기도 한다.) 나는 해마다 같은 자리에 튤립을 심기 때문에 작업이 조금 쉬워진다. 하지만 히아신스와 수선화는 환경 미화가 필요한 후미진 곳을 아름답게 만들겠다는 생각으로 사람 손이 닿지 않는 곳에 심곤 한다. 봄이 오면 그렇게 심어놓은 식물들이 구세주처럼 느껴질 것이기 때문이다. 온 세상이 총천연색으로 밝아지는 봄이 되면 알뿌리를 심으면서 당했던 온갖 고통과 통증은 잊힌 지 오래일 것이나. 물론 그 순간이 오기 전에 재활을 위해 의료진과 치료사들을 만나러 다니느라 다이어리가 꽉 차겠지만.

불행하게도 이 일에는 왕도가 없다. 알뿌리 심는 일은 매우 고된 일이고, 수고를 줄여줄 묘책은 존재하지 않는다. 카탈로그에서 선전하는 알뿌리 심는 도구들은 대부분 아무 소용이 없다. 일을 쉽게 하도록 도와준다는 이런 도구들은 아이러니하게도 비쌀수록 실용성이 떨어진다. 선 채로 허리를 굽히지 않고 정원 가장자리에 알뿌리를 심을 수 있다고 홍보하는 연장만 해도 그렇다. 긴 막대 끝에 널찍한 손잡이가 달리고, 다른 쪽 끝에는 알뿌리가 들어갈 구멍을 파는 동그란 원통이 달린 그 물건은 이론적으로 허리를 굽히거나 쪼그리고 앉았다 일어나기를 거듭하지 않아도 될 것처럼 보인다. 그냥 선 채로 구멍을 파고 그 자리에 알뿌리를 던져 넣으면 된다고 선전한다. 꿈 깨시길. 작업하다 보면 이내 흙 속에 박혀 있던 돌을 솎아내거나 원통 안에 진흙이 가득 차서 털어내야 하는 일이 생긴다. 짧은 손잡이에 깔때기 모양의 흙 파는 기구가 달린 연장도 약간 더 싸기는 하지만 쓸모없기는 마찬가지다. 고통 없이 효율적으로, 될 수 있으면 선 채로 알뿌리를 심을 수 있는 완벽한 연장을 의사들에게 받는 처방전만큼이나 쉽게 구할 수 있다면 얼마나 좋을까.

알뿌리 심기는 특히 힘든 운동 경기다. 삽으로 큰 구덩이를 파고 알뿌리들을 가능한 한 많이 한꺼번에 심는 것도 좋다. 확실히 허리에는 더 좋은 방법이다. 그러나 이미 여러해살이 식물들이 자라고 있는 마당 가장자리에 실제로 적용하기는 어렵다. 그래서 나를 포함한 많은 정원지기들이 통합적 접근법을 쓰는 경우가 많다. 봄에 꽃을 피우는 알뿌리 식물들이 지고 나면 자연스럽게 늦봄, 여름, 가을에 꽃을 피우는 여러해살이 식물들이 그 뒤를 이어받는 구성 말이다. 즉, 알뿌리 식물들이 훨씬 더 큰 그림의 한 부분만을 담당하게 한다는 뜻이다. 다만 그런 그림을 만들기 위해서는 작은 구멍들을 수없이 파야 한다는 게 문제다.

흙이 유난히 단단히 뭉친 곳을 팔 때는 나사송곳도 써봤는데 꽤 성공적이었다. 하지만 나는 결국 모종삽으로 돌아가곤 한다. 알뿌리 심기에 대해서는 둘째가라면 서러워할 네덜란드의 정원지기들은 하트 모양의 납작한 모종삽과 함께 살다시피 한다. 이런 모양의 모종삽은 흙을 담을 수 있는 움푹한 부분이 없어서 이미 준비가 된 화단에서 사용할 때 가장 효과적이다. 나는 그보다 더 날씬하고 끝이 뾰족한 모종삽을 선호한다. 이런 모종삽으로 무장하면 여러해살이 식물 사이의 틈에 알뿌리를 끼워 심을 수 있다. 당연히 튼튼한 제품을 골라야 한다. 알뿌리 전용 모종삽이 시중에 있기는 하지만 품질 좋은 모종삽이라면 일반적인 제품도 괜찮다. 원하는 깊이까지 모종삽을 꽂은 다음 흙을 자기 방향으로 당기고, 거기 생긴 틈에 알뿌리를 끼워 넣고 흙을 덮는다. 말로 하면 쉽게 들리지만 천 번정도 하고 나면 현기증이 절로 난다.

허리만 아픈 게 아니다. 손도 엄청나게 고생을 한다. 여름 내내 단련을 받았으니 손에 굳은살이 박일 만도 하지만 쌀쌀한 날씨와 얼음장같이 차고 단단한 흙, 게다가 알뿌리 자체도 손을 상하게 한다. 특히 히아신스 알뿌리 속에 있는 수산칼슘염calcium oxalate 결정은 골치 아픈 피부 질환을 일으키기도 한다. 수선화와 튤립 알뿌리에도 그와 같은 바늘 모양 결정이 있지만, 히아신스만큼 많은 양은 아니다. 증상은 여러 가지로 나타나는

히아신스 알뿌리에 피부 알레르기 반응을 보이는 사람도 있다.
알뿌리를 다룰 때는 항상 장갑을 껴야 한다.

데, 공통점은 가려움증이다. 참고로 수선화는 줄기를 자를 때도 같은 증상을 겪을 수 있다. 알레르기 반응이 너무 심한 사람이 아니라면 알뿌리에 지레 겁먹을 것까지는 없다. 대신 항상 장갑을 착용하자. 그리고 알뿌리를 만지고 나면 바로 찬물로 손을 씻는 것이 좋다. 상태가 나빠지면 병원에 가야 한다. 무엇보다 알뿌리를 만지고 나서는 절대 눈을 비비거나 만져서는 안 된다.

알뿌리 때문에 상처를 입을 수도 있고, 심을 때도 비굴하게 무릎 꿇은 자세를 취해야 하는 데다, 주로 떼로 몰려다니는 취향을 가진 녀석들이라 중노동을 피할 수 없지만, 알뿌리는 심어야 한다. 허리 통증은 일시적이고, 보통은 뜨끈한 물에 몸을 담그면 풀리게 마련이다. (욕조에 들어가기 전에 손을 먼저 씻어야 한다는 점을 다시 한번 강조한다.) 손가락은 회복되는 데 조금 더 오래 걸리지만 봄이 올 무렵에는 모든 고통이 과거의 일이 되어 있을 것이다. 이제 남은 것은 마당 여기저기에 쇄도하는 꽃 무리의 활기찬 모습을 보면서 느낄 희열이다. 그런 기쁨을 위해서라면 신음한두 번쯤이야 낼 만한 가치가 있다.

이제야 보이는 가시

대청소를 하고 나면 가끔 식물의 가장 나쁜 면이 드러나기도 한다. 녀석들을 흙에서 뽑고 골라내다 보면 그전에는 전혀 알지 못했던 면을 발견하게 될 때가 있다. 식물들이 가을 대청소에서 살아남겠다는 헛된 욕심으로 무기를 휘둘러댄다는 뜻은 아니지만 어떨 때는 그런 느낌이 들기까지 한다. 사실 그런 느낌이 드는 것은 가을이 되기 전까지는 마음껏 자라도록 내버려 뒀던 줄기, 가지를 비롯한 식물의 여러 부분과 우리가 갑자기 밀접한 접촉을 하게 됐기 때문이다. 손가락으로 줄기 위아래를 훑다 보면 지금까지 너무도 좋아했던 반려 식물과의 만족스러운 관계가 깨질 수도 있다. 씨를 맺은 아스파라거스에 그렇게 고약한 가시가 있을 줄 누가 알았겠는가? 그런 아스파라거스를 가지치기하려면 까칠한 성격에 상처받기 일쑤다.

식물이 우리에게 고통을 주는 까닭은 우리가 너무 친밀한 거리까지 다가갔기 때문이다. 멀리서 볼 때는 가시마저 들쭉날쭉 예뻐 보인다. 물론 보지 못하는 경우가 더 많지만 말이다. 나는 해마다 아스파라거스의 반사회적 성격을 망각했다가 상처와 함께 그 사실을 상기하곤 한다. 그렇다고 풍접초, 아스파라거스, 다양한 산딸기 관목들이 일부러 무기를 숨겨둔 것은 아니다. 그저 우리가 전지가위를 꺼내 들기 전까지 자세히 들여다보지 않았을 뿐이다. 그러다 전지가위를 손에 든 순간 모든 것이 만천하에 드러난다.

온갖 종류의 식물이 정리 대상이 되면 심술을 부린다. 부겐빌레아는 풍성하고 화려한 겉모습 속에 수많은 가시를 품고 있다. 명자나무도 순진무구해 보이기 짝이 없지만, 지저분한 부랑아 모습을 면하고 숙녀다운 모양새를 갖춰주려고 가지를 잡는 순간 완전히 다른 면을 보게 된다. 손을 사정없이 찔러대는 덩굴 식물은 늘 충격적이다. 홍자단 아래를 청소하다 보면 녀석의 사나운 면모를 알게 된다.

두송은 가시가 없는데도 꼭 가시가 있는 것 같은 느낌을 준다. 두송을 만질 때 손에 생채기를 내는 것이 무엇인지는 모르지만 아프기는 매한가지고, 두드러기 발진을 겪는 사람도 많다. 산딸기 역시 아무리 잘생겼어도 대다수 품종이 가시 문제가 심각하다. 영어 이름에 '가시덤불'을 뜻하는 단어 'bramble'이 들어가는 식물은 일단 경계하는 것이 좋다. 이파리색이 얼룩덜룩해서 아름다우며 일명 '고스트 브램블'로 불리는 중국복분자딸기 '래즐대즐Razzle Dazzle'과 '레몬 레이스 브램블'로 불리며 형광 노

(다음 쪽 사진) 해당화는 가지치기하는 손을 물어뜯는 습성이 있다.

란색 이파리를 가진 멍석딸기 등이 그 예다. '가시'를 의미하는 영어 단어 'thorn'이 이름에 붙은 경우는 아예 처음부터 조심하라는 경고나 마찬가지다. 붉은피라칸타 품종은 '불같은 가시'라는 의미의 '파이어손firethorn'이라는 이름이 붙었고, 단자산사나무의 영어 이름은 '호손hawthorn'이다. 이런 이름으로 불리는 나무들이 가시를 가지고 있다는 사실은 놀랄 일이 아니다.

탱자나무에 칼 같은 가시가 돋아 있다는 것을 모르는 사람이라면 한 번도 탱자나무에 가까이 가거나 자세히 보지 않은 사람일 것이다. 매자나무를 기르는 것은 그다지 좋은 생각이 아니다. 침입성이 너무 강한 그 나무를 일부러 기르면서 가시에 크게 다치는 사람에게는 별로 동정심이 가지 않는다. 개중에 가을이 침입성 식물들을 없애기에 가장 좋은 시기라 생각하고 작업에 임하는 사람들에게 매자나무는 가장 큰 고통의 경험을 안겨주는 식물이 될 것이다.

장미는 덩굴이든 관목이든 다듬어서 모양을 내기가 가장 어려운 식물이다. 나는 가지치기할 때 장미를 맨 마지막까지 남겨두고, 어떨 때는 늦겨울까지도 미룬다. 이리저리 가시에 찔리고 긁히는 것도 무섭지만 철에 맞지 않는 따뜻한 날씨가 찾아왔을 때 갑자기 움을 틔우면서 에너지를 낭비할까 봐 걱정되는 까닭이기도 하다. 장미들은 전지를 해주면 새순을 틔우는 반응을 보일 때가 많다.

장미 전쟁에 임할 때는 갑옷형 장갑을 착용하고, 옷도 가능하면 두꺼운 안감을 덧댄 것을 선택하자. 이미 많이 찢긴 옷을 입는 것도 좋은 생각이다. 이런 일을 생각하면 애당초 가시가 없는 '제피린 드루힌Zéphirine Drouhin' 품종 덩굴장미를 선택해서 고통 없이 가지치기를 하고, 방문객들의 옷을 잡아채서 몸을 수색하는 실례를 방지하는 것도 좋은 방법이다. 다행히도 데이비드 오스틴사는 가시가 아예 없거나 거의 없는 장미 품종을 선보이고 있다. '브라더 캐드펠Brother Cadfael', '티 클리퍼Tea Clipper', '리치필드 에인절Lichfield Angel', '제임스 골웨이', '제너러스 가드너', '큐 가든스Kew Gardens', '슈롭셔 래드A Shropshire Lad', '모티머 새클러Mortimer Sackler', '스노우 구스Snow Goose', '리앤더Leander' 등을 추천한다.

일상적으로 쓰는 진흙 장갑 종류는 장미 작업에 적당치 않다. 튼튼한 안감을 덧댄 가죽 장갑(우먼스워크사에서 품질 좋은 제품이 나오고 있다)을 장만해서 뭐든 찢어발기는 성향이 있는 식물들로부터 가장 소중한 연장인 우리 손을 보호하자.

장미를 비롯해 가시가 난 식물과 전투를 치르고 나면 아무리 준비를 철저히 해도 얼굴, 어깨, 다리 등에 생채기가 나 있다. 정원을 누비고 다니면서 일하다 보면 피를 나눈 형제자매가 되는 운명을 피할 수 없다. 그러니 덥석 잡기 전에 잘 살피자. 이 조언은 인생의 모든 면에 적용해도 된다.

복숭아를 한 입 베어 물면

이 책을 쓰면서 감각의 경계를 넘나드는 일이 무수히 많았다. 어떤 소재를 어느 주제에 넣어서 다뤄야 할지 선택하기 어려운 경우가 많았기 때문이다. 하지만 복숭아를 어느 부분에서 다룰지는 전혀 갈등이 없었다. 내가 키우는 복숭아들이 미인대회에서 우승할 확률은 제로에 가까우니까.

솔직히 마당에서 막 딴 복숭아를 베어 물고 턱으로 흐르는 단물을 만족스럽게 닦아가며 즐길 때면 여기저기 난 흠집이나 생채기는 보이지도 않는다. 익자마자 따서 바로 입에 넣을 과일이 외모가 어떤들 무슨 상관이랴? 집에서 키우는 과일의 장점은 누구한테 보여주고 인정받을 필요가 전혀 없다는 것이다. 유일한 기준은 잘 익어서 수확할 시기가 되었는가 하는 것뿐이다. 손수 정성껏 키워 수확한 과일의 미묘한 맛이 내는 뉘앙스를 무엇이 대신할 수 있을까. 집에서 키운 복숭아를 한 입 맛보면 마트에서 파는 복숭아에는 손도 대기 싫을 것이다.

나는 마당에서 각종 베리를 다양하게 키우고 있다. 너무 많아서 베리 종류를 키우는 부분은 초만원이다. 하지만 핵과는 복숭아가 유일하다. 둥그런 모양으로 만들어놓은 채소밭 한가운데 외로이 그리고 약간 흐느적거리며 서서 관심을 독차지하는 우리 복숭아나무는 신선한 과일을 원하는 우리 가족의 수요를 모두 충족시켜준다. '릴라이언스Reliance' 품종의 이 복숭아나무 한 그루에서 엄청나게 많은 과실이 나온다. 늦여름부터 복숭아를 따 먹기 시작하면 서리가 내리기 직전쯤에 마지막 열매를 수확한다. 수확한 과일은 실내로 가지고 들어와서 창틀이나 온실에 두고 후숙하면서(다람쥐들을 약 올리려고) 아침, 점심, 저녁 내 주식으로 삼는다. 일년 내내 복숭아를 먹을 수 있다면 아무 망설임 없이 '복숭아 다이어트'를 하겠다고 나설지도 모른다.

재배 난이도 부문에서도 '릴라이언스' 품종에 후한 점수를 주고 싶다. 거의 아무런 문제가 없다. 복숭아유리나방의 유충이 복숭아에 해를 입힐 수 있지만 내가 사는 지역에는 자주 출현하지 않는다. 수확량도 늘 안정적으로 풍성하다. 꽃샘추위가 늦게 와서 꽃이 모두 시들어버린 해에는 피해를 보았지만 그런 일도 딱 두 번밖에 일어나지 않았다. 살충제도 뿌려줄 필요가 없다. 심지어 서투른 내 가지치기 실력에도 잘 참아준다. 복숭아는 미국에 처음으로 들어온 외국 과일로, 스페인 사람들이 플로리다에 들여왔다. 그 사실만으로도 얼마나 키우기 쉬운 식물인지 알 수 있다. 온갖 문제를 해결하기 위해 각종 비상 대책을 세워야 하는 사과와 달리 복숭아는 단순하다.

우리 동네는 기후에 따라 나눈 지역 구분에서 5단계에 해당하는데, 이정도면 무화과나무가 실외에서 겨울을 나기에는 한두 단계 기온이 낮다. 나는 '필라델피아 과수원 프로제트'를 이끄는 필 포사이스를 찾아갔다. 필은 7단계 지역의 도심에서 기를 수 있는 이상적인 과일인 무화과의 열렬한 팬이다. 그가 사는 필라델피아에서는 '니키타스 기프트Nikita's Gift' 품종의 감과 파파야, 살구, 자두, 채진목, 아시아 배와 '세켈Seckel' 품종 배뿐 아니라 추위에 강한 무화과 등을 기를 수 있다고 한다.

필이 운영하는 도심 과수원 중 한 곳에서 나는 처음으로 대추를 맛보았다. 대추야자 비슷한 외모에 버찌 크기 정도 되는 대추는 계속 통째로 입에 넣고 싶은 맛있는 과일이었다. 필이 원하는 대로 필라델피아 도심의 빈터들을 과수원으로 만들 수만 있다면 도시 사람들도 과일을 수확하는 기쁨과 이국적인 맛을 즐길 수 있을 것이다.

필을 만나고 퍼데모어로 돌아온 뒤부터 나는 다양한 품종의 복숭아나무를 심어서 조금 더 길게 수확의 기쁨을 누려볼 생각을 하고 있다. '베테랑Veteran'과 '오텀 로즈Autumn Rose' 품종이 초가을에 수확하기 좋다는 추

나무에서 바로 딴 잘 익은 복숭아의 맛은 견줄 데가 없다.

천을 받았고, '앙코르Encore', '글로리아Gloria', '메스니아Mesnia', '플레이밍 퓨리Falmin' Fury', '로롤Laurol' 품종이 늦게 수확하기에 좋다는 조언도 받았다. 그러나 '릴라이언스'처럼 강한 품종은 잘 안 보이는 것 같다. 겉모양은 완벽하지 않지만 '릴라이언스' 복숭아는 즙이 많고, 퇴폐적인 느낌까지 들 정도로 달콤하다. 입이 호강할 기회를 빼앗지 말아야지.

가을 당근은 설탕 당근

가을은 제철 작물로 전통 요리를 하기에 딱 좋은 흔치 않은 계절이다. 당근, 비트 등이 한창인 이맘때면 다들 추수감사절 휴가 상차림을 위해 뿌리채소들을 볶고 지지는 조리법을 찾느라 바쁘다. 내 경우엔 마당에서 수확하는 당근을 빼면 추수감사절 포틀럭 파티pot-luck party에 가져갈 게 전혀 떠오르질 않는다. 오래전에 캐러웨이 씨를 넣고 당근을 재빨리 볶는 조리법을 발견해 칭찬받은 적이 있는데, 아마도 내가 매년 추수감사절에 대가족이 모이는 포틀럭 파티에 다시 초대받는 것은 그 덕분인 것 같다.

엘리엇 콜먼이 겨울 당근에 관하여 열정적으로 쓴 글을 읽기 전까지만 해도 나는 당근을 그다지 좋아하지 않았다. 가히 두더지 왕국이라 할 수 있는 우리 동네에서 겨울 당근은 그야말로 상상도 하기 힘든 사치품이다. 당근을 심는다는 것은 지하 두더지 식당을 개업하고, 그 못된 말썽꾸러기들이 누구의 방해도 없이 지하 뷔페를 즐기게 해주는 것이나 다름없다. 입맛 떨어지는 식탁 예절에 지저분한 식습관을 가진 고약한 녀석들이 남긴 이빨 자국이 없는 멀쩡한 당근을 즐기려면 추수감사절 즈음, 혹은 그 전에 수확해야 한다.

늦여름이나 초가을에 씨를 뿌리면 겨울에 두고 먹을 당근을 수확할 수 있다.

내 경험상 당근은 두더지들이 제일 먼저 공격하는 대상은 아니다. 1위의 영광은 고구마 차지다. 11월까지는 걱정 없이 당근을 그대로 둬도 괜찮다. 쌀쌀한 날씨에 땅에 묻혀 있는 동안 당근은 녹말을 당으로 전환한다고 엘리엇은 설명한다. 여름 당근이 그저 먹을 만한 수준에 그치는 것과 달리 가을 당근은 거의 디저트 수준으로 달콤한 이유가 바로 이 때문이다. 엘리엇이 '설탕 당근'이라 부르는 그런 당근을 한 입 먹어본 사람이라면 바로 열정적인 당근 팬이 되고 말 것이다. 쌀쌀해지기 전에 수확한 당근은 드레싱이나 소스, 건포도 혹은 호두 등으로 조금 맛을 북돋울 필요가 있지만, 가을 당근은 생으로 그대로 먹어도 얼마든지 좋다.

한때 나는 해마다 0.5에이커약 600평 정도 되는 땅에 당근을 심었었다. 모두가 당근 주스에 심하게 중독되어 있을 때였다. 엄청난 양의 당근을 수확해서 지하실에 보관해두고 겨우내 먹었다. 그래서 나는 씨를 심고, 솎아내고, 길러서 캐내는 과정 전체에 꽤 익숙하다. 길게 줄 맞춰 심은 당근을 솎아줘야 할 때인 여름 휴가철에 우리 집에 들르는 친구들은 하나도 빠짐없이 당근밭 한 이랑씩을 맡아 엎드려 솎아내는 강제 노역에 동원되곤 했다. 우리 집에 오는 친구들은 당연하다는 듯 반바지를 챙겨 왔다. 멀쩡한 청바지를 입고 밭에 갔다가는 옷을 버리기 일쑤였기 때문이다.

이제는 여러 가지 이유로 대량으로 당근을 재배하는 일은 그만뒀다. 요즘은 한 이랑 정도면 충분하다. 나는 매년 조생종과 만생종 당근을 둘 다 주문하지만, 이모작에는 늘 실패하고 만다. 최근 들어 예외 없이 한여름에 가뭄이 들기 때문이다. 어쩌다 가뭄에 시달리지 않은 해에는 천둥 번개와 함께 폭우가 내려 작은 씨들과 씨만큼이나 연약한 모종들을 휩쓸고 가버렸다. 하지만 상관없다. '넬슨Nelson' 품종 당근 한 줄이면 나는 행복하다. '넬슨' 당근은 통통하고 짤막한 품종으로 12~15센티미터 정도 깊이로 자라고 뿌리가 가늘어지지 않아서 캐기가 쉽다. 별다른 이변 없이 한결같이 맛이 있으며 가을에는 꿀처럼 달아진다.

파스닙도 내가 좋아하는 뿌리채소 중 하나인데, 파스닙은 내 재주로는 기를 수 없다는 결론에 이르렀다. 슬픈 일이 아닐 수 없다. 내가 또 사랑해 마지않는 비트는 두더지들이 너무 좋아해서 뿌리에 살이 붙기 시작하면 바로 두더지 밥이 되고 만다. 셀러리악^{뿌리 셀러리}은 자라는 데 오래 걸리므로 계획을 잘 세워야 한다. 마지막으로 순무가 있다. 순무는 어떻게 해두어도 염소마저 입을 대지 않는다. 염소조차 안 먹는 뿌리채소라면 할 말 다 한 것이라 볼 수 있다. 그러니 나에겐 결국 당근밖에 없다.

양배추와 친구들

서리는 채소에게 가장 가혹한 벌이다. 채소 대부분이 서리를 맞으면 죽어 버린다. 전원 사살 명령을 받고 공격을 퍼붓는 적군처럼 서리는 가지, 셀러리, 바질 등 정성을 기울여 키운 맛있는 채소들을 강타한다. 그러나 기온이 떨어지면 양배추를 비롯한 배추속 채소들은 즙도 많아지고 맛도 풍부해진다. '풍미 있는 브로콜리'라는 말이 앞뒤가 맞지 않는 모순된 말이라고 생각하는 사람은 특히 이 꼭지를 끝까지 꼭 읽어주기 바란다.

먼저 케일 얘기부터 해보자. 서리가 내리고 나면 케일의 맛이 극적으로 좋아진다. 나도 여름 케일이 맛있는 음식과는 거리가 한참 멀다는 사실에 동의한다. 하지만 찬 서리가 몇 번 내리고 난 후에 새로 자라난 부분은 연하고 즙이 많으면서 여름에 자란 부분보다 덜 질기고 풍미가 있다. 가을로 접어들면서 그때까지 많이 먹던 다른 채소들이 명을 다하고 나면 케일이 주식 등급으로 부상하는데, 특히 '레드보^{Redbor}'와 '레드 러시안^{Red Russian}' 케일이 내 접시에 자주 등장한다. 첫서리가 내린 뒤부터는 케일도 건강을 위해 마지못해 먹는 약 같은 맛이 더는 아니다.

케일보다 더 극적으로 알아볼 수 없게 변신하는 것은 방울양배추다. 못 먹을 정도로 맛없는 채소에서 없어서 못 먹을 정도로 입에서 살살 녹는 채소로 변신하는 것이 바로 이 녀석들이다. 오랫동안 각종 방울양배추 품종을 심은 후 실패를 거듭한 끝에 그냥 포기할까 하는 순간들이 나에게도 있었다. 독차지하는 면적에 견줘 수확량은 눈곱만했기 때문이다. 방울양배추는 늦여름까지 키가 거의 1미터나 자라고 이파리도 많이 달렸다가 짜증 날 정도로 자주 잎을 떨군다.

　나는 기본적으로 믿음이 있는 사람이고 다른 사람들 집에서 먹어본 방울양배추의 맛이 나의 믿음을 더 신실하게 만들었으므로 포기하지 않고 실험을 계속했다. 마침내 '헤스티아Hestia'가 방울양배추와 나의 관계를 호전시키는 데 큰 역할을 했다. '헤스티아' 품종은 상대적으로 키가 작지만 방울양배추 자체는 크기가 넉넉하다. 그러나 적어도 추수감사절까지는 기다려줘야 녀석들이 진짜 실력을 발휘한다. 그맘때부터는 키가 더 자라지 않고 아래쪽 이파리들을 떨구며 가을 내내 방울양배추가 영글어간다. 심지어 눈보라가 친 뒤에 눈삽으로 눈을 치워가면서 채소밭에 가서 방울양배추를 수확한 적도 있다. 그래도 너무 오래 기다리지는 말자. 얼었다 녹기를 반복하다 보면 결국은 맛이 간다. 그러면 냉장고에서도 하루 이상 보존할 수 없다. 내가 게으름을 피우다 얻은 교훈 덕분에 할 수 있는 슬픈 증언이다.

　양배추도 똑같이 행동한다. 나는 양배추가 제법 자랄 때까지는 지나가다 쓰다듬는 짓도 하지 않는다. 가을이 오면 양배추들도 점점 성숙미를 더해간다. 이 경우에도 최상의 수확기와 샌안드레아스 단층미국 캘리포니아주에 있는 거대한 단층을 방불케 하는 균열이 생기는 시기 사이를 잘 분별해야 한다. 양배추는 잘생기고 커다랗고 듬직하게 자랄 잠재력이 있으니 외관이 좋은 품종을 고르는 것도 괜찮다. 내가 가장 좋아하는 품종은 사보이양배추 중에서는 '데드온Deadon', 적양배추 중에서는 '루비 퍼펙션Ruby

---

이어 심기 방식으로 재배한 '블루 메도우(Blue Meadow)' 브로콜리 덕분에
내가 정말 좋아하는 이 채소로 식탁을 풍성하게 채울 수 있다.

Perfection'이다. '캐러플렉스Caraflex' 같은 고깔양배추도 모양이 재미있어서 좋아한다. 모두 서리가 내린 후에 더 맛있어진다.

콜리플라워를 기르는 것은 나에게 늘 희망 사항으로 그치고 만다. 채소 중 단연 제일 좋아하는 것이 콜리플라워지만 지금까지 제대로 길러본 적이 없다. 해마다 내 영혼의 단짝이 언젠가 나타날 것이라는 헛된 희망을 품고 다양한 품종을 시도해보곤 한다. 아주 운이 좋아야 빈약한 콜리플라워가 자라는데, 그마저도 바로 썩어버리고 만다. 그래도 여전히 포기하지 않고 노력 중이다.

기본적으로 배추속 채소 중에서 내가 게걸스럽게 먹지 않는 것은 없다고 보면 된다. 봄이면 콜라비가 통통해지기 시작하자마자 나는 포크와 나이프를 들고 덤빈다. 콜라비는 기온이 오르면 심지가 생기기 시작하는데, 오래도록 연한 질감을 유지하는 것으로 이름난 자색 '콜리브리Kolibri' 품종마저도 결국은 심지가 생기고 만다. 만생종은 그리 잘 자라지 못한다.

배추속 채소 중 최고는 브로콜리다. 연한 브로콜리는 우리 식탁에 날마다 등장하는 중요한 식량이다. 품종을 잘 배합하면 여름 내내 그리고 속도는 좀 느려져도 성장을 계속하는 가을까지도 꾸준히 브로콜리를 수확할 수 있다. '베이 메도우스Bay Meadows'와 '아카디아Arcadia' 품종을 추천한다. 첫 수확을 한 다음에는 곁가지를 잘 자라게 해서 두 번째 수확을 하는 것이 좋다. 그런 다음에는 뽑아서 정리하고 새 브로콜리 모종을 심는다. 이렇게 계속 브로콜리를 이어 심어서 수확하고 식탁에 올리는 것이 아이들을 고문하는 것처럼 들릴지 모르지만, 언젠가는 우리 아이들도 그렇게 길러준 부모에게 감사하는 날이 올 것이다.

배추속 채소라는 말만 들어도 얼굴을 찡그리는 사람들은 너무 일찍 수확을 해버렸을 확률이 높다. 방울양배추에 인내심을 발휘하고, 케일의 맛을 성급하게 판단하지 말자. 그들이 빛나는 날이 언젠가는 온다.

마지막 콘서트

씨를 뿌렸고 이제 거뒀다. 봄과 여름 내내 자라느라 늦게 도착한 작물도 수확했다. 이 시기쯤 되면 지친 사람들도 많을 것이다. 어쩌면 모종삽을 던지고 "이제 그만"이라고 외치고 싶은 사람도 있을지 모르겠다. 하지만 다시 생각하자. 포기하지 말고 좀 더 에너지를 끌어모아 정원이 지닌 잠재력을 끝까지 밀어붙이자. 입과 배가 고마워할 것이다. 잘만 하면 샐러드용 채소를 한 번 더 수확할 수도 있다.

나도 다른 사람들과 마찬가지로 9월쯤 되면 힘이 빠지기 시작한다. 여름 내내 거의 끊임없이 분주히 채소를 수확하지만, 계절이 바뀌면서 가끔은 그런 일상이 무너지기도 한다. 그러고 나면 녹색 채소에 대한 내 갈증을 해소할 곳은 마트뿐이다. 하지만 몇 달 동안 직접 기른 채소를 먹다가 마트에서 사 온 채소를 먹으면 정말이지 아무런 낙이 없다. 몇 주에 걸쳐서 공을 들였기 때문인지, 이마에서 흐른 땀이 양념이 된 것인지 몰라도 집에서 기른 먹거리가 언제나 더 맛이 있다. 그러니 에너지가 한 줌이라도 남았다면 만생종 작물에 투자하자. 후회하지 않을 것이다.

채소를 기르려고 텃밭에 흙을 채워 돋워두었다면 9월이 오기 전에 작업을 시작하자. 빈자리는 아마 쉽게 찾을 수 있을 것이다. 여름 무더위에 시들어버린 상추들이 떠난 자리일 수도 있고, 수확이 끝난 작물을 뽑아내고 난 공간일 수도 있다. 계획은 이렇다. 퇴비를 사서 텃밭 전체에 뿌리고 호미로 흙과 섞으면서 정리한다. 그런 다음 씨를 뿌린다. 빨리 자라는 녹색 채소를 선택하는 것이 목표를 이루는 요령이다.

나는 상추 없이는 못 살아서 늘 상추 위주로 채소밭을 꾸민다. 가을에는 '젠틸리나Gentilina', '옵티마Optima', '아드리아나Adriana'를 추천한다. 그냥 쌀쌀한 정도가 아니라 정말 추운 날씨 예보가 있으면 어린 상추라도 모두 수확해서 먹어 치우는 것이 상책이다. 가을에는 기회를 놓치지 않고

잡는 것이 중요하다. 시금치도 기를 수 있고 근대도 한 번 더 심어서 수확할 수 있다. 이 시기에는 시금치 중에서는 '버터플래이Butterflay'가 아주 잘되고, 근대는 '브라이트 라이츠Bright Lights'가 제일 큰 재미를 선사하기는 하지만 '포드훅 자이언트Fordhook Giant'가 더 빨리 자라고 생산성도 더 좋은 듯하다. 고소하고 연한 가을 근대는 그보다 더 일찍 수확했던 근대와는 완전히 다른 맛을 선보인다는 사실을 잊지 말자.

한 가지 충고하자면, 가을 작물을 심은 후 처음에는 애정과 간섭이 좀 필요하다. 9월 초에는 덥고 건조한 8월 날씨가 다시 돌아올 수도 있다. 씨를 심을 때 물을 주고, 발아할 때까지 계속 물을 줘야 한다. 발아할 즈음이면 서늘한 가을 날씨가 정착해 있을 것이다. 그리고 밤마다 기도하면 가을비가 소슬거리며 내려줄지도 모른다. 기도할 때 특별히 보슬비를 보내주십사 하는 부탁도 잊지 말자. 홍수는 역효과만 낳는다.

이 같은 전략이 성공할 수도 있고, 철 이른 서리가 내려 모든 노력을 허사로 만들어버릴 수도 있다. 그래도 적어도 샐러드 시즌을 조금 더 연장하고 마트의 채소 코너를 외면하려고 노력했다는 것 자체가 의미 있는 일이다. 그리고 잃을 게 뭐가 있는가? 씨를 사는 데 들인 몇 푼 정도? 퇴비는 언제나 좋은 투자다. 최선을 다하자. 속도를 늦추지 말자. 지친 몸은 겨울에 쉬어도 늦지 않다.

'브라이트 라이츠' 근대는 서리가 내린 후 더 고소해진다.

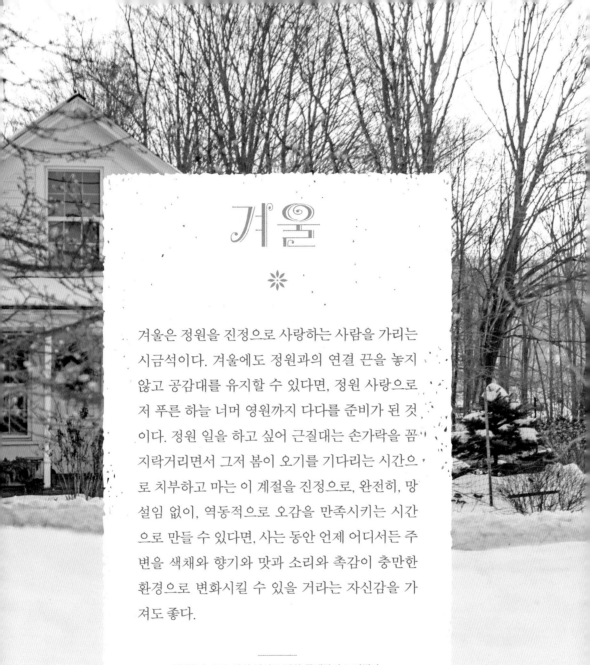

겨울

✳

겨울은 정원을 진정으로 사랑하는 사람을 가리는 시금석이다. 겨울에도 정원과의 연결 끈을 놓지 않고 공감대를 유지할 수 있다면, 정원 사랑으로 저 푸른 하늘 너머 영원까지 다다를 준비가 된 것이다. 정원 일을 하고 싶어 근질대는 손가락을 꼼지락거리면서 그저 봄이 오기를 기다리는 시간으로 치부하고 마는 이 계절을 진정으로, 완전히, 망설임 없이, 역동적으로 오감을 만족시키는 시간으로 만들 수 있다면, 사는 동안 언제 어디서든 주변을 색채와 향기와 맛과 소리와 촉감이 충만한 환경으로 변화시킬 수 있을 거라는 자신감을 가져도 좋다.

———

정원은 눈으로 덮여 있어도 강한 존재감이 느껴진다.

겨울이 시금석이라는 말을 이미 했던가? 극도의 따분함에 빠져 있다가 불과 몇 시간 사이에 생존을 위한 투쟁 태세로 전환해야 하는 계절이 겨울 말고 또 있을까? 실내에 너무 오래 갇혀 있어서 몸살이 날 것 같다가도 몇 시간 만에 해가 진 후 다음 날 해가 뜨기 전까지 눈을 너무 열심히 치워서 몸살이 날 것 같은 상태가 되는 계절 또한 겨울뿐이다. 언제 다시 해 뜨는 광경을 볼 수 있을까, 언제 다시 눈으로 덮이지 않은 맨땅을 볼 수 있을까, 하며 한숨 쉬는 계절도 겨울이다. 겨울은 또 험한 날씨가 분노하듯 몰아치는 계절이기도 하다.

그런가 하면 겨울은 주변에서 벌어지는 일들을 진정으로 음미하며 지켜볼 수 있는 계절이다. 겨울은 더 풍성한 계절을 꿈꾸는 휴식의 계절이 될 수도 있고, 다른 계절 못지않게 오감을 충분히 자극하는 계절이 될 수도 있다.

바람이 울부짖듯 세차게 불고, 간지럽게 보슬거리던 눈발은 점점 굵어져서 어느새 후려치는 듯한 눈보라로 변해 있다. 그런 날에는 방어 태세에 들어가지 않을 수가 없다. 겨울에는 긍정적인 마음을 갖게 해줄 영감조차 찾기 힘든 순간들이 있게 마련이고, 그럴 때면 우리 내면에서 그 영감을 길어 올려야 한다.

진정한 정원지기들은 겨울잠에 들지 않는다. 단지 더 가까운 곳에 초점을 맞출 뿐이다. 우리가 사는 곳, 바로 코앞에, 우리와 공간을 공유하며 사는 것들이 너무도 많다. 만일 그렇지 않으면 그렇게 되도록 노력해야 한다. 그러지 않는다면 자연과 유대 맺을 엄청난 기회를 놓치는 것이다.

겨울은 혹독하지만 그렇게 혹독한 바깥의 상황과 따뜻한 실내에서 우리가 가꿔내는 아름다움 사이에 극단적인 대비가 생기고, 바로 그 지점에

서 우리는 신선한 깨달음을 얻을 수 있다. 겨울은 온화한 계절에 다듬었던 모든 기술을 총동원해 실력을 발휘할 기회다.

자, 이제 시작해보자. 정원 일을 하고 싶어 근질거리는 손가락에게 할 일을 찾아주자. 눈을 크게 뜨고, 모든 감각을 집중해서 겨울이라는 계절을 제대로 살펴보자. 보겠다는 마음을 먹고 살피는 사람에게는 많은 것이 모습을 드러낼 것이다. 지금 우리가 서 있는 곳은 결승점이 아니라 출발점이다.

시작

서리와 눈, 눈이 부시다

겨울은 반짝임의 계절이다. 사람들은 눈부신 여름을 많이들 이야기하지만, 겨울의 반짝임에는 다른 차원의 풍요로움이 있다. 겨울의 자산은 눈여겨 찾아야만 볼 수 있으나 거기 있다는 것은 틀림없다. 문밖으로 나서보자. 바로 발 앞에 누군가가 제왕의 몸값처럼 엄청난 양의 다이아몬드를 뿌려놓은 듯 사위가 빛날 것이다. 마법의 순간이다.

매일 저녁 나는 손전등을 앞세워서 뒷문에서 염소 헛간까지 통하는 길을 여행한다. 그 일을 한밤중에 의무적으로 해야 하는 따분한 일로 취급할 수도 있다. 그냥 물 양동이를 나르는 하찮은 일로 받아들일 수도 있다. 그러나 그 길은 반짝이는 보석으로 뒤덮여 있다.

새하얀 서리가 두껍게 내려주기만 하면 시선이 닿는 모든 곳이 빛나고, 달빛이라도 있으면 마치 디스코 조명처럼 화려하게 점멸한다. 심지어 베란다에 켜둔 무심한 외등마저도 기분 좋은 분위기로 빛난다. 거기에 햇살 몇 조각을 보태면 상황은 몇 단계 더 황홀해진다. 신나는 일이라고는 찾기 힘든 시기에 땅을 화려하게 장식하는 이 보석들을 보는 것은 보통 흥분되는 일이 아니다. 나뭇가지에 설탕 가루처럼 내려앉은 서리 장식까지 더하면 영국 화가 윌리엄 터너의 작품이 무색할 지경이다.

서리를 화려한 반짝임이라고 한다면 눈은 무한한 눈부심이라고 할 수 있다. 세상 모든 보석을 내 발 앞에 깔아놨다 한들 눈을 들어 볼 수 있는 끝까지 눈이 덮인 풍성한 광경에 비교할 수 있을까. 게다가 눈은 아름답기만 한 것이 아니라, 각종 실수와 게으름을 덮어주는 자애로움도 지녔다. 하지 않고 내버려 둔 일들, 다른 일에 밀려 '해야 할 일 목록' 위쪽으로 올라가지 못한 눈엣가시 같은 일들(수리해야 하는 고장 난 손수레, 한쪽이 무너져 내린 벤치)을 모두 비밀에 부쳐주는 눈은 할 일을 미루고 게으

름을 피우는 사람들의 절친한 친구다. 모든 것을 덮어주는 눈의 자애로움에 기대는 방법은 우리가 항상 차선책으로 숨겨두는 비장의 무기이기도 하다. "화분에 넣으려고 사둔 보기 싫은 봉지 흙을 지하실로 치워야 할까? 아니, 굳이 나서서 허리 다칠 일 있어? 다음 주면 눈이 다 덮어줄 텐데."

눈은 위장술만 부리는 것이 아니라 중요한 것을 가르쳐주기도 한다. 땅은 눈에 덮였을 때 윤곽이 잘 드러난다. 다른 계절에는 이 꽃에서 저 꽃으로 움직이며 목표물에 초점을 맞추느라 우리 눈이 바쁘다. 겨울이 오고

상고대는 평범한 나뭇가지도 보석처럼 빛나게 한다.

모든 것에 설탕 코팅이 되고 나면 형태의 흐름에 시선을 돌릴 수 있게 된다. 풍만하고 늘씬하게 불거졌다 꺼졌다 하는 곡선이 갑자기 뚜렷이 보이기 시작한다. 대지가 흰 망토를 두르면 우리는 편안히 앉아 축하주를 마시면 된다.

까칠하게 자란 수염 같은 겨울 관목과 풀들이 부드럽고 하얀 담요를 덮어쓰고, 두엄 더미가 둥그런 생크림 케이크처럼 보일 때면 마당 전체가 훨씬 더 세련되고 정제된 느낌이 든다. 무거운 짐수레를 밀고 경사를 오를 것인지 내려갈 것인지 걱정하지 않아도 된다. 무엇을 비판하거나 계산하는 것도 멈춘다. 그저 눈 앞에 펼쳐진 멋진 선을 감상하면 된다.

염소 헛간 뒤쪽 땅이 약간 볼록한 걸 예전에는 전혀 몰랐구나. 목초지와 잔디밭이 만나는 곳 땅은 살짝 곡선을 그리며 꺼지네. 눈을 치우던 삽질을 잠시 멈추고 숨을 고르며 사물의 실루엣을 눈에 담을 수도 있다. 눈은 관심이 옆으로 새지 않게 살며시 막아주면서 대지의 미를 드러낸다. 그 아름다움을 한껏 즐겨보자.

동물들이 다녀간 흔적

뉴욕 그랜드센트럴역도 우리 집 뒷마당에 견주면 아무것도 아니다. 이렇게까지 될 줄 누가 알았겠는가? 지난밤 2~3센티미터 정도 눈이 쌓였다. 아니, 어쩌면 그보다 더 적었을까? 하지만 그 정도만으로도 흥미로운 비밀을 알아내기에 충분했다. 알고 보니 우리 집 뒷마당은 굉장히 중요한 교통의 중심지였다. 나도 오늘 아침 눈이 내린 마당을 내다보기 전까지는 전혀 모르고 있었다.

눈 위에 남겨진 증거들이 조작이 아니라면 매일 저녁 우리 마당에서 엄청난 파티가 벌어지고 있는 듯하다. 각종 동물이 왔다 갔다 하고, 줄을 지어 라인 댄스를 추고, 디스코 파티를 하는 것이 분명하다. 그런데 나는 녀석들을 초대하기는커녕 파티가 열리는 걸 알지도 못했다.

물론 내가 끼었으면 완전히 흥을 깨고 밀았을 것이다. 나도 토끼 한두 마리가 밤을 틈타 살며시 만나는 정도는 양해할 수 있다. 하지만 눈밭에 남은 흔적이 사실이라면, 수십 마리 토끼가 우리 마당을 이리저리 뛰어다닌 게 분명하다. 발자국들은 마치 뉴욕시 주택가에 난 복잡한 길들처럼 보인다. 숨길 수 없는 그 흔적들로 볼 때 녀석들은 밤새도록 마당 전체를 누비고 다닌 것 같은데 그중 누구도 내가 기꺼이 파티에 초대하고 싶은 녀석은 없다. 오히려 문지기를 고용할까 심각하게 고민 중이다.

보아하니 나의 치명적인 적수 사슴과 토끼가 폭발적인 번식력을 자랑하며 마당에 발 도장을 찍는 사이 까마귀 몇 마리가 주변을 맴돈 듯하다. 한편으로는 눈밭의 발자국만으로는 지하에서 무슨 일이 벌어지고 있는지 모른다는 불안감도 든다. 외로운 주머니쥐 한 마리가 달빛을 받으며 뒤뚱뒤뚱한 발걸음으로 여기저기 뒤지고 다닌 흔적도 보이고, 통통한 너구리 한 마리가 입맛 다실 거리를 찾느라 퇴비 더미를 뒤진 것도 알겠다. 주머니쥐나 총각 너구리 한 마리 정도는 받아들일 수 있다. 하지만 토끼 떼는 내 경계 본능을 깨운다.

동물들이 남긴 발자국을 관찰하면 수많은 문제를 예측할 수 있다. 따라서 적들이 남긴 발자국을 바탕으로 전투 전략을 짜고 방위력 배치를 계획할 수 있다. 눈 위에 남겨진 발자국에서 아련한 사무침이 느껴진다는 건 나도 인정한다. 갑자기 기온이 영하 10도 아래로 곤두박질친 후에도 생명이 살아남았다는 사실을 확인하면서 마음의 위안을 받기도 한다. 토끼 한 마리가 남긴 발자국 정도라면 반가울 것 같기도 하다. 하지만 우리 마당이 컨벤션 센터로 쓰인다? 흠, 그건 받아들이기 어렵다. 잊지 말자. 채소밭으로 들어가는 문을 강화하고 그물망으로 단단히 단속할 것.

야생 칠면조가 우리 마당에 다녀갔다는 증거.

겨울 정원의 실루엣

수국 가지치기를 해줬어야 했다. 단정치 못하게 흐느적거리고 대칭성이라고는 전혀 없는 모습이 이제 적나라하게 드러나고 있다. 사슴이 몇 마리나 우리 마당에 방문하는지 알려주는 바로 그 눈은 관목을 다듬는 나의 예술적 재능, 혹은 재능 없음을 만천하에 여실히 드러내는 역할도 한다. 그나마 눈이 쌓이기 전에 몇 시간 정도 가지치기를 해준 관목은 겨울 내내 나의 자랑거리가 되어준다. 아니, 자랑거리까지는 아니더라도 적어도 눈엣가시 같은 존재는 아니다.

겨울 정원을 위해 시간을 투자하는 가장 현명한 방법은 계절이 바뀔 무렵, 아직 식물과 접촉할 수 있을 때, 보이는 대로 가지치기를 해주는 것이다. 집에서 보이는 곳, 또는 길 쪽에서 보이는 곳에 있는 관목들을 정리해주면 그곳에 시선이 닿을 때마다 만족스러운 미소를 짓게 될 것이다. 물론 예외도 있다. 미스터메이플닷컴MrMaple.com 의 경영자이자 내 친구들인 니콜라스 형제는 단풍나무는 3월 중순에서 말 정도까지 가지치기를 하지 말고 그대로 둬야 한다고 경고한다. 부들레야와 층꽃나무도 봄에 성장을 다시 시작할 때까지 손대지 말아야 한다.

하지만 수국과 수국 비슷한 관목들은 겨울에 눈만 쌓여 있지 않으면 사정없이 전지를 해주는 것이 좋다. 특히 관목이 어려서 형성기에 있을 때 잘 다듬어주면 나중에 미모를 떨칠 확률이 몇 배로 증가한다. 물론 어떤 나무는 뼈대가 좋은 상태로 태어나기도 한다. (미모를 타고난 사람들처럼.) 하지만 미운 오리 새끼들도 잘 다듬어서 백조로 거듭나게 할 수 있다. 단지 손이 조금 더 갈 뿐이다.

우리 동네에 가지치기를 정말 잘하는 사람이 있다. 명자나무, 산분꽃나무, 화살나무 등 일반적으로 모양이 좋은 쪽으로는 이름을 날리지 않는 나무들마저 잘빠진 모습으로 다듬어놓아서 영화 산업계가 자연 쪽으로

겨울

270

눈을 돌리는 날이 오면 할리우드에 진출해도 뒤지지 않을 정도다. 대개 팔다리만 껑충하던 식물도 그 사람 손을 거치면 완벽한 간격으로 뻗은 가지들을 중심으로 부드러운 공 모양으로 거듭난다. 그런 나무들을 보면 가까이 다가가서 그 완벽한 선을 손으로 어루만져보고 싶다. 봄에 꽃이 만발하면 숨이 멎을 정도로 아름답다. 겨울에는 나무 안쪽에 그물처럼 뻗은 가지들을 볼 수 있어서 더 멋지다. 그런 모습을 갖추기까지 아마 우리 가

초겨울에 벚나무를 조금 다듬어주면 미모를 더 돋보이게 할 수 있다.

지치기 예술가의 손길이 몇 년 내내 바빴을 것이다.

독자들의 마당에 있는 관목과 키 큰 나무들도 그렇게 멋진 모습으로 자라게 할 수 있다. 전지가위와 톱을 들고 정원으로 나가자. 몇 군데를 다듬어준 다음에는 한 걸음 뒤로 물러서서 전체적인 선을 살피고 자라는 방향을 잡아준다. 다 자란 후에 성형 수술을 하는 것보다 미리 잘 다듬어서 형태를 잡아주는 게 슈퍼스타 탄생의 지름길일지도 모른다.

애석하게도 모든 식물이 다 잠재력을 지닌 것은 아니다. 붉나무는 형태를 잡아주려고 아무리 애를 써도 절대 말을 듣지 않는 것으로 유명하다. 그러나 우리 동네 가지치기 예술가의 손길을 거치면 개나리마저도 자랑거리가 될 수 있다. 익명의 그 예술가는 아무도 예상하지 못했던 무궁화까지도 놀라운 모양으로 길러냈다.

나무들이 헐벗고 본색을 드러낼수록 기본 형태가 더 중요해진다. 새하얀 눈을 배경으로 식물의 실루엣이 드러나면 믿을 수 없을 정도로 아름답거나 그 정반대이거나 둘 중 하나다. 굽이치는 근육질과도 같은 가지 위에 반짝이는 눈 조각까지 더하면 내 심장은 걷잡을 수 없이 고동친다. 그러나 그런 근육은 우연히 생기는 것이 아니니 용기를 내서 전지가위를 들고 밖으로 나가자.

한두 해 전에 혹한이 몰아닥치면서 1미터 가까이 눈이 쌓였는데, 동네에서 자라던 안개나무들에서 눈 위로 나온 부분이 모두 죽어버렸다. 사람들은 슬픔을 달래며 죽은 부분을 잘라내고 기도했다. 이후에 맞이한 여름만큼 안개나무가 잘 자란 적이 없다. 모두 자랑스러운 표정으로 가슴을 펴고 다녔다. 그런 경험 없이도 누구나 성취감을 느낄 수 있다. 배짱과 전지가위만 있다면.

어느 때보다 화려한 창가

동장군이 내 침실 창에 최고의 예술작품을 남겼다. 아침에 일어나서 밖에 걸어둔 온도계를 볼 필요도 없다. 기온이 영하 10도 또는 그 이하로 떨어진 것이 명백하다. 바로 이때가 이파리들이 활약할 시기다.

서리는 실내용 화초를 길러야 할 이유 가운데 하나다. 유리창에 동판화처럼 새겨진 서리는 숨 막힐 정도로 아름다운 명화를 방불케 한다. 오직 나만을 위해 끊임없이 변화하는 단색의 만화경이다. 게다가 무료다. 자연이 유리에 남긴 명화에 화분 몇 개와 수경 재배 알뿌리 몇 개를 더하면 미술관에 갈 필요가 없다. 폭설로 집에 갇히는 것도 두렵지 않다.

창턱에 식물을 놓으면 좋은 점이 아주 많다. 바로 코앞에서 벌어지는 아름다운 광경은 야외에서 경험하는 것과는 비교할 수 없는 친밀감을 준다. 그런 경험은 겨울에 더 특별하다. 겨울에는 아주 잠깐씩 나가는 것을 제외하면 바깥에서 벌어지는 쇼를 오래 관람하기가 불가능하다.

반면 실내에서 벌어지는 일은 느긋하게 감상할 수 있다. 열대식물 잎사귀의 복잡하고 정교한 패턴을 새로이 발견하는 것은 겨울이 주는 또 하나의 큰 선물이다. 서리 낀 유리창은 배면광을 제공해 이상적인 관찰 조건을 만들어준다. 강의실에서 슬라이드를 보는 것이 가장 완벽한 방법이라고 생각하는 사람은 유리창에 잎사귀를 가져다 대고 관찰해보기 바란다. 정말 황홀한 경험을 할 수 있다.

평생 베고니아를 키워온 나로서는 누구에게나 베고니아를 한번 키워보라고 권할 수밖에 없다. 베고니아 이파리는 서리 낀 유리창을 배경으로 두고 보면 그 예술성이 한 차원 더 높아진다. '리틀 브라더 몽고메리Little Brother Montgomery'의 별 모양 잎사귀, 혹은 '에리트로필라Erythrophylla'의 잎을 빛이 춤추듯 통과하는 광경은 어느 강연보다 더 유창하게 자연의 아름다움을 전달해준다. '커시드럴Cathedral' 품종도 시도해보자. 스테인드글라스 같은 이파리에 반쯤 투명한 부분들이 섞여 있어서 빛이 부분적으로 투과한다. '커시드럴' 베고니아는 식물의 잎과 빛을 한데 섞는 경험의 최고봉이나. 꽃을 보는 것도 잊지 말자. 베고니아 꽃송이들은 말 그대로 반짝반짝 빛을 낸다. 꽃봉오리가 수정 결정체 같은 것으로 이루어져 있어서 수백 개의 거울처럼 빛을 반사한다. 그러려니 하고 넘어가지 말고 베고니아 화분 하나를 들여서 직접 경험해보기 바란다.

베고니아는 시작에 불과하다. 식물의 잎에 든 다양한 색소는 뒤에서 빛을 비췄을 때 더 잘 보이는데, 겨울이야말로 그런 일에 최적화된 계절이다. 브로멜리아드는 특히 심장이 저미도록 아름답다. 브리에세아와 네오레겔리아 잎을 통과하는 빛은 유혹적이기까지 하다. 잎이 아주 얇은 식물과 빛을 합쳐놓으면 장관을 이룬다. 쏟아지는 햇살이 이레시네 이파리들을 통과하는 광경은 사이키델릭 쇼에 버금간다.

다른 꽃들 역시 유행어를 빌리자면 '블링블링'하다. 이 방면에서 내가 제일 아끼는 꽃은 히아신스지만 수경 재배한 튤립과 수선화 꽃잎도 그 뒤를 바짝 추격한다. 봄에 꽃을 피우는 알뿌리들을 실내 화분용으로 간주하지 않는 사람은 식물 분류를 다시 하기 바란다. 원하는 식물은 뭐든 실내에 들여서 화분에 키우고, 반려 식물로 삼을 수 있다.

식물들의 실루엣도 빛이 투과하는 이파리 못지않게 또렷한 매력을 발산한다. 서리 낀 유리창 앞에 에케베리아를 올려두고 우아하게 아치를 그리며 뻗은 꽃대의 시적 아름다움을 느껴보자. 광택이 없는 푸른색은 햇빛을 받아 더 강렬한 인상을 준다. 오후 햇살이 창에 닿아 서리가 녹으면서 물방울이 될 즈음에는 완전히 다른 풍경이 펼쳐진다. 서리야말로 겨울 아침에 일어나 침대를 벗어날 이유가 되어준다. 이불 밖으로 나와서 서리가 연출한 광경을 보는 순간 거기 사로잡혀 종일 벗어나지 못한다.

'커시드럴' 베고니아는 창턱에 올려놓고 감상하기에 특히 좋은 반려 식물이다.

후각

날카로운 겨울 냄새

바깥에서는 겨울이 맹위를 떨치고 있다. 영하 26도이니 위아래 이가 딱딱 마주치고, 무릎이 달달 떨리고, 손가락이 곱고, 살이 에일 듯한 추위다. 정신이 제대로 박힌 사람이라면 이런 추위에는 밖으로 나가지 않을 것이다. 지역 행정부에서는 외출을 자제하라고 당부하는 재해 문자를 계속 보내고 있다. 그러나 집 밖 헛간에는 염소들이 살고 있고, 나 없이는 안 되는 녀석들이다. 그래서 나는 밖으로 나간다.

몹시 낮은 온도에서는 냄새가 아주 작은 돌풍처럼 순간순간 몰려든다. 얼굴이 목도리에 푹 파묻히도록 꽁꽁 싸매도 차가운 공기가 벌침처럼 날카롭게 피부를 파고든다. 그럴 때면 일상적인 기능 이상의 감각으로 갑자기 코의 존재를 인식하게 된다. 얼굴 한가운데 쑥 튀어나와 아린 느낌을 받는 신체 기관이 존재한다는 감각 말이다. 극도의 추위만큼이나 후각을 예민하게 하는 것도 없다.

겨울에서는 예리한 냄새가 난다. 얼음 냄새. 휘몰아치는 공기는 아무것도 섞이지 않은 순수한 바람 냄새의 정수다. 그 순수한 바람 냄새를 맡고 나면 이내 거기 실려 온 다른 냄새들이 겹겹이 쌓이기 시작한다. 염소들이 있는 헛간으로 향할 때 맨 처음 경험하는 것이 바로 그 예리한 겨울의 냄새다. 염소 헛간 문을 열면 그곳 특유의 다양한 냄새가 나를 반긴다. 물양동이를 향해 몸을 굽히면 목도리 바리케이드를 뚫고 냄새가 훅 들어온다. 유기체에서 나는 냄새는 어딘지 관능적인 데가 있다. 내 눈은 손전등 불빛을 비춘 곳에 초점을 맞추고 손은 더듬더듬 걸쇠와 양동이 손잡이, 건초 더미를 찾는다. 장갑 낀 손을 뻗어 배급을 기다리고 있는 녀석들의 두텁고 부드러운 털을 쓰다듬어준다.

좋은 건초에서는 볏짚, 토끼풀, 자주개자리 냄새가 뒤섞인 향이 난다.

그 조합은 건초 더미마다 달라서 각각 독특한 향이 있다. 건초에서 조금이라도 퀴퀴한 냄새가 나면 염소에게 주지 않는다. 건초 더미 안에 소귀나무의 잎이 섞이면 향이 정말 좋지만, 염소들은 입도 대지 않는다. 좋은 염소지기가 되려면 코의 안내를 잘 따라야 한다.

영하 26도의 추위에도 염소들은 되새김질을 열심히 한다. 그러다가 한밤중에 헛간에 들어온 사람이 누군지 알아내기 위해 콧구멍을 씰룩거리면 녀석들의 반추위에서 올라온 시큼한 냄새가 내 코를 강하게 자극한다. 염소들의 분뇨는 끊임없이 나오는데 건초, 곡물, 끓는 물 냄새 말고도 독특한 톱노트가 있다. 이듬해 봄에 수국을 키울 퇴비가 될 분뇨이니 '약속의 냄새'라고 해두자. 집으로 터덜터덜 걸어가는데 이웃의 장작 난로에서 연기 신호가 올라오고, 발걸음을 내디딜 때마다 내 옷자락이 열렸다 닫히기를 반복한다. 모든 것을 꼭꼭 닫고 싸매도 겨울 특유의 향기는 사방에 서려 있다.

어느 집이나 주변 환경과의 관계 속에 있기 마련이다. 반려견을 산책시킬 때, 새 모이통을 채울 때, 택배원이 미끄러지지 않도록 진입로의 눈을 치울 때, 눈 속에 묻힌 신문지를 집을 때, 쓰레기를 버리러 나갈 때 냄새를 맡아보자. 오감에 주의를 기울이기 전까지 나는 내가 우리 헛간에 대해 얼마나 알고 있는지 생각조차 해본 적이 없었다. 코감기에 걸렸을 때 처음으로 내가 코로 얼마나 다양한 지식과 정보를 모으는지 깨달았다. 일주일 정도 후각을 통해 정보 수집을 못 하다가 갑자기 냄새를 맡을 수 있게 되면서 코를 통해 들어오는 엄청난 양의 데이터를 맞이한 경험은 많은 것을 깨닫게 해준 동시에 활력을 안겨주었다. 갑자기 헛간에 가는 일이 하루 두 번 마지못해서 해야 하는 귀찮은 일이 아니게 됐다. 그 일에 또 다른 차원의 즐거움이 더해졌다.

얼굴까지 둘둘 감은 목도리를 뚫고 염소와 건초 냄새,
염소의 반추위에서 올라오는 냄새가 내 코로 들어온다. 겨울 냄새다.

실내 정원의 숨결

외출했다가 집으로 돌아오는 것만큼 좋은 일은 없다. 차에 싣고 온 짐을 들고 현관문까지 터덜터덜 걸어간 다음 문 앞의 발판에서 발을 쾅쾅 굴러 눈과 얼음을 털어낸다. 뻑뻑한 문을 밀어서 열고 들어가면 아인슈타인이 문 바로 옆에 있다가 나를 반긴다. 혹시 내가 외출한 여섯 시간 내내 거기 앉아서 망을 본 것일까? 절대 알아낼 수 없는 일이긴 하다. 나와 함께 차가운 공기가 집 안으로 훅 들어오면서 작은 전쟁이 벌어진다. 현관 복도로 사용되는 온실의 따뜻하고 습한 공기가 차가운 공기 주머니를 덮친다. 반대되는 두 공기는 세력 다툼을 벌이지만 결국 홈 팀이 이긴다. 내가 목도리를 풀고 난 즈음에는 싸움이 다 끝나고 평화가 돌아와 있다. 숨을 들이쉰다. 집의 향기가 내 마음을 감싸 안는다.

어느 집이나 그 집만의 독특한 향기가 있다. 청소 세제의 향기가 됐든 카펫 냄새가 됐든 열기를 내뿜는 난로 냄새가 됐든 집마다 다른 냄새가 난다. 어떨 때는 빈방에서 흘러나오는 좀약 냄새거나 젖은 개 냄새일 수도 있다. 부엌에서 흘러나오는 따뜻한 빵 냄새 혹은 커피 끓이는 냄새인 경우도 많다. 향수 전문가들은 갓 구운 빵 냄새가 사람들이 가장 보편적으로 좋아하는 향기라고들 하지만 내 후각 취향은 방향이 조금 다르다. 나는 향기를 계속 뿜어내고 팔 아프게 반죽을 하지 않아도 되는 쪽을 선호한다. 바로 식물들의 향기다.

실내 정원을 가꾸면 식물들이 집 안의 숨결에 미묘한 영향을 준다. 바리톤처럼 아래 깔리는 것도 아니고, 속삭임도 아니다. 그보다는 콧노래에 가깝다. 그러나 이 교향곡은 계속 바뀐다. 어떤 꽃은 피어나고, 어떤 꽃은

학재스민은 사향 냄새가 살짝 가미된 향기를 온 방 안에 퍼트린다.
겨울철 우리 집의 상징적 향기라고 할 수 있다.

지면서 거기서 나온 향기가 부엌에서 조리하고 있는 콜리플라워 냄새와 가구 광택제의 레몬 향과 섞인다. 향기의 균형은 빛의 영향도 받는다. 아침과 오후, 낮과 저녁, 맑은 날과 흐린 날이 모두 다르다. 화분에 물을 줄 때 슬며시 올라오는 따뜻하고 습한 향기는 햇빛이 마른 흙에 내리쬘 때와는 다르다. 식물이 목이 마를 때 방출하는 방향유의 향은 물을 충분히 마신 후 방출하는 향기와 다르다. 화분에 물을 줄 때 라벤더나 플렉트란투스를 팔꿈치로 슬쩍 비비거나 바닥에 걸레질할 때 이파리를 쓰다듬어보자. 향수 같은 좋은 향기로 친밀함을 표시할 것이다. 손가락으로 박하를 간질이면 깔깔 웃음을 터트리듯 향기를 뿜어낸다.

꽃들은 향기 나는 이파리들보다 사회적 성향이 더 강하다. 어떤 꽃들은 우리가 코를 가져다 대기 전까지 향기를 드러내지 않고 기다린다. 반대로 '나 여기 있소' 하고 목청껏 외쳐대는 꽃들도 있다. 귤속*Citrus* 식물의 꽃은 문을 열고 들어서는 우리에게 달려와 품에 안긴다. 목서의 꽃향기는 방 건너까지 퍼져 나간다. 프리지어는 하이노트high note의 향기로 방을 가득 채우고, 재스민 향기는 공기에 무게를 더하는 느낌으로 진하게 퍼진다. 난꽃은 은밀하게 향기를 내보이는 종류도 있고, 야단스럽게 존재감을 알리는 종류도 있다. 하지만 초콜릿오키드가 꽃을 피우면 꽃이라고는 관심도 없던 사람들의 코마저 사로잡고 놓아주지 않는다. 아무도 그 매력을 당해낼 수가 없다.

잎이든 꽃이든 식물이 내쉬는 숨은 언제나 조화롭다. 우리 집에서는 한겨울이 되면 귤 냄새와 계피 향이 가미된 마삭줄 향기, 수경 재배를 한 수선화와 히아신스 등이 모두 합쳐진 황홀한 향기에 가끔 호야 향기가 보태진다. 물론 히아신스에 코를 대서 향기를 맡으면 다른 꽃향기를 모두 덮을 정도로 강하다는 느낌을 받겠지만, 방 전체에 넓게 퍼지도록 두면 히아신스도 그렇게까지 과시적이라는 생각이 들지 않는다. 마트에서 프리지어를 사는 행운을 잡는 날은 화병에 꽂아놓은 프리지어의 하이노트 향기와 재스민 향기가 섞여 정말이지 천상의 향기를 연출한다. 게다가 그 향기는 하루 중 어느 시각인지에 따라, 내가 방의 어느 지점에 서 있는지에 따라 달라진다. 인공적으로 만든 향과 비교할 때 천연향이 갖는 뚜렷한 장점은 모든 향기가 서로 조화롭게 작용한다는 것이다.

여름에 햇살이 유리창을 통해 강력한 위력을 발휘할 때면 허브 잎 표면의 방향유를 품은 주머니들이 손상을 입기도 한다. 끊임없이 손상된 곳을 복구하는 능력을 지닌 식물에게는 이것이 별문제가 아니다. 그 과정에서 더 강한 향이 발산되니 오히려 우리 코가 호강한다. 겨울에 외풍을 없애려고 문을 꼭 닫아둔 실내는 향기가 나가지 못하도록 잡아두는 향수 병과도 같다. 겨울은 천연 향수를 직접 연출하기에 가장 좋은 계절이다. 이렇게 말은 했지만, 사실 바깥 대자연의 향기를 집 안으로 끌어들이기 위해 창문을 열 때도 우리는 한 치도 망설이지 않는다.

※
겨울의 기억, 프리지어

나는 일 년 내내 프리지어가 내줄 향기를 고대하고 기다린다. 그런데 아무리 애를 써도 다른 계절에는 프리지어의 정확한 향기를 떠올릴 수가 없다. 놀라운 향기라는 것은 알고 있다. 바닐라와 달콤한 사탕 향기에 계피가 한 꼬집 정도 들어간 것 같기도 한 절묘한 조합이라는 건 기억하지만 그 이상을 떠올리려고 해도 내 후각적 기억이 거부한다. 그러다 겨울이 오고 프리지어꽃에 코를 파묻는 순간, 모든 기억이 밀물처럼 돌아온다. "맞아, 그렇지! 이게 바로 프리지어 향기야." 그렇게 혼잣말을 하면서 다시 프리지어를 구할 수 없는 때가 올 것에 대비해 그 향기의 기억을 깊이 간직하려 노력한다.

밸런타인데이가 다가오면 프리지어가 마트 매대에 나오기 시작한다. 프리지어 줄기의 우아한 곡선은 발레 〈백조의 호수〉에 견줄 만하다. 꽃대를 따라 돋아난 나팔 모양 꽃들은 약속된 시간에 꽃잎을 열고 동료들과 함께 발레리나 같은 모습을 며칠 동안 뽐낸다. 모두 아름답기 그지없다. 하지만 향기 면에서는 모든 프리지어가 동등하지 않다. 어떤 프리지어는 후추 같은 향이 나서 실망스럽다는 평을 듣기도 하고, 어떤 프리지어는 상상력을 있는 대로 동원해야만 희미한 향기의 꼬리라도 잡을 수 있다. 불만을 참고 타협하지 않기를 바란다.

하얀색 꽃을 피우는 품종들이 코를 황홀하게 해줄 확률이 제일 높다. 하얀 홑꽃을 피우는 '앰비언스Ambiance' 프리지어는 천상의 경험을 하게 해줄 것이다. 파란색 꽃을 피우는 '메르쿠리우스Mercurius'도 거의 비슷하게 감미롭다. 분홍색 홑꽃에 노란색이 살짝 섞인 '알리드Aleid'는 앞의 두 품종처럼 향이 강하지는 않지만 아름다운 꽃이다. 노란색 프리지어도 대체로 향이 강하다. 그중에서도 '알라딘Aladdin'을 추천한다. 겹꽃들은 대개 홑꽃보다 향기가 덜한 편이다. 왜 품종에 따라 향기가 다를까? 아마도 혈통 때문에 그럴 것이다. 원하는 특색을 갖도록 품종을 개량한 프리지어는 몇 가지 다른 종이 섞인 복잡한 혈통을 지니고 있다. 어떤 것들은 살짝 향기가 나고, 어떤 것들은 발을 움츠릴 정도로 강한 향기를 뿜는다.

프리지어는 꽃꽂이용도 좋고 화분에 심은 것도 좋다. 나는 보통 둘 다 산다. 겨울은 길고 나는 쾌락주의자니까. 보통은 화분이 나오기 전에 꽃꽂이용으로 꺾은 꽃이 먼저 판매되기 시작한다. 하지만 화분에서 자라는 프리지어가 펼치는 느리고 유혹적인 드라마는 꽃꽂이용보다 훨씬 오래 간다. 운이 좋으면 그리고 가능한 한 햇빛을 많이 비춰주면 처음 살 때 맺혀 있던 꽃망울들이 모두 진 다음에 새로 꽃망울이 올라오기도 한다.

마트에서 사 온 식물 대부분이 그렇듯 프리지어 화분에도 모래가 많이 섞인 저질 흙이 들어 있다. 할 수 있는 한 빨리 더 나은 화분으로 옮기는

진줏빛 프리지어 '앰비언스'에서 풍겨 나오는 향기는
타의 추종을 불허할 정도로 진하고 매혹적이다.

게 좋은데, 더 큰 화분을 사용하지 않도록 조심하자. 프리지어는 물이 잘 빠지는 환경을 좋아하니까. 기름진 흙이 담긴 화분에 옮겨 심었다면 물 주는 데 신경을 써야 한다. 물을 적당히 준 후, 흙이 완전히 마르기를 기다렸다가 다시 물을 주는 것이 좋다. 알줄기 식물은 습한 환경을 싫어한다. 이런 조건을 모두 맞춰주지 않아도 마트에 진열되기 전에 이미 올린 꽃대에서 꽃이 피는 건 즐길 수 있다. 하지만 대우를 잘하면 꽃대가 더 올라와 환희의 순간을 좀 더 오래 누리게 해준다. 개인적인 성취감이 한껏 드높아지는 효과도 얻을 수 있다. 겨울도 어둡지만은 않다.

※
겨울의 쾌락, 히아신스

히아신스는 창턱에 놓인 창녀다. 말조심하느라 몸 사리지 말고 그냥 솔직히 말해버리자. 히아신스는 바람둥이다. 지금껏 한 번도 수수한 히아신스를 본 적이 없다. 모두 떠들썩하고 요란한 파티족들로, 야한 옷차림을 하고 추파를 던지듯 향기를 사정없이 내보낸다. 그런 히아신스가 살짝 감당이 안 되는 느낌이 들 수도 있다. 한겨울이 아니라면 말이다. 모든 것이 꽁꽁 얼어붙은 지금, 히아신스는 천국이다. 히아신스 옆을 지나가면서 꽃잎에 눈길을 주지 않고서는 배겨낼 수가 없다.

우리 마당에서는 품종 개량이 된 히아신스를 기르지 않는다. 거의 야생에 가까운 히아신스가 대부분이다. '페스티벌'이나 '아나스타샤Anastasia'처럼 여러 개의 꽃대를 올리는 품종 말이다. 개량종 히아신스들이 통통한 여우 꼬리나 강아지풀 같은 꽃대로 기립박수를 받을 만한 외모를 자랑하는 것에 견주면 야생종 히아신스의 외모가 좀 달리는 게 사실이다. 그러나 품종 개량을 거치고 거친 히아신스의 막대사탕 같은 꽃은 거의 야생에 가까운 분위기의 우리 마당과 어울리지 않을 것이다. 그렇다고 해서 내가 짜릿한 색과 토실토실한 몸매로 적당한 시기에 모습을 드러내는 새 품종을 경배하지 않는다는 말은 아니다. 녀석들이 없었으면 겨울을 나기가 힘들었을 테니까. 히아신스를 끊어보려고도 했지만 결국 마트로 달려가 수경 재배 히아신스를 구매한 다음에야 1월 내내 안절부절못하던 마음의 안정을 되찾았다. 겨울에는 겨울 나름으로 지켜야 할 규칙들이 있다.

그러니 혀를 내두를 정도로 화려한 색깔들도 얼마든지 환영이다. 매음굴에 어울릴 법한 야한 향기도 더 맡고 싶다. 겨울에는 히아신스의 대담한 행동을 탐하게 된다. 솔직히 말하면 히아신스는 늘 너무 늦게 꽃이 피는 것 같아 불만이다. 초겨울에는 항상 과하면서도 짜릿한 히아신스 특유의 향기를 조바심치며 기다리게 된다. 나는 해마다 이맘때면 줄줄이 늘어놓은 수경 재배용 화병을 하나하나 살피며 싹이 돋는지 확인하느라 시간을 엄청나게 낭비하곤 한다.

제대로 준비하려면 알뿌리가 동나기 전에 미리 주문하자. 도착한 알뿌리는 바로 냉장고에 넣는다. 음식도 함께 보관하는 냉장고라면 알뿌리가 배송된 봉지 그대로 냉장고에 보관하는 것이 좋다. 추수감사절 주말에 잠깐 시간이 난 틈을 타 알뿌리들을 꺼내 수경 재배용 화병에 담고 창가에 주르륵 세워두자. 이것은 내가 해마다 치르는 의식을 매우 간추려 표현한 것이다. 사실 나는 이 과정을 거의 종교의례처럼 거행하곤 한다. 우리 집에는 수경 재배용 화병이 많다. 어찌 된 일인지 해마다 수가 늘어난다. 나는 화병이란 화병은 모두 꺼내서 개수대 옆에 줄 맞춰 세운 히아신스와 색이 맞거나 보색을 이루도록 알뿌리를 배치한다. 물론 히아신스를 화분에 심어도 예쁘다. 하지만 갖가지 실험 결과, 화분보다는 화병을 창턱에 월등히 더 많이 올릴 수 있다는 결론을 얻었기에 히아신스를 더 많이 수용할 수 있는 쪽의 손을 들어주게 되었다.

다양한 색깔의 히아신스들이 한꺼번에 피어서 무지개처럼 보이는 카탈로그의 사진은 믿을 게 못 된다. 히아신스들은 동시에 꽃을 피우는 법이 없다. 한날한시에 심어도 '미스 사이공Miss Saigon'은 활짝 피었는데 '페

어리 화이트Fairy White'는 싹도 보이지 않을 때도 있다. 내 경험으로는 하얀 히아신스가 가장 느리게 자라는 것 같다. 사실 한겨울에 창턱에서 기르는 히아신스들이 서로 시차를 두고 오랜 기간에 걸쳐 꽃을 피워주는 것은 진심으로 감사할 일이다. 게다가 카탈로그 사진을 아무리 아름답게 찍어도 향기를 전달할 수는 없다. 마니스위쯔Manischewitz 포도주에 싸구려 향수를 조금 과하게 뿌리고 정향을 살짝 가미한 향기를 상상해보자. '미스 사이공'의 향기는 거기에 열 배를 곱하면 된다. '피터 스튜이버선트Peter Stuyvesant'는 위의 조합에 포도 향을 술의 신 바쿠스 수준으로 올리면 된다. 어떤 식의 조합도 한겨울에는 질리지 않는다. 적어도 자타가 공인하는 히아신스 쾌락주의자에게는 말이다.

여기에 짜릿한 색채까지 더하면 겨울은 유혹의 계절이 되어버린다. 내가 제일 좋아하는 품종인 '미스 사이공'의 자주색, '피터 스튜이버선트'처럼 짙은 남보라색, 혹은 '블루 재킷Blue Jacket'이나 남색 겹꽃이 피는 '크리스털 팰리스Crystal Palace' 같은 각종 파란색도 곁들여보자. 복숭아색 '집시 퀸Gypsy Queen', 립스틱 핑크빛 '얀 보스Jan Bos'와 연한 망고색이 나는 '오디세우스Odysseus', 부드러운 노란색 '시티 오브 할렘City of Haarlem' 등 선택지는 무한하다. 히아신스가 늘 밸런타인데이 즈음에 꽃을 피운다는 사실도 고마운 일이다. 그때쯤 날씨가 정말 고약해지는 경향이 있으니까.

겨울에 히아신스를 선택하면 후회가 없을 것이다. 눈이 번쩍 뜨이는 색채와 유별나게 유혹적인 향기는 히아신스를 따라올 꽃이 없다. 색이든 향기든 굳이 절제하려고 애쓰지 말고 맘껏 다 즐기자. 알뿌리로 오감을 자극하자.

'크리스털 팰리스' 히아신스의 보라색 겹꽃에서는 진한 포도 향이 난다.

청각

고요의 소리

퍼더모어를 처음 만났을 때, 이 땅은 덩굴옻나무와 가시덤불이 가득 얽혀 엉망진창이었다. 수십 년에 걸친 무관심과 방치에도 불구하고 살아남은 붓꽃 몇 포기와 아주 오래전에 바람막이를 염두에 두고 심었음이 분명한 위풍당당하고 오래된 몇몇 나무들을 제외하면 정원이라 부를 수 없는 상태였다. 그런데도 나는 이 집과 땅에 충성을 맹세했다. 그리고 7에이커에 달하는 이곳을 아름답고 자랑스럽게 가꾸기 위해 헌신했다. 땅, 가문비나무, 단풍나무와 맺은 약속이었다. 늦가을에 처음 이 땅과 데이트를 한 다음 12월에 집문서에 서명했으니 무엇을 치우고 없앨 것인지를 정하는 것 말고는 다른 계획을 할 틈도 없었다. 그러고 나니 새하얀 눈이 모든 지저분함을 덮어주는 것이 고마울 따름이었다.

이제는 그때와 전혀 다른 이유로 눈을 좋아한다. 눈은 잠들어 있는 것들을 덮어 보호해준다. 정원은 식물을 심고 가꾸는 공간일 뿐 아니라 여백의 미를 즐기는 공간이기도 하다. 통로, 화초가 자라는 곳, 들판, 목초지, 나무가 자라는 곳, 나무들 사이의 빈자리 모두가 정원이다. 아직 심지 못한 식물이 자랄 곳이자 여태 실행에 옮기지 못한(혹은 아직 상상하지 못한) 프로젝트들이 이루어질 곳이다. 눈은 기온이 곤두박질치는 추위와 살을 에는 듯한 바람으로부터 모든 것을 보호해주는 방패다. 참혹한 일이 많이 일어나는 겨울에 눈은 자애로운 가림막 역할을 한다. 눈은 과장된 신파극의 불협화음이 몰아닥친 후 안도의 한숨을 내쉴 수 있게 해주는 반가운 휴식이다. 한바탕 폭풍이 몰아친 후의 정적을 반기지 않는 사람이 있을까?

모두 들어봤을 것이라 확신한다. 아니 더 정확하게 표현하자면 모두 '안' 들어봤을 것이다. 눈보라가 몰아친 뒤의 잠시 멈춤. 모든 것이 숨을 죽이는 순간의 정적. 밤새 온 세상을 뒤집을 듯 불어대느라 목이 다 쉬어버린 바람이 잠잠해진 후 메아리조차 사라져버린 아침의 소리.

엄청난 눈보라가 친 후 동이 틀 무렵에는 아무 소리도 들리지 않는다. 눈 치우는 기계가 도로를 누비기 전, 지나가는 자동차 바퀴 자국으로 눈 고랑이 패이기 전, 온 세상이 완벽한 침묵에 잠긴 드문 순간이 있다. 시시한 눈보라 정도로는 이런 침묵을 얻을 수 없다. 눈발이 날리는 정도로는 당연히 어림도 없다. 10센티미터 정도 눈이 쌓이면 물론 매우 불편하지만 온 세상이 멈추게 하지는 못한다. 세상이 입을 다물게 하려면 적어도 30센티미터 이상은 눈이 쌓여야 한다. 그런 눈이 오고 난 뒤에 흐르는 정적은 나중에 그 눈사태를 처치할 때 겪는 고통도 감수할 가치가 있어 보이게 한다.

사람들은 익숙한 소리에 적응하는 경향이 있고, 일상적으로 들리는 소리는 무시하기도 한다. 까마귀가 깍깍거려도 아마 동료 까마귀들을 제외하고는 아무도 걸음을 멈추고 귀를 기울이지 않을 것이다. 그러나 갑자기 그런 소리가 세상에서 사라져버리면 그제야 우리는 익숙한 것의 부재를 깨닫는다.

캐나다기러기가 착륙하면서 신경질적으로 꽥꽥거리는 소리도, 박새가 팔랑거리며 날아다니는 소리도, 기계가 윙윙거리는 소리도 들리지 않으면, 우리는 그 침묵에 귀를 기울인다. 오로지 나와 내 손에 든 눈 치우는 삽이 내는 사각사각, 슥슥, 팍팍 소리만 들릴 때면 이제 더는 들리지 않는 여러 겹의 소리가 있다는 사실에 주의를 기울이게 된다. 하지만 눈 치우는 삽을 놀리는 규칙적인 소리마저 푹 눌러쓴 두꺼운 모자와 귀마개에 가려 크게 들리지 않는다. 귀를 감싼 보온 장구의 방해에도 불구하고 그 완벽한 고요함, 익숙지 않은 정적은 귀를 먹먹하게 할 정도로 크다.

눈보라가 몰아친 후 사람들이 깨어나 행동을 개시하기 전까지
세상은 정적에 휩싸인다.

정신을 산란하게 하는 소음이 싹 없어지면 귀를 기울여 무언가를 듣고 싶은 유혹이 압도적으로 커지고, 우리는 이 진공 상태를 채워줄 소리를 절박하게 찾는다. 멀리서 들려오는 부엉이 소리, 연못에서 얼음이 움직이며 내는 무지근한 소리. 침묵의 공간을 자신만의 사운드트랙으로 메꾸면서 우리가 아는 세상이 다시 시작되기를 기다린다. 그리고 천천히 소리가 돌아온다. 오케스트라는 타악기부터 연주를 시작한다.

통로를 치우고 나면 필수 임무를 완수해야 한다. 염소에게 곡물과 따뜻한 물을 주고 구유에 건초를 넣어주고, 염소들이 뛰놀도록 마련해놓은 작은 방목지로 언젠가는 갈 수 있게 눈을 치워서 통로를 하나 더 만들어줘야 한다. 맞다, 응석을 너무 받아주며 키웠다.

이런 일을 하며 돌아다니는 동안 내 발밑에서 나는 뽀드득 소리를 들으면 모든 것을 짐작할 수 있다. 눈을 잘 치워둔 통로를 걸을 때는 규칙적인 소리가 난다. 차로 가는 길, 신문을 주우러 가는 길(눈밭에서 신문을 찾는 것은 또 다른 문제다), 물 양동이를 나르는 일(가축들에게 먹일 물을 가득 담은 양동이를 들고 쌓인 눈을 헤치고 걸어가는 일은 이두박근 단련에 특효약이다)을 할 때 뽀드득 소리가 나와 동행한다.

다른 소리도 나기 시작한다. 서서히 새들도 이제 괜찮다며 서로를 안심시키는 소리를 내기 시작하고는 이내 이리저리 훨훨 날아다닌다. 해가 나면 쩡쩡, 빠지직, 똑똑, 다양한 소리가 들려온다. 슬슬 기계 소리도 커진다. 눈 치우는 기계가 돌아가고 제설차가 우르릉거리며 지나간다. 머리 위로 비행기도 날아간다. 얼마 지나지 않아 땅의 목소리는 주변을 에워싼 입체 음향에 묻히고 만다.

큰 눈보라가 몰아치기를 바란다고까지는 말하지 않겠다. 하지만 눈보라가 휩쓸고 간 후에만 경험할 수 있는 아름다움이 분명히 있다.

✳ 단잠을 깨우는 쿵쾅 소리

겨울의 소리 중 다수는 우리 귀에 달콤하게 들리지 않는다. 나뭇가지를 꺾어 땅에 내동댕이치는 강풍의 위협적인 울부짖음, 매서운 바람이 벽에 부딪혀 소용돌이를 일으키며 내는 높은 비명, 잔가지들을 쫓아다니는 바람의 종종걸음, 그 모든 것이 만들어내는 귀신의 곡성 같은 소리. 겨울은 수다스러운 계절이다. 그리고 그 어떤 소리도 좋은 징조는 아니다.

갑작스러운 돌풍이 헛간 문을 밀치고 들어서려고 할 때 휘파람처럼 나는 소리에는 소름이 돋는다. 나무 울타리가 세찬 바람을 맞아 앞뒤로 휘청거릴 때면 언제 넘어질지 맘을 졸이며 지켜보느라 유리창 앞에서 떠날 수가 없다. 장난이 너무 과한 돌풍 때문에 뭔가가 무너지거나 넘어지는 소리가 난 뒤에는 바람 소리를 더는 참아내기 어렵다. 겨울에 일어나는 대부분의 우환은 소리와 함께 찾아온다.

그렇다고 겨울에 나는 모든 소리가 재난을 몰고 오는 것은 아니다. 최근 나는 겨울처럼 깊은 잠에서 갑자기 깨어난 적이 있다. 안개처럼 몽롱한 꿈나라에서 빠져나와 정신을 차리기까지 시간이 약간 걸렸다. 휘익 소리가 한 번 더 커다랗게 나고 뒤이어 그 소리 못지않게 극적인 쿵 소리가 따른 것으로 봐서 우리 집에 무슨 큰일이 벌어진 게 틀림없어 보였다. 발로 더듬더듬 슬리퍼를 찾아 신었을 즈음, 그것이 우리 집 건물의 일부를 이루고 있는 온실의 유리 지붕에서 얼음덩어리가 미끄러져 떨어지는 소리였음을 깨달았다. 얼마나 안심이 되던지!

겨울에 반복적으로 나는 모든 소리 중에서 유리창이나 지붕에서 눈덩이가 떨어지는 소리는 상대적으로 반갑다. 하긴 눈이나 얼음이 미끄러져 떨어질 때 나는 극적인 소리는 늘 사람을 깜짝 놀라게 한다. 뭔가가 부서지는 소리와 너무나 비슷하기 때문이다. 그러나 그 소동은 좋은 소식을 알리는 명쾌한 나팔 소리다. 모든 것이 계획대로 잘 진행되고 있다는 의

미다. 유리창이나 지붕에 눈이 계속 쌓이기만 하고 미끄러져 떨어지지 않으면 재앙에 가까운 상황이 벌어질 수 있다. 시끄러운 소리를 내며 땅으로 떨어진 눈을 치우는 일과 그에 따른 피할 수 없는 근육통이 기다리고 있긴 해도 아침에 일어났을 때 머리 위 뭔가가 무너지거나 부러진 것을 발견하고 수습해야 하는 처참한 상황보다는 훨씬 낫다.

두 번째 눈사태가 일어났을 때, 나는 이미 앞장서 가는 아인슈타인을 따라 아래층으로 내려가 있었다. 눈이 미끄러져 떨어지는 소리가 더 들렸다. 반갑긴 해도 아름답지는 않은 소리다. 더는 눈에 덮여 있지 않아 드러난 유리 지붕 위로 진눈깨비 떨어지는 소리가 들렸다. 외등을 켜고 바깥을 보니 눈이 높이 쌓여가고 있었다. 이 정도 경고 신호면 대책을 마련해야 한다. 온도 조절 장치의 눈금을 한두 단계 올린다.

실내 온도를 높이는 것은 온실과 겨울 눈보라가 벌이는 전쟁에서 살아남는 나만의 전략이다. 온실이 있는 집에서 살면 금방 익히게 되는 요령이기도 하다. 눈보라와 맞설 때는 난방비를 절약할 수가 없다. 온실 기온이 섭씨 15~16도 이하로 떨어지지 않도록 해야 하고, 얼음이 쌓이게 하면 절대 안 된다. 그렇게 조치하고 눈과 얼음이 미끄러져 떨어지는 반가운 소리를 기다린다. 그 소리는 모든 게 잘될 거라는 약속과도 같다. 적어도 다음번 쿵쾅 소리가 들릴 때까지 몇 시간 더 눈을 붙일 수 있을 것이다. 드르릉 쿨쿨, 쿵쾅, 쫓아가기, 처음부터 다시 반복하기. 뉴잉글랜드의 겨울은 늘 그렇다.

온실 지붕에 눈이 너무 많이 쌓이지 않게 하려면 온도 조절기를 가지고
분투해야 한다. 하지만 동이 트고 온실 천장이 무너지지 않은 걸 확인할 때면
밤사이의 모든 고생이 눈 녹듯 사라진다.

실내 화분에 물 주는 소리

겨울 실내에서는 귀를 기울여야 할 일이 참 많다. 바람의 선전포고 소리뿐 아니라 자기표현에 여념이 없는 실내 정원이 내는 소리에도 신경을 써야 한다. 쪼르륵 소리? 이건 난방 배관에 뜨거운 물이 도는 소리나 진눈깨비가 유리창을 타고 흘러내리는 소리가 아니라 점토 화분을 타고 흘러내린 물이 물받침으로 떨어지는 소리다. 그러다 물받침으로 놓아둔 접시에서 물이 넘쳐 바닥에 고약한 자국을 남길 것이다.

이 모든 난장판이 물뿌리개로 실내 화분에 물을 주면서 시작됐다. 사실은 잘못을 바로잡으려다 시작된 일이다. 그 쪼르륵 소리는 모든 것이 순조롭게 돌아갔다면 나지 않았을 소리다. 어쩌다 보니 화분에 물 주는 것을 한 번 잊었다. 오케이, 한 번보다는 조금 더 여러 번 잊었다. 쪼르륵 소리는 화분들에게 사과하고 실수를 바로잡으려고 할 때 나기 시작했다. 물이 그런 식으로 떨어지는 것은 흙이 뭔가 크게 잘못됐을 때 내는 패배의 탄식 소리다.

실내 화분에 물을 주는 행위에도 나름의 멜로디와 리듬이 있다. 물뿌리개에 물을 받는 쏴아악 소리, 화분에 물이 뿌려질 때 나는 보슬보슬 소리. 적당한 주둥이를 가진 적당한 물뿌리개를 찾는 과정부터 모든 것이 과학이다. 보기에는 멋지지만 실용적이지는 않은 물건이 많이도 나와 있는 걸보면 불행하게도 정원용 도구를 디자인하는 사람 중에는 실내 식물을 기르는 예술을 직접 체험해본 사람이 드문 듯하다.

실내용 화분에 물을 주는 데 쓰는 물뿌리개는 실외에서 쓰는 물뿌리개와는 다른 디자인이어야 한다. 실내용 물뿌리개의 주목적은 수도에서 화

좌대형 화분에서 물이 떨어지는 소리는 절대 좋은 신호가 아니다.
넘쳐흐른 물이 흥건히 고인 바닥을 닦아야 할 수도 있다.

분이 있는 곳까지 가능한 한 많은 양의 물을 옮기는 것이 아니다. 주둥이가 날씬해야 원하는 목표 지점에 정확히 물을 줄 수 있다. 쉽게 겨냥할 수 있어야 하는 게 핵심이다. 날씬한 주둥이는 물이 한꺼번에 너무 많이 나와서 화분에서 넘치는 사태를 예방해준다. 개수대까지 여러 번 왕복하기 싫어서 커다란 물통에 넓은 주둥이가 달린 물뿌리개를 사용하고 싶은 유혹이 있긴 하지만 그랬다가는 바닥에 흘린 물을 닦는 데 시간이 더 걸린다. 그리고 물뿌리개는 수도꼭지에서 물을 받기 편하도록 입구가 널찍해야 한다.

현재 내가 애용하는 물뿌리개는 드램사에서 나온 2리터들이 제품이다. 물을 담을 수 있는 용량과 주둥이의 모양, 길이 비율이 딱 적당하다. 호즈 Haws사 제품은 주둥이가 너무 길어서 내 솜씨로는 정확히 겨냥하기가 힘들었다. 주둥이 밑을 받치는 코 부분이 너무 길면 식물이 한데 모여서 자라는 화분에 물 주기가 어려워질 수도 있다. 반면 손이 잘 닿지 않는 곳에 있는 화분에는 주둥이가 긴 물뿌리개가 유리하다. 블로엠 Bloem사의 1리터들이 물뿌리개는 보기에 무척 귀엽고, 화분 한두 개 정도에 물을 주기에는 적당하다. 하지만 나처럼 200개가 넘는 화분에 물을 줘야 하는 사람에게는 작아도 너무 작다.

화분에 물 주는 요령을 하나만 꼽자면 일관성이다. 꼬로록, 똑똑 소리가 들리면 안 된다. 화분의 흙이 완전히 말라버리면 물을 효율적으로 흡수하지 못한다. 그런 상태에서 물을 주면 물줄기는 흙을 적시는 대신 이미 나 있는 쉬운 길을 따라 화분 가장자리를 통해 물 빠지는 구멍으로 직행해버린다. 분받침이 금세 차서 넘치고 화분을 올려둔 가구를 흠뻑 적신 다음 바닥에 물웅덩이를 만든다. 보통 그런 사태는 눈으로 확인하기 전에 귀로 들을 수 있다.

실내에서 관리하는 화분은 흙이 약간 말랐을 때, 너무 바짝 마르기 전에 물을 줘야 한다. 흙이 너무 마르도록 됐다면 대야에 물을 받아 화분을 담그고 밑에서부터 천천히 물을 흡수하도록 하면 된다. 흙이 적당히 촉촉해지면 스펀지 같은 흡수 기능이 다시 돌아오고 모든 것이 괜찮아진다.

　물이 흙을 적시지 않고 물 빠지는 구멍으로 재빨리 내려가는 경향은 화분 모양에 따라 더 심해질 수도 있다. 물 주는 일을 자꾸 잊어버리는 사람이라면 윗부분이 넓고 아래쪽으로 가면서 많이 좁아지는 모양은 피하는 것이 좋다. 이런 모양에 발까지 달린 좌대형 화분은 물이 흙을 피해서 아래쪽으로 흐르는 경향이 특히 심하다. 게다가 발 부분에 흙이 들어가지 않는 모양이라면 물 받침대에서 흙으로 물을 빨아올릴 수도 없어서 대야에 담그는 방법도 잘 통하지 않는다. 내가 꼬로록, 똑똑 하는 걱정스러운 소리를 듣고 바닥에 흥건히 고인 물을 닦느라 바쁜 건 다 이런 화분들 때문이다.

　화분에 물 줄 때 들리는 소리 중 가장 좋은 것은 정적이다. 물뿌리개의 주둥이로 물이 나오는 시원한 소리와 싱크대를 오가며 물뿌리개에 물을 받는 소리를 제외하고는 정적이 흐르는 상태가 가장 좋다.

쪽각

따사로운 햇살 차지하기

겨울 추위가 기승을 부릴 때, 특히 집 밖으로 못 나가고 실내에서만 맴돌다 보면 우리의 관심과 주의는 안쪽으로 향하게 마련이다. 인정사정없이 낮은 기온과 진저리 치게 하는 바람, 얼음이 깔린 도로를 대면해야 하는 집 바깥은 악몽이다. 반대로 집 안에서 아침을 맞은 나와 아인슈타인은 창문을 통해 들어오는 밝은 햇살을 서로 차지하려고 자리다툼을 한다. 더 정확히는 이 털 뭉치 녀석(가끔 '무단거주자 형님'이라고도 부른다)과 200여 그루의 실내 식물(편의상 그냥 하나의 개체로 치자)과 나 이렇게 셋 사이의 다툼이다.

팔꿈치로 서로를 슬쩍 찌르고 밀쳐내는 이 암투가 조금 거칠어진다 한들 누굴 탓하랴. 한겨울에 창을 통해 들어오는 환한 햇살처럼 좋은 것도 없다. 열풍기가 아니라 찜질팩 같은 느낌의 햇살은 트고 갈라진 피부를 마사지하듯 어루만져준다. 햇살을 받으며 앉아 있으면 넋이 나갈 듯 편안하고 몸과 마음이 다 치유된다. 벽난로에서 타닥거리며 타오르는 장작불처럼 편안한 햇살을 받으며 졸다 보면 잡초를 뽑다가 잠시 앉아 청하는 낮잠의 달콤함이 떠오른다. 하지만 할 일을 미루고 청하는 여름날의 오수와 달리 겨울의 휴식에는 죄책감이 전혀 없다. 솎아내야 하는 당근밭도 없고, 늘씬하게 전지해줘야 할 조팝나무가 기다리는 것도 아니다. 구덩이를 파는 건 아예 불가능하고, 옮겨 심어야 하는 식물도 전혀 없으니 마음 편히 앉아 햇살을 즐길 수 있다.

내 말에 동의하지 않는 사람은 없을 것이라 믿는다. 할 수 있는 한 최대한의 햇살을 집 안으로 끌어들여야 한다. 그러니 이 지점에서 잠시 창문 장식에 관해 이야기해보자. 나는 이 방면에 주객전도 현상이 일어났다고 생각한다. 커튼이 너무 두꺼워서 햇빛이 한 줄기라도 들어오면 다행인 경

우도 많다. 창문을 그렇게 가려놓고 계절성 우울증에 걸렸다고 불평하는 사람들도 있다. 빛이 약해지는 겨울에는 욕심을 부려야 한다. 햇빛을 받을 기회는 아무리 짧더라도 절대 놓치지 말자. 고양이에게도 좋고, 실내 식물에게도 좋다. 커튼에 들이는 천을 조금 줄이고, 완전히 젖혀지는 디자인의 커튼을 달아서 햇빛이 최대한 많이 들어올 수 있게 하면 우리 기분도 더 나아질 것이다.

최근에 나도 겨울에 에너지를 절약할 생각으로 창문에 커튼을 달기 시작했다. 하지만 아침에 일어나자마자 보온용 커튼을 활짝 열어젖히지 않으면 아인슈타인이 날 가만두지 않는다. 아인슈타인에게 햇살을 뺀 겨울은 상상할 수 없는 세상이다. 녀석은 책 더미 위에서 위태롭게 균형을 잡고 앉아 있거나 컴퓨터 기기들과 경쟁을 해가며 햇살이 가장 잘 드는 요지를 차지하려는 노력을 아끼지 않는다. 가끔은 아인슈타인과 화분들 사이에 주먹다짐이 벌어지기도 한다. 햇빛을 가로막는 제라늄 화분쯤이야 밀쳐서 없애버려도 괜찮다는 것이 아인슈타인의 의견이다. 나는 그보다는 좀 더 외교적이다. 남향 창가는 칼라만시 나무에게 거의 성지와도 같은 곳임을 알기에 단 한 순간도 햇빛을 빼앗을 생각이 없다. 하지만 옆으로 조금만 비켜주면 아인슈타인이나 내가 잠시 햇살을 받으며 깜빡 졸 공간은 생긴다.

햇살을 최대한 이용하기 위한 전략은 퍼즐 맞추기와 흡사하다. 모든 것이 위치, 위치, 위치다. 브로멜리아드를 선인장들 뒤에 배치하고, 베고니아를 낮은 선반에 올려 허브들 바로 아래 두면 모두가 미소 가득한 아침을 보낼 수 있다. 부를 평등하게 분배하는 일이 실내 정원지기들의 겨울 임무다. 어떤 공식을 세워 어떻게 적용하는지에 따라 성패가 갈린다.

온 가족의 행복이 집이 얼마나 밝은지에 달렸다. 해가 든다고 너무 안주해서도 안 된다. 해가 드는 곳에 자리 잡고 앉자마자 햇살이 다른 곳으

아인슈타인의 일광욕을 방해하는 식물은 처벌을 각오해야 한다.

로 옮겨가 버리기 일쑤기 때문이다. 그 보물 같은 찰나의 특권을 식물, 동물, 사람 할 것 없이 모두 즐기자. 여름에는 너무도 당연히 여기고 심지어 피하기까지 하는 특권이지만 말이다. 햇살이 우리 영혼을 따스하게 어루만져주는 느낌을 만끽하자. 서로 번갈아 나른한 쾌락을 즐기면서 털 난 친구, 초록 친구 할 것 없이 친구들과 함께 이 기쁨을 나누자. 나누면 즐거움은 배가된다.

✳

보드라운 잎사귀 쓰다듬기

겨울에도 춥고 가혹한 현실 말고 손에 쥘 만한 것들이 있다. 실내 정원지기라면 기르는 식물들을 쓰다듬어보자. 식물을 집 안에서 기르면 바깥에서 심고 가꾸는 것과는 차원이 다른, 훨씬 더 친밀한 관계를 형성하게 된다. 반려 식물이라는 표현이 그냥 나온 말이 아닐 것이다. 그런 의미에서 반려 식물들을 가끔 쓰다듬어주는 것은 이치에 맞는 행위다. 특히 감각을 깨워줄 식물을 기르고 싶은 사람은 식물 쓰다듬기를 더욱이 잊어서는 안 된다.

물론 실내에서 키울 식물을 선택할 때 쓰다듬기 좋은지를 기준으로 삼는 사람은 별로 없을 것이다. 하지만 이제부터는 그러는 게 좋을지도 모르겠다. 보통 나는 식물의 질감과 다른 식물과의 시각적 조화를 생각해서 반려 식물을 고른다. 화분이 이파리와 얼마나 잘 어울릴지도 고려 대상이다. 그런 요소들을 마음에 두고 식물을 선택하면 다양한 질감의 이파리들을 집 안으로 들일 수 있다. 나는 진작에 가시가 너무 많은 식물은 우리 집에 어울리지 않는다는 결론을 내렸다. 반대로 촉감이 좋은 식물은 언제나 환영이다.

나는 이미 가든 센터에서 실내용 식물이라고 분류해두는 것에 얽매이

지 않는 실내 정원지기라는 명성을 얻었다. 궁금한 사람은 내가 쓴 책《예상을 뛰어넘는 실내 식물 *The Unexpected Houseplant*》을 참조하시길. 실내에서 키울 수 있는 식물에 대해 열린 마음을 품으면 가능성이 훨씬 넓어지고 정원을 가까이 품을 수 있다. 우리 집 창가에서 램스이어를 자주 볼 수 있는 것도 그런 이유에서다. 작은 화분에 심어 창문 옆에서 기르면 여름 정

포근한 담요 같은 감촉을 느낄 수 있는 실버세이지는
바깥에서 기를 때보다 실내에서 기를 때 쓰다듬기가 더 좋다.

원을 상기시켜준다. 땅이 단단히 얼어붙고 모든 것이 깊은 겨울잠에 빠진 계절에는 따뜻한 계절을 떠올리게 하는 기념품들이 반갑다. 램스이어는 딱 봐도 여름 정원을 생각나게 하는데, 다가가서 이파리를 만져보면 더 실감이 난다. 평범한 램스이어로도 충분하지만 원한다면 최근 나온 품종들을 선택해도 좋다. '빅 이어스Big Ears' 품종은 다른 것처럼 폭신하지 않지만 '실버 카펫Silver Carpet' 램스이어는 '양의 귀'라는 뜻의 영어 이름이 얼마나 적절한 작명인지 무릎을 '탁' 치게 한다.

실외 정원에서 집 안으로 망명한 식물 중 실버세이지는 겨우내 나의 손과 눈을 즐겁게 해준다. 실버세이지 옆을 지나갈 때면 손으로 한번 비벼주지 않고 그냥 넘어가기가 힘들다. 폭신한 카펫 같은 감촉의 이파리들 덕분이다. 고약한 가시가 없는 옹환 선인장의 모습을 상상하면 된다. 물론 감촉을 기준으로 식물을 선택한다면 옹환은 피해야 하겠지만.

향기 나는 잎을 가진 제라늄들도 여러 차원에서 감각적인 즐거움을 안겨준다. 잎을 만지면서 살짝 비비면 잎 표면에 있는 방향유 덕분에 공기 중으로 좋은 향기가 퍼진다. 쓰다듬는 감촉도 좋고 향기도 좋은 것으로 치자면 토멘토슘제라늄을 따를 자가 없다. 은색 펠트로 덮인 장갑이 떠오르는 이파리가 고급스럽게 폭신하고 풍성하다. 가지치기를 자주 해주면 걷잡을 수 없이 퍼지는 것을 막고 좋은 모양을 유지할 수 있다. 페퍼민트 향기와 장미 향기를 가진 제라늄을 교배해서 만들어낸 '조이 루실Joy Lucille'도 좋은 선택이다. 우리 시어머니의 이름을 딴 품종인데, 벨벳 같은 잎과 아름다운 향기를 지녔고, 토멘토슘제라늄보다 몸집이 작다.

실내 정원을 감상할 때면 만지고 쓰다듬고 비벼보기를 멈출 수가 없다. 아이들이 특히 좋아하는 털북숭이 식물들 말고도 양치류의 이파리도 만지는 재미가 있다. 아스파라거스는 가시가 있으니 피하는 것이 좋다. 대신 부드러운 면과 같은 감촉의 플렉트란투스를 쓰다듬으며 행복감을 느껴보자. 박하나 오레가노 같은 허브, 특히 무늬애플민트는 재미있는 질감을 지녀서 다른 차원의 경험을 하게 해준다. 오감을 자극하는 모든 실내 식물들과 마찬가지로 이 반려 식물들은 땅을 파는 것이 불가능한 계절에 우리가 문제를 일으키지 않고 잘 살 수 있도록 보살펴준다. '게으른 손과 악마악마는 게으른 자들이 할 일거리를 찾는다는 영어 속담이 있다' 운운하는 명언은 누구나 알 것이다.

미각

※

입에서 터지는 신선함, 감귤류

냉장고에는 먹을 것이 넘쳐나고 냉동실은 터질 것 같은데도 뭔가 신선하고 즙이 많은 것이 너무나 간절하다. 우리는 정원지기이고, 생각도 정원지기처럼 돌아가기 때문에 그냥 손을 뻗어 달콤하고 향긋하고 맛있는 것을 따서 바로 입에 넣고 싶은 마음이 굴뚝같다. 신선한 뭔가를 맛보고 싶고, 그 생각만 해도 침샘이 자극되면서 침이 고인다. 자기 집 마당에서 직접 수확한 간식 맛을 본 사람이라면 마트 출입만으로는 도저히 채울 수 없는 갈망이 생길 것이다. 바로 그런 갈망을 채워주기 위해 감귤류가 존재한다.

실내에서 화분에 과일을 재배하기란 쉬운 일이 아니다. 아보카도에 싹을 틔울 수는 있어도 그 묘목을 길러서 우리가 죽기 전에 아보카도를 수확할 확률은 매우 낮다. 화분에 바나나를 키우는 사람이 있다면 행운을 빈다. 거실에서 파파야가 열린다면 낙원이 따로 없겠지만 그런 일은 아마 일어나지 않을 것이다. 하지만 석류는 실내 정원지기도 손에 넣을 수 있다. 즙이 풍부한 감귤류도 마찬가지다.

감귤류가 기르기 쉬운 과일이라고는 말 못 하겠다. 하지만 기를 수 있는 과일이기는 하다. 우리 가족은 집에서 해가 제일 잘 드는 창가에서 키운 칼라만시를 간식으로 먹으며 행복하게 겨울을 난다. 칼라만시는 모든 감귤류 중에서 기르기도 가장 쉽고, 수확량도 가장 많다. 금감金柑과 감귤을 섞어 만든 것 같은(혈통이 정확히 알려지지 않아서 추측해봤다) 맛이 나며, 껍질째 먹을 수 있다. 새콤한 맛에 얼굴을 찡그리게 되지만 용기를 내보자. 신선하게 입에서 터지는 그 맛은 입속을 얼얼하게 하는 동시에 한겨울을 환하게 밝혀준다.

또 열매가 무척 많이 열려서 수확량도 만족스럽다. 실내에서 기르는 레

몬 나무에는 소중한 레몬 한두 개가 겨우 열리지만, 칼라만시 나무는 키가 60센티미터 정도밖에 되지 않을 때부터 열매를 수십 개씩 길러낸다. 가을에 짙은 향기를 뿜어내는 꽃을 피운 지 얼마 되지 않아 콩알만 한 칼라만시 열매가 맺혀서 자라기 시작하는데, 이 녀석들이 자라는 모습을 지켜보는 것만으로도 정원 일을 못 해서 근질거리는 몸과 마음의 우울감을 극복하기에 충분하다. 거기에 더해 겨울 중반에 접어들어 한 번 더 꽃이 피고, 열매를 더 맺는 경우도 흔하다. 이 정도면 충분한 보상이라고 할 만하지 않을까?

기르기 쉬운 과일나무로 말하자면 금감 중 '메이와Meiwa' 품종과 '나가미Nagami' 품종도 추천한다. 칼라만시만큼 쉽지는 않지만 둘 다 통째로 먹을 수 있는 열매가 많이 열린다. 금감은 씩씩하다기보다는 조금 까다로운 경향이 있다. 나는 집에서 직접 라임을 키워본 적이 없지만 키라임 *Citrus × aurantiifolia*을 기르는 데 성공했다는 실내 정원지기들의 자랑을 자주 듣는다. 메이어레몬 *Citrus × meyeri* 역시 실내 정원지기들에게 인기가 좋다. 신선한 자몽, 오렌지, 시트론은 실내에서 기르기가 만만치 않다.

실내에서 과일나무를 성공적으로 키우려면 어떻게 해야 할까? 해가 잘 드는 남향 창가에 화분을 두고 밤에도 영상 11도 이상, 낮에는 더 높은 온도를 유지해줘야 한다. 모종 센터에서 처음 사 왔을 땐 화분에 담긴 흙의 질이 좋지 않으므로 털어내고 영양가가 높은 흙으로 갈아주는 것이 좋다. 우리 집 감귤류 나무들은 비옥한 두엄이 섞인 유기농 화분 흙에 심어줬다. 화분 크기는 넉넉하면서도 너무 크지 않아야 한다. 처음부터 큰 화분에 심는 대신 나무가 커감에 따라 한 번에 지름 5센티미터 정도씩 큰 화분으로 점차 옮겨준다. 감귤류에는 물이 많이 필요하니 규칙적으로 물 주는 것을 잊지 말자. 흙이 살짝 마를 때까지 기다렸다가 물을 주는 것이 좋지만, 완전히 마르지는 않도록 하자. 실내가 극도로 건조하다면 가습기를

칼라만시는 일반 가정에서 기르기에 가장 쉬운 감귤류 나무다.

나무 근처에 두는 것도 요령이다. 실내외 모두에서 유기농 정원을 가꾸는 나는 생선 성분이 들어간 영양제를 한 달에 한 번씩 준다.

간귤류 키우기는 절대 쉽지 않다. 하지만 굉장히 흥미로운 일임은 확실하다. 열매로 말할 것 같으면 한겨울에 수확할 수 있는 유일한 종류이므로 실내에서 감귤류를 성공적으로 길러 수확까지 한다면 얼마든지 자랑하고 떠벌릴 만한 일이라 할 수 있다. 매년 겨울 따뜻한 플로리다로 피한 여행을 떠나지 않는 이상 집에서 기른 감귤류야말로 태양의 맛을 조금이라도 볼 수 있도록 해주는 유일한 통로다.

✳

새들의 비상식량

어느 깊은 겨울날 아침, 뭔가가 부산스럽게 움직이는 것이 언뜻 내 눈에 들어왔다. 우리 집 한쪽 벽을 따라 줄지어 자라는 작살나무 '얼리 에머시스트Early Amethyst'와 '이사이Issai'가 있는 오솔길 쪽에서 무슨 일이 벌어지고 있는 게 틀림없었다. 자세히 살펴보니 소란은 공중에서 벌어지고 있었다. 동부파랑새 한 떼가 온통 깃털을 세워서 보통 때보다 서너 배 커 보이는 몸집으로 격렬하고 빠르게 수확 작업을 하고 있었다. 새들이 벌이는 대부분의 파티와 마찬가지로 그 파티도 시작한 지 몇 분 안에 끝났다. 하지만 그 몇 분간의 반짝임을 본 것만으로도 작살나무를 심은 보람은 충분했다.

작살나무는 처음부터 새들을 위해 심었다. 하지만 내가 염두에 둔 새들은 작살나무의 보라색 열매에 별 관심을 보이지 않았다. 그러던 어느 해, 전날 밤 기온이 영하로 떨어져 매섭게 추운 밸런타인데이 아침에 새들이 찾아왔다. 작살나무의 가지는 너무 약하고 휘청거려서 새들이 앉을 수 없다 보니 녀석들은 내가 덩굴 식물을 올리려고 새로 설치한 지지대의 뼈대

이곳저곳으로 자리를 옮겨가며 목을 뻗어 작살나무 가지에 매달린 열매들을 쪼아먹었다. 작살나무 열매는 정원 레스토랑에 마지막으로 남은 음식이지만 아직 양은 충분했다. 다른 데서 배를 채우고 와서 먹는 디저트는 아닐 테니 아마도 궁여지책으로 먹는 음식일 것이다. 새들에게도 재난 대책은 중요하다.

작살나무 열매보다 인기가 좋은 열매들이 많다. 사실 열매란 열매는 대

파랑새들은 이제 일 년 내내 이동하지 않고 남아서 베리를 찾아 연명한다.

부분 겨울이 되기 전에 다 먹히고 만다. 블루베리를 향한 경쟁은 매우 치열하다. 통통하고 즙이 많은 블루베리를 나보다 먼저 먹으려는 배고픈 입들이 너무 많다. 늦여름으로 접어들 즈음에는 베리가 하나도 남지 않는다. 커런트와 구스베리도 겨울이 되기 훨씬 전에 동난다. 보통은 가을에도 수확할 게 거의 없다.

산분꽃나무속의 다양한 나무들은 자타공인 새들의 뷔페식당으로 인기가 좋다. 황실백당나무 '치키타Chiquita', 비브르눔 렌타고 *Viburnum lentago*, 가막살나무 '카디널 캔디' 모두 우리 마당에서 식당을 차리고 새들을 반긴다. '카디널 캔디' 열매가 '주홍빛 사탕'이라는 이름에 어울리게 제일 먼저 동나고, 비슷한 가막살나무 품종이지만 보기에는 훨씬 좋은 '오나이다Oneida' 열매는 아무도 먹지 않아 완전히 말라붙은 채로 겨우내 꽤 많이 남아 있다. 가을 어느 날 몰려온 시끌벅적한 개똥지빠귀 일당은 더 작은 새들을 겁줘서 쫓아버리기까지 하면서도 '오나이다' 열매만은 다 먹지 않고 떠났다. 녀석들은 식사 중간에 흥미를 잃고 열매를 많이 남겨둔 채 다른 재미나는 모험을 찾아 날아갔다. 시간이 흐르면서 열매에서 수분이 빠져 쪼글쪼글해졌고, 새들은 어쩔 수 없을 때만 마지못해 열매를 쪼아먹었다. 폭풍이 밀어닥치면 아무 항구에라도 일단 배를 정박하고 피신하듯 찬밥 더운밥 가리지 않고 아무것이나 먹어야 할 상황에만 '오나이다' 열매를 먹는다.

새들은 보통 1초도 한 곳에 집중하는 법이 없다. 그런데도 녀석들이 오랫동안 초점을 맞추는 대상이 있으니, 바로 미국낙상홍 열매다. '윈터베리winterberry'라는 영어 이름에 걸맞게 반복적으로 얼었다 녹기를 반복한 후에야 새들이 관심을 보인다. 흥미롭게도 주황색과 노란색 열매들이 가장 늦게까지 남는다. 하지만 때가 되면 하룻밤 사이에 스트립쇼가 벌어진다. 전날까지 옷을 다 입고 있던 덤불이 다음 날에는 완전히 발가벗은 모습을 드러내기 때문이다.

겨우내 날씨가 포근하면 새들이 먹지 않은 미국낙상홍 열매가 봄까지

초라한 모습으로 매달려 있을 때도 있다. 쪼글쪼글 말라붙고 멍이 들어 상태가 그다지 좋아 보이지 않는다. 하지만 나는 새들을 위한 식당 메뉴에 이 열매들을 언제라도 주저 없이 보탤 것이다. 지쳐 보이는 작은 열매 하나로 생사가 갈리는 날이 언제 올지 모르기 때문이다.

※

돌아온 친구들

가을에 우리 집 가막살나무 덤불을 덮쳤던 개똥지빠귀 무리가 겨울이 거의 끝나갈 무렵 다시 돌아왔다. 이번에는 검은방울새 주변에서 으스대며 세력을 과시했다. 봄을 재촉하는 비가 눈을 녹여 맨땅이 드러나자마자 플래시몹이라도 펼치듯 갑자기 어디선가 몰려든 것이다. 어떻게 소문을 퍼뜨려서 이런 파티를 여는지 모르지만, 확실히 모든 사정을 훤히 꿰뚫고 있는 녀석들이었다. 홍관조 한 마리와 큰어치 두어 마리도 개똥지빠귀 청소팀에 끼어들어 붓꽃, 조팝나무, 양국수나무 사이에 드러난 부드러운 흙을 발로 긁어대고 부리로 쪼면서 엄청난 소동을 벌였다. 다들 기운차게 땅을 긁으며 발굴 작업에 임했고, 사교 활동도 조금 했다. 싸움이 나지 않을 정도로 먹이가 충분한 듯했다. 잠시 후 모두 더 푸르른, 아니 더 갈색의 땅을 찾아 떠났다.

무리를 지어 다니는 새들은 다른 종끼리도 겨울에는 서로 잘 지내서 보기 좋다. 하지만 여름에는 상황이 다르다. 그리고 까마귀는 이런 파티에 절대 초대받지 못한다. 까마귀들은 자기들끼리 파티를 벌인다. 그러나 겨울에는 거의 모든 것이 허용된다. 절박한 상황에는 경쟁자끼리도 싸우지 않고 평화 공존의 길을 도모한다.

박새와 검은방울새들을 위해 할 수 있는 가장 좋은 일은 낙엽을 갈퀴로 치워주는 것이다. 우리 집 마당에서 나무가 많은 부분에 갈퀴질을 한 뒤

에 깨달은 교훈이다. 그쪽은 몇 년 동안 갈퀴질을 하지 않았고, 근본적인 성형 수술을 할 때가 된 곳이었다. 그래서 1월에 눈이 녹아 땅이 드러나자마자 갈퀴를 들고 나섰다. 갈퀴질을 한 다음 날, 나중에 묘목을 심으려고 비워둔 땅을 검은방울새가 발견하고는 발굴 작업을 시작했다. 녀석들은 그 뒤로 내내 그 부근의 정리 작업을 돕고 있다. 운이 좋았다면 진드기를 좀 잡아먹었을 것이다. 새들은 정말이지 너무도 훌륭한 해충 제거반이다.

박새 한 마리가 나뭇가지에 앉아 식당을 고르고 있다.

새들은 이리저리 날아다니며 위쪽에 있는 허브와 채소밭에도 방문했다. 사슴들이 날마다 케일을 왕성하게 먹어 치운다는 건 누구나 아는 사실이고, 검은방울새도 거기서 맘껏 식사를 즐긴다. 아마 잎사귀에 붙은 진딧물 같은 곤충을 먹는지도 모르겠다. 섬세한 부리로 뭔가를 쪼아먹기는 하는데 이파리에는 아무런 손상도 입히지 않는다. 이게 사실이라면 해마다 케일밭을 지켜줬으면 좋겠다. 이 점은 내가 정원에 새들을 유치하는 또 하나의 이유이기도 하다. 새들은 우리가 기르는 식물에 해를 끼치기보다는 건강하게 자라도록 돕는 역할을 한다.

사슴과 검은방울새가 관심을 보인 케일은 '레드보' 품종으로, 잎사귀가 빽빽하게 나는 관상용 케일보다 널찍한 간격으로 잎이 난다. 겨울이라 잎이 모두 얼어서 부스러져버리긴 해도 검은방울새가 착륙할 공간이 있고, 일 년 동안 자란 줄무늬를 간직한 기다란 줄기는 새들이 앉기 편한 횃대 역할을 완벽하게 해낸다.

모이통을 놓아두는 것 말고도 새들을 정원으로 불러들이는 방법은 얼마든지 있다. 물론 눈보라가 몰아친 다음 높은 장대 위에 설치된 고슬고슬한 횃대와 모이통은 새들에게 최고급 식당과도 같겠지만, 정원의 다른 먹이도 그에 못지않게 유용하다. 자연과 힘을 합치면 모든 것을 잘 돌볼 수 있다.

마치며
미리 만나는 봄

물론 이 모든 것이 다시 처음으로 돌아가 순환을 거듭할 것이다. 계절이 바뀐다고 우리가 누려온 시간을 망각하거나 다가올 경이로움을 기다리지 않는 것은 아니다. 새의 노래가 됐든 휘몰아치는 폭풍우가 됐든 우리는 늘 귀를 기울이고 살핀다. 3월의 봄바람이든 가을의 태풍이든 바람은 늘 우리 곁을 지키며 사랑의 노래를 부른다. 그리고 달력과 상관없이 언제라도 손에 흙을 묻힐 핑계는 차고도 넘친다.

각 계절이 마술처럼 다가와 우리의 오감을 자극할 때 그 자체를 즐길 수 있는 감각을 다지자는 것이 이 책을 쓴 목적 가운데 하나였다. 그런데 책을 쓰다 보니 모든 계절, 모든 감각을 아우르는 큰 주제가 보였다. 주변의 모든 것이 다양한 감각을 한꺼번에 자극하고 감각끼리 서로 느낌을 주고받으면서 그 감동을 심화한다는 사실이 이 책을 통해 명확해졌다. 바람만 해도 촉각을 자극하는 동시에 청각도 깨우지 않던가. 어느 소재를 어느 감각에서 다룰 것인지 고민하는 순간이 많았다.

겨울이 되면 정원지기들은 미래를 생각하느라 바쁘다. 다른 계절에는

아외에서는 꽃을 피우려면 한참 남았지만, 화병에 수경 재배로 꽃을 피운
산수유는 실내 분위기를 몰라볼 정도로 바꿔놓는다.

겨울만큼 앞날을 기다리지 않는 경향이 있다. 대다수 정원지기는 자연이 주는 선물에 겨워 끝없이 여름이 계속된다 해도 마나하지 않을 것이다. 반면 겨울은 다크호스다. 겨울에도 즐길 것이 많기는 하지만 봄이 오기를 고대하지 않는 사람이 있을까. 그러니 한겨울에 살짝 봄의 느낌을 집 안으로 들여보는 것도 나쁘지 않을 것이다. 바깥에는 흰 눈밭만 망망대해처럼 펼쳐져 있고, 날이면 날마다 실내 식물만 붙들고 살아야 할 때, 약간의 희망을 엿보는 것도 좋지 않겠는가? 자연의 힘을 빌려 계절 사이의 거리를 좁혀보자. 바하마 제도로 도망가지 않고도 동장군의 횡포를 피할 수 있다. 앞으로 다가올 축복 같은 일들을 미리 느껴보자. 살짝 속임수를 써보자.

개나리나 갯버들을 구해서 실내로 들여오자. 꽃박람회 같은 데서 갯버들을 구매하는 방법도 있다. 싹을 틔운 미국산수유가 서 있는 곳까지 삽으로 눈을 치우며 통로를 만들어 다가가서 가지 몇 개만 빌리자. 녀석도 가지 몇 개 가져가는 것쯤은 개의치 않을 것이다. 목련, 벚나무, 박태기나무 등도 좋다. 모두 집 안으로 가지고 들어와 화병에 꽂은 다음, 자연에 가장 목마른 실내의 한구석에 화병을 놓아두고 기다리자. 희망을 담은 가지 몇 개만 봐도 꽃에 대한 갈증을 조금이라도 달랠 수 있을 것 같은 느낌이 드는 곳이 그 화병이 있어야 할 자리다. 그리고 잘 살피자. 금방 마술 같은 일이 벌어질 테니까.

제일 먼저 눈이 더 없이 호강할 것이다. 꽃이 피기 전부터, 꽃망울을 머금은 늘씬한 팔다리를 뻗은 모습만 봐도 실내와 실외의 경계가 흐려진다. 화병이 놓인 방에 들어설 때마다 꽃가지들이 야외의 품으로 우리를 환영할 것이다. 그러면 숲속을 거닐었던 때가 떠오르고, 지금은 치워둔 눈에 반쯤 파묻힌 산분꽃나무가 정원을 장식할 날을 향한 기대가 부풀어 오른다. 그러다 보면 자연에 대한 갈증이 조금은 풀릴지도 모른다.

정원을 가꾼다는 것은 운명에 도전하고 그 경로를 바꾸는 일일지도 모른다. 정원을 가꾼다는 것은 현장에 자신을 내던지는 일인지도 모른다.

새순을 품은 채 화병에 꽂힌 가지는 자연에 대한 인식과 이해를 높이는 마지막 단계다. 시간이 있을 때 감각을 더 예민하게 훈련하는 방법이기도 하다. 순간순간이 모여 전체가 된다. 모든 감각이 기분 좋은 자극을 받는다. 목련 꽃망울은 벨벳처럼 부드러운 감촉으로 손가락에 닿는다. 분꽃나무가 뿜어내는 향기는 견줄 데가 없다. 우리는 날카롭게 다듬어진 감각과 능력으로 값진 이 순간을 충분히 즐길 수 있다. 그리고 이 책은 그런 경험을 독려하기 위해 쓴 것이다.

겨울마다 의식처럼 이 일을 반복한다 한들 누가 뭐라 하겠는가. 봄뿐 아니라 겨울에도 개나리를 반려 식물로 가까이 두는 사람에게 박수를 보내고 싶다. 평소보다 조금 더 시간을 들여 꽃을 자세히 들여다본다면 그 또한 오감을 깨우는 데 한 걸음 더 나아간 것이다. 이 책은 우리가 모든 차원에서 땅과 맺는 관계를 살펴보기 위해, 그 관계 맺음이 저마다의 방식으로 일어날 수 있음을 살펴보기 위해 썼다. 매우 개인적이고, 매우 깊은 이 관계는 커다란 의미를 지닌다.

독자 여러분이 가장 좋아하는 감각적 경험을 언급하지 않았다거나, 내 경험과는 전혀 다른 경험을 했다 해도 부디 용서해주시기 바란다. 내가 묘사한 여름의 향기는 독자의 경험과 다를 수 있다. 폭풍이 내게 주는 느낌이나 어떤 도구가 내 손에서 느껴지는 감각 역시 여러분과 다를 수 있다. 부디 문제 삼고 트집을 잡아주시기 바란다. 내가 완전히 틀린 소리를 했다고 투덜거리고 내 페이스북 계정(tovah martin at plantwise)에 들러서 내가 엉터리라고 알려주는 것도 감사할 일이다. 독자들의 피드백은 언제든 환영이다.

나는 그저 모두가 감각을 깨워서 정원에서 벌어지는 일들을 보고, 냄새 맡고, 듣고, 만지고, 맛을 보았으면 한다. 정원의 가치를 충분히 살리자. 정원만큼 값진 것을 세상에서 찾기 힘드니까. 자기가 가꾼 공간의 주인이 되어 그 공간의 잠재력을 함께 실현하는 과정에서 많은 것을 배우게 될 것이다. 자연을 돌보면서 자연에 대해 배울 것이고, 흙을 만지면서 흙에 대해 배울 것이다. 절대 끝나지 않는 순환 고리의 좋은 점, 나쁜 점, 무심한 점을 알게 될 것이다. 그러니 밖으로 나가 자연과 함께 성장하고 자연의 동반자가 되자. 우리가 이 책을 통해 나눈 대화는 앞으로도 계속될 것이다. 이 책의 페이지는 끝없이 이어질 것이다. 오감을 모두 동원해서 정원과 한 몸이 되는 것은 영원한 결합을 맺는 일이다. 그러니 계속 지켜봐주시길 부탁드린다.

자, 이제 밖으로 나가서 자신만의 글을 써보자.

감사의 말

무릎을 치면서 뭔가를 깨닫는 경험은 수많은 영향을 받은 끝에 일어난다. 내게 속도를 늦추고 숨을 돌려야 한다는 사실을 일깨운 여러 친구와 정원 지기들이 없었으면 이 책은 세상에 나오지 못했을 것이다. 모두에게 감사한다. 특히 내 손을 잡고 이끌어준 리 메이, 당신이 우리 곁을 떠나지 않고 이 책이 태어나는 것을 볼 수 있었다면 얼마나 좋을까요.

시드니 에디슨, 레이 벨딩, 트리샤 반 외르스, 우드스톡 인 앤드 리조트의 벤저민 폴리, 토디 비니베그나, 데이비드 오스틴사의 마이클 매리엇, 샐리 퍼거슨, 필라델피아 과수원 프로젝트의 필 포사이스 들은 통찰력뿐 아니라 지혜도 아낌없이 나눠준 친구들이다. 제임스 바게트, 당신은 내게 늘 영감을 주고 등대처럼 인도해준 고마운 사람이에요. 그리고 자주 들러 혼자서 감당할 수 없는 정원 일을 함께해준 친구들이 없었으면 지금의 나도 없었을 것이다. 데니 세가, 롭 지라드, 당신들은 정말 구세주예요.

이 책을 만드는 과정에서 수천 장의 사진을 고르고 처리해준 조디 홀은 대단한 전문가다. 팀버프레스 출판사의 톰 피셔와 앤드루 베커만은 책이 지금의 모습으로 태어나도록 방향을 잡아주었다. 마이크 뎀프시, 이브 굿맨, 세라 러틀리지는 세심하게 내용을 바로잡고 문장을 다듬어주었다. 패트릭 바버를 비롯한 디자인팀은 책을 아름답게 꾸며주었다.

끝으로 그 누구보다도 이 책에 대한 내 비전에 공감해주고 잉태에서 탄생까지 함께해준 킨드라 클리네프에게 깊은 감사의 마음을 전하면서 뜨겁게 안아주고 싶다. 킨드라의 직관과 시각적 재능은 이 프로젝트의 수준을 한 차원 끌어올렸다. 그의 사진은 모두 그의 상상력과 창의성, 일상적인 것을 넘어서려는 용기가 어우러져 빚어낸 것이다. 킨드라는 영감을 주는 뮤즈이자 최고의 협업자, 사랑하고 아끼는 소중한 친구다.

옮긴이 | 김희정

가족과 함께 영국에 살면서 전문 번역가로 활동하고 있다. 최근 들어 여성 작가와 페미니즘 관련 도서 번역에 집중하고 있다. 옮긴 책으로《완경 선언》,《랩걸》,《어떻게 죽을 것인가》,《잠깐 애덤 스미스 씨, 저녁은 누가 차려줬어요?》,《장하준의 경제학 강의》,《그들이 말하지 않는 23가지》,《시크Thick》,《배움의 발견》,《지지 않기 위해 쓴다》,《트라우마 클리너》등 50여 권이 있다.

토바 마틴의 경이로운 사계절

오감을 깨우는 정원 생활

초판 인쇄 2023년 3월 5일
초판 발행 2023년 3월 15일

글   토바 마틴
사진   킨드라 클리네프
옮긴이   김희정
펴낸이   진영희
펴낸곳   (주)터치아트
출판등록   2005년 8월 4일 제396-2006-00063호
주소   10403 경기도 고양시 일산동구 백마로 223, 630호
전화번호   031-905-9435 팩스 031-907-9438
전자우편   touchart@naver.com

ISBN 979-11-87936-52-7 03840